HEYNE <

DAS BUCH

Donna und Carla sind seit ihrer Kindheit beste Freundinnen. Gemeinsam führen sie die Bronte Close Gang an, in der ausschließlich Frauen zugelassen sind. Mitten in Manchesters testosterongesteuerter Unterwelt machen die Brontes ihr eigens Ding und verkaufen flüssige Drogen in Parfüm-Zerstäubern. Aus den Revierstreitigkeiten der anderen Gangs halten sie sich so gut es geht heraus. Doch als Donna mitansehen muss, wie Carla niedergeschossen wird, ändern sich die Vorzeichen. Donna setzt alles daran, Carlas Tod zu rächen, und ihren Mörder zu stellen. Voller Liebe für ihre verlorene Freundin und Verantwortungsbewusstsein für deren zurückgelassene Tochter meistert sie den harten Alltag auf den Straßen der englischen Arbeiterstadt.

DIE AUTORIN

Jules Grant lebt in Manchester. Sie hat in London Kreatives Schreiben studiert und als Rechtsanwältin gearbeitet, bevor sie mit Die Nacht ist unser Haus ihren ersten Roman veröffentlichte.

jules grant

die nacht ist unser haus

Roman

Aus dem Englischen von Viola Siegemund

WILHELM HEYNE VERLAG
MÜNCHEN

Die Originalausgabe erschien 2016 unter dem Titel *We Go Around In The Night And Are Consumed By Fire* bei Myriad Editions, Oxford

FSC
www.fsc.org
MIX
Papier aus verantwortungsvollen Quellen
FSC® C014496

Verlagsgruppe Random House FSC® N001967

Printed in Germany
Redaktion: Lars Zwickies
Umschlaggestaltung und Motiv:
Hauptmann & Kompanie Werbeagentur, Zürich
Satz: Leingärtner, Nabburg
Druck und Bindung: GGP Media GmbH, Pößneck

ISBN: 978-3-453-43915-3

www.heyne.de

Für meinen Vater,
der immer an mich geglaubt hat,
auch wenn die Sachlage
ganz klar dagegen sprach.

So come here
Give me your hand
Because I know how to hold it
Look, I will write you a poem
And I'll set it on fire

Komm her
Gib mir deine Hand
Weil ich weiß, wie man sie hält
Ich schreib dir ein Gedicht
Und dann steck ich es in Brand

KATE TEMPEST, »RENEGADE«

Prolog

Ich versuche jetzt, mich zu erinnern, weil sich in dem Augenblick alles verändert hat. Plötzlich ging sie da vorne zu Boden, und es war, als hätte mir jemand das Herz rausgerissen, und auf einmal habe ich keine Luft mehr gekriegt. Slow Motion, ein Traum, ich sehe, wie ich mich mit den Fäusten durchs Gedränge kämpfe und meine Beine nachgeben, als ich bei ihr ankomme. Dann hocke ich da, überall Blut, ihr Kopf in meinem Schoß.

Carla. Mein Licht, meine Seele.

1
November 2008

Ich komme gleich zur Sache, weil, wie heißt es so schön? Gibt nichts Erbärmlicheres als Abschiedssex. Und ganz ehrlich, irgendwie tut's mir immer noch leid; Louise kommt gerade erst schluchzend wieder runter, dabei bin ich schon halb zur Tür raus.

Als ich unten auf der Straße erleichtert ausatme, kommt aus der Gasse neben dem Haus plötzlich Mina angedackelt und steuert breit lächelnd auf mich zu.

He Donna, wie geht's?

Ich bin kurz angebunden, he Mina, alles klar?, und dann mache ich mich auf den Weg, vorbei an dem ausgebrannten Fiesta, doch Mina geht mir hinterher, und als ich gerade den Glasscherben ausweiche, hakt sie sich einfach bei mir unter. An sich habe ich nichts dagegen, insgeheim finde ich's sogar irgendwie süß, wie sie so zu mir hochschaut mit ihren großen, wilden Augen, aber sie geht mit Carla, zeitweise zumindest, und noch mehr Frauenstress kann ich momentan echt nicht gebrauchen.

Ich werfe extra keinen Blick über die Schulter, falls

Louise uns beobachtet, aber ehrlich gesagt fühle ich mich schon wieder ganz gut – so, als würde gleich was passieren. Die kalte Luft brennt in meiner Lunge wie 'n Hustenbonbon. Mina lächelt, schöne Zähne hat sie, gerade und weiß. Ich greife nach ihrer Hand. Komm, sage ich, wir verschwinden.

Okay, geschickt ist das nicht, aber wir sind jetzt hinterm Fozzie's im Hof zwischen den Mülltonnen, unter dem eisblau leuchtenden EXIT-Schild, und ich drücke sie gegen die Wand und beiße ihr in die Lippe, als könnte ich gar nicht genug kriegen von ihrer glatten, zarten Haut. Gerade denke ich mir noch, hör lieber auf, bevor das Ding aus dem Ruder läuft, da schiebt sie meine Hand zwischen ihre weichen, warmen Schenkel, der Magen sackt mir in die Kniekehlen, und mein Verstand setzt aus.

Hinterher steckt sie sich 'ne Kippe an und lehnt sich zurück, ihre Bluse steht offen. Mein Arm ist ganz taub, weil ich sie festhalten musste, und alles schmeckt noch immer nach ihrem Salz. Kein Wort zu Carla, sagt sie.

Wo denkt die Kleine hin?

Und eigentlich schulde ich ihr keine Erklärung, aber irgendwie muss sich dieser Tag doch wieder auf Spur bringen lassen, also weiche ich ihrem Blick aus und starre auf den Boden. Keine Angst, Babygirl, war nur 'n Ausrutscher.

Dann hebe ich den Kopf, sie schaut mir in die Augen, und da hinten am Horizont braut sich ein Sturm zusammen, der geradewegs Kurs auf mich nimmt.

Ja genau, sagt sie. Und lächelt noch mal breit.

Erst später, als wir im Fozzie's Scotch trinken, Hähnchen futtern und kichernd dabei zusehen, wie Marta sich an eine Gooch-Schnitte ranmacht, schaut Carla mich an und fragt: Und?

Ich weiß, das heißt, komm erzähl, was war los – ich hoffe nur, sie meint mit Louise. Vorbei, sage ich, den Mund voller Dumplings.

O Mann, sagt Carla, war bestimmt 'n Drama.

Ich zucke mit den Schultern, aber dann muss ich wieder an Mina denken, wie glitschig sie war und wie lange sie gezittert hat und dass ich ihr den Mund zuhalten musste, damit sie nicht losschreit. Ich trete gegen die Fußleiste. Ich will nicht drüber reden, brumme ich.

Carla lächelt und zwinkert jemandem hinter mir zu. Ich drehe mich um. Marta lehnt sich gerade vor, mit dem Rücken zu uns, ein neues Opfer zwischen sich und der Bar. Das Mädel bemerkt Carlas Zwinkern und lächelt zurück.

Im selben Moment runzelt Carla die Stirn. Was 's denn los mit dir?

Doch bevor ich etwas erwidern kann, haut sie mir auf die Schulter, und ich folge ihrem Blick zum Eingang, wo auf einmal Fatboy und dieses fette Schwein Mouse im Türrahmen stehen. Instinktiv taste ich nach meinem Messer und weiß, dass Carla gerade dasselbe tut. Was soll der Scheiß?

Aber Carla hört gar nicht hin. Was will der Wichser hier, zischt sie kaum hörbar, ohne den Blick von der Tür abzuwenden.

Da kommt Fatboy mit großen Schritten auf uns zu, Hände in den Jackentaschen, und zieht eine Fresse, als hätte gerade jemand seine Alte in den Arsch gefickt. Ich werfe Carla aus dem Augenwinkel einen Blick zu. Du hast doch nicht …?

Aber es bleibt keine Zeit für Diskussionen, denn während ich noch überlege, was das mit der Jacke soll, fährt Fats eine knochige Hand aus und packt Carla unsanft am Shirtkragen. Ich schnelle hoch und ziehe mein Messer.

Carla weicht zurück, und ihr Stuhl kippt um, wie aus dem Nichts erscheinen Sonn und Lise, und dann bauen wir uns zu viert vor Fats auf.

In dem Moment mischt Deej sich ein: He Ladys, seid doch so gut und klärt das vor der Tür.

Als Fats ihr daraufhin einen giftigen Blick zuwirft, schnappe ich mir seine Hand und verdrehe ihm ruckzuck den Arm hinterm Rücken, mit der anderen Hand halte ich ihm die Klinge direkt unters Auge. Sein Messer trete ich zur Seite, und dann bin ich ganz nah an seinem Ohr. Da hat sich wohl jemand verirrt, sage ich mit einem Grinsen.

Wenn's Girl-on-Girl-Stress gibt, hört alles auf Carla und mich, also sagen meistens auch wir an, was läuft. Ansonsten sollen die Männer ihr eigenes Ding machen, und abgesehen von den Darts, die uns seit Operation Balboa die Stange halten, gehen wir einander aus dem Weg. So lauten die Regeln, und im Großen und Ganzen halten sich auch alle dran. Wenn also zwei Cheetahs einfach so in 'ner Darts-Bar aufkreuzen, geht das absolut nicht in Ordnung. Wer's drauf ankommen lässt, ist zum Abschuss freigegeben, da kennen wir nichts. Sogar, wenn eine von uns tatsächlich deine Alte geknallt hat, und langsam frage ich mich ernsthaft, was Carla sich bei der Nummer gedacht hat.

Jedenfalls liegt das Fozzie's in Ashton, und Ashton gehört ganz klar zu unserem Einzugsgebiet. Fatboy muss also gewusst haben, worauf er sich einlässt, als er sich hier auf die Suche nach Carla gemacht hat. Am liebsten würde ich ihm eins mit der Klinge verpassen, direkt unterm Auge, zum Andenken. Verstohlen riskiere ich einen Blick nach hinten, aber die Tür ist nur noch ein großes Loch, das hinaus in die Nacht führt, und von dem Volltrottel Mouse fehlt jede Spur.

Was fällt dir ein, dich hier blicken zu lassen?, frage ich.

Keine Antwort. Null. Nada. In dem Moment weiß ich Bescheid: Diese Aktion hat niemand abgesegnet, und man sieht Fatboy an, dass ihm auf einmal die Düse geht. Unwillkürlich muss ich lachen. He Girls, auf geht's.

Die Old Road runter, und da kommt auch schon der Parkplatz bei der Mühle, regennass und überwuchert von Unkraut. Der Lieferwagen holpert über die Schlaglöcher, Carla hält vor dem Eingang, und ich steige aus. In der Ferne blinken die Straßenlampen und hört man die Autos im Regen dahinrauschen. Ich strecke der Nacht das Gesicht entgegen, die Tropfen schmecken nach Rauch.

Als wir Fats die Treppe raufwuchten, fängt er leise an zu fluchen. Oben angekommen muss er sich auf den Rücken legen, dann zurren wir seine Hände an der Heizung fest und binden ihm die Füße zusammen. Sonn wirft den Scheinwerfer an, ein Riesending mit 'ner Batterie so fett wie ganz Yorkshire. Ich gehe rüber zu den Brettern, da, wo eigentlich das Fenster sein sollte, und spähe durch die Spalten nach draußen. Der Himmel sieht aus wie nasser Samt, die Wolken jagen vorüber, kein Stern weit und breit. Dann greife ich zum Handy und versuche es noch mal bei Mikey, aber er geht nicht ran.

Auf einmal höre ich Fatboy hinter mir husten und spucken.

Als ich mich umdrehe, sitzt Carla schon auf ihm. Sie wischt sich mit dem Arm übers Gesicht und hält ihm das Messer ans Kinn. Dann reißt sie sein Hemd auf. Knebelt ihn lieber, sage ich.

Lise zieht ihr Höschen aus, rot mit Spitze am Saum, und stopft es ihm in den Mund. Dann nimmt Carla ihren Gürtel ab, den von Diesel, wickelt Fats den Riemen um den Kopf und schnallt ihn fest, damit der Knebel nicht verrutscht.

So, jetzt stechen wir dich ab, sagt Sonn fröhlich.

Carla ritzt Fats in die Brust; der Schnitt ist nicht tief, aber er quiekt sofort los. Dann lehnt sie sich zurück, klopft sich neckisch auf den Hintern wie in der Asda-Werbung und lässt ihren ganzen Charme spielen.

Was soll sie mit dir, du Hackfresse, wenn sie so was wie mich haben kann?

Aber hallo, sagt Sonn.

Ich setze mich mit einer Kippe ans Fenster und lasse Carla machen.

Paar Minuten später richtet sie sich wieder auf, deutet

mit der Klinge auf Fats' Bauch und wirft stolz einen Blick in die Runde. Na, was sagt ihr?

Alles tritt näher. Fats windet sich wie eine Kaulquappe. Auf seinem Bauch prangt dick und fett der Buchstabe C.

Wow, das reinste Kunstwerk, sagt Sonn.

Lise kneift die Augen zusammen. Steht das C für Carla?

Carla grinst. Nee, für Cunt.

Ich gebe ihr den Kugelschreiber. Sie beißt das Röhrchen auf, spuckt auf die Schnittwunde und massiert die Tinte ein, als wär's Möbelpolitur. Dann zieht sie Fats den Knebel aus dem Mund und beugt sich vor.

Wenn du sie noch mal schlägst, du Arschloch, dann bring ich dich um, flüstert sie ihm ins Ohr.

Leck mich, du Lesbenfotze, sagt Fats. Und das ist sein nächster Fehler.

Carla stopft ihm das Höschen zurück in den Mund. Träum weiter. Sie greift ihm in den Schritt. Sag, hast du überhaupt 'n Schwanz?

Mit weit aufgerissenen Augen bäumt Fats sich auf und versucht, sie abzuwerfen.

Es reicht, sage ich.

Carla lässt los, und Fats sackt in sich zusammen, in seinem rechten Augenwinkel glänzt ein winziger feuchter Fleck. Typisch – wenn irgendwer ihre Oma aufhängt, vergießen diese Penner nicht eine Träne, aber wehe, man betatscht ihre Nudel, dann mutieren sie alle zu kleinen Mädchen. Zeit für sein Abschiedsgeschenk, sage ich mit einem Blick zu Lise.

Carla hält ihm das Messer ans Kinn. Los, mach die Augen zu.

Fats reißt sie nur noch weiter auf.

Also greift sie ihm noch mal zwischen die Beine. Ich sagte, Augen zu, du Wichser.

Prompt kneift Fats fest die Augen zusammen, sieht fast so aus, als würde er beten, aber das wäre echt ganz was Neues. Carla langt ein zweites Mal kräftig zu. Wenn du die Augen aufmachst, Süßer, bist du tot.

Lise stellt sich hin, rechts und links von Fats' Kopf ein Sechs-Zoll-Stiletto. Als ihn ihr warmer Pissestrahl ins Gesicht trifft, beginnt er wie wild zu zappeln und zu keuchen.

Lise schüttelt ab, macht anmutig einen Schritt zur Seite und grinst auf ihn runter. Waterboarding Lesben-Style, du Null.

Halbe Stunde später setzen wir draußen an der East Lancs Road einen winselnden Fatboy am Straßenrand ab.

Sonn macht die Hecktüren auf, und mit einem dumpfen Knall landet er auf dem Standstreifen, bevor Carla wendet und direkt auf ihn zufährt, nur um in letzter Sekunde auszuweichen, und dann sind wir auf dem Weg zurück in die Stadt.

He Fats! Lise steckt den Kopf aus dem Fenster. Das Höschen kannst du behalten!

Und alle lachen sich den Arsch ab, weil 'n paar Stiche in die Brust im Vergleich zu 'ner Demütigung wie heute Abend natürlich der reinste Witz sind, jedenfalls was die Cheetahs angeht.

War eh nicht meine Lieblingshose, sagt Lise.

Carla hat einen Blick drauf, als würde sie fliegen. Hoffentlich erstickt er dran, sagt sie.

Darüber müssen alle so laut lachen, dass der Transporter die Gehsteigkante streift und den Poller mitnimmt. Auf der nassen Fahrbahn fliegen die Funken, bis Carla dem Ganzen ein Ende macht, indem sie kurzerhand durch irgend'nen Vorgarten fährt, wo das Ding endgültig liegen bleibt.

Auf der Schnellstraße stadteinwärts kommt man am Park vorbei. Der Alex gilt seit jeher als Grenze zwischen Doddington- und Gooch-Gebiet, und damit war in South Manchester früher alles geklärt. Damals war der Alex nur irgendein Stadtpark, dürres Gras voller Hundehaufen, morsche Bänke, kaputte Schaukeln, eine Freilufthalde für das Leergut vom Wochenende, aber dann wurden erst die Crescents plattgemacht und dann, viel später, auch Gooch Close, Doddington Way und der Pepperhill-Pub. Alle sind nach Hattersley und Wythenshawe geflüchtet, es war ein einziges Durcheinander, und die Stadtväter haben sich gewundert, dass danach erst richtig die Post abging, obwohl sie den ganzen Abschaum verscheucht hatten.

Operation China hat damals in den Neunzigern einen Großteil des Gooch aus dem Verkehr gezogen. Im Rathaus kam man sich danach wohl ziemlich geil vor, denn das war erst der Anfang. Offenbar dachte die Stadt, wenn man unsere Häuser abreißt und im Viertel ein paar Yuppies ansiedelt, sind wir weg. Aber man muss nicht Jassir Arafat heißen, um zu wissen, dass es so nicht läuft. Wenn man den Leuten ihr Zuhause wegnimmt, weckt das nur ihren Kampfgeist. Und gegen jemanden, der sich an einen Traum klammert, hat man sowieso keine Chance.

So etwa alle fünf Jahre starten die Bullen einen neuen Versuch, dann müssen die Führungscrews jedes Mal dran glauben. Carla sagt immer, wenn man was abschneidet, wächst es nur dicker und schneller nach, aber der Polizei hat das scheinbar noch keiner gesteckt. Anstelle von einem großen Haufen gibt's im Süden der Stadt inzwischen nicht nur Young Gooch, sondern auch Mad Dogs, Bloods und ein paar Dutzend andere, die alle gemeinsame Sache machen. Aber der Name spielt eigentlich keine Rolle. Wenn man westlich vom Alex an der Oberfläche kratzt, stößt man darunter immer auf Gooch.

Wenn man der A57 stadtauswärts nach Osten folgt, kommt man irgendwann ins Hoheitsgebiet der Darts, God's Own Country, und he, wir sind zum Glück erwachsen. Im Ernst, hier gibt's nicht nur sozialen Wohnungsbau und Kapuzenpullis auf Mountainbikes, die beim kleinsten Mucks schon drauflosballern, Reviergrenzen und so weiter. Ich meine, so was haben wir hier auch, aber an und für sich sind die Kids alle harmlos, die wissen nur nicht, wo sie hinsollen. Dumme Jungs halt, die wie aufgescheuchte Hühner durch die Gegend rennen und allen im Weg sind; letztlich wollen sie nur auffallen, aber keiner hat sie unter Kontrolle. Und am Ende leidet der Ruf des ganzen Viertels darunter.

Na ja, inzwischen dreht sich sowieso alles nur noch ums

Business. Im Osten der Stadt gibt's bestimmt ein halbes Dutzend Shotters, und einer davon ist White Mike, Chef der Darts. Shotters sind Geschäftsleute, mit den Straßendealern geben die sich nur ab, wenn's unbedingt sein muss.

Wir Brontes sind Darts, aber auch wieder nicht – wie soll ich sagen, wir haben 'nen Sonderstatus, weil wir Lesben sind und außerdem ziemlich auf Draht. Angefangen hat im Grunde alles mit Carla und mir, als ich noch im Hostel gewohnt habe und Carla bei ihrer Mum am Bronte Close. Und irgendwann lief die Geschichte einfach.

Klar, bei den Darts gab's auch früher schon Frauen, aber die waren entweder mit einem der Typen zusammen oder hatten 'nen Todeswunsch, und viel mehr bleibt dir hier auch nicht übrig als Frau. Mir ist das alles zu blöd, du-bist-wen-du-bumst, andauernd Zickenterror und so. *Ich* brauche keinen Schmalspurgangster als Beschützer.

Am Anfang gab's immer wieder Stress, aber mit der Zeit haben wir uns zusammengerauft. Mike ist der Meinung, das ist besser fürs Geschäft, und ich finde, er hat recht. Und solange genug da ist für alle und keiner versucht, die anderen übern Tisch zu ziehen, kann ruhig alles so bleiben, wie's ist. Mike darf nur nichts passieren, sonst haben wir Tony Maggs an der Backe, und der Typ ist echt psycho, ein gestörtes homophobes Arschloch, dabei ist er selber stockschwul und total scharf auf Stricher. Jemand anderes käme mit so was gar nicht erst durch, da hätte sich längst einer erbarmt und ihm das Hirn weggeblasen.

Weiter im Norden haben wir die Cheetahs und Salford.

Salford ist eigentlich unantastbar, die haben ihren Laden fest im Griff und sind im Geschäft, seit Adam ein Kind war. Tiny Stewart stand schon dreimal wegen Mordes vor Gericht und ist jedes Mal davongekommen. Inzwischen wohnt er draußen in Preston, mit Pool und allem, und letztes Jahr war er sogar im Fernsehen und hat so getan, als wäre er geläutert. Von wegen! Preisgekrönte Dokumentation? Preisgekrönte Verarsche trifft's eher. Mir hat der Spacko von der BBC fast leidgetan.

Bei den Cheetahs geht's immer schon nach Familien. Da sind ein paar völlig Bekloppte dabei, und alle sind sie miteinander verwandt wie im britischen Königshaus, da kommt keiner dazwischen. Das Sagen hat Big Tommo McVey. Der Typ ist brutal und krass gefährlich, aber er weiß, was er tut, und Mike und er kommen halbwegs klar, also gibt's an der Front keine großen Probleme. Mike sagt, das kann sich alles ändern, falls Tommo was zustößt und Mad Daz, sein kleiner Bruder, den Laden übernimmt. Das kommt davon, wenn die ganze Familie mit drinsteckt. Man weiß zwar, was einen erwartet, aber man kann auch nichts dagegen tun.

Was ich damit eigentlich sagen will – im Norden läuft alles so reibungslos, weil die Bullen da noch nie aufgeräumt haben. Aber ich habe auch das Gefühl, ihre besten Tage haben die da oben längst hinter sich, immerhin sind sie alle schon über dreißig. Carla sagt immer, Zurückschneiden ist wichtig, weil nur so neue Triebe entstehen und die Pflanze gesund bleibt.

Genau an der Grenze steht die Brücke. Der Graffiti-Tag sieht gut aus, auch im Dunkeln.

He, schaut mal, sagt Lise aufgeregt, das sind wir.

Lies vor, sagt Sonn.

Ich lese vor.

Und was soll das heißen, fragt Sonn.

Wie bist du da überhaupt raufgekommen, will Lise wissen.

Ich deute auf den Eisenvorsprung über der Fahrbahn. Da hab ich mich mit einer Hand festgehalten. Vier Dosen sind insgesamt draufgegangen.

Clever, sagt Lise. Aber muss es nicht heißen »*We* Are Consumed«?

Sonn schnaubt und schüttelt den Kopf. Wenn du Bock hast, da oben rumzuklettern, Lise, dann besser's doch aus, no problemo.

Wir sind immer noch am Gackern, als Carla plötzlich eine Vollbremsung hinlegt. Alles starrt nach vorne, wo die Grenze zu den Cheetahs verläuft, und im Wagen herrscht auf einmal Grabesstille. Gedankenverloren kaut Carla auf ihrer Unterlippe rum, und ich kapiere nicht gleich, was los ist. Kommt nicht infrage, sage ich dann.

Ich hol sie da raus, murmelt Carla. Wenn sie will, dass ich ihr was ausrede, wird sie normalerweise laut, aber diesmal ist ihre Stimme kaum hörbar, und das heißt so viel wie, sag was du willst, ich mach's sowieso.

Bitch, bist du noch ganz sauber?, fragt Sonn. Und ich meine, damit spricht sie dem Rest von uns nur aus der Seele.

Du kannst doch nicht wegen irgend'ner Schnalle alles aufs Spiel setzen, Babygirl! Das ist Harakiri, no Shit, Girlfriend.

Jetzt müssen wir alle grinsen. Seit Sonn sich Sky Plus zugelegt hat, redet sie ständig so daher.

Carla zuckt nur mit den Schultern. Diesen Blick habe ich leider schon viel zu oft gesehen.

Wer nicht mitwill, kann ja aussteigen, sagt sie.

Hab ich das gesagt? Sonn ist beleidigt. Ich mein doch nur.

Dann greife ich rüber und mache den Motor aus, und auf einmal ist es, als hätte jemand den Verstärker abgedreht. Man hört nur noch den Regen, alles steht still, und die Laternen vor den Mietshäusern ziehen sich wie helle Kleckse die Straße entlang.

In dem Moment sehe ich plötzlich alles vor mir und überlege, wen ich anrufen könnte und was wohl passiert, wenn Carla da reinmarschiert und die Alte von irgend'nem Cheetah einpackt, und was, wenn es deshalb zum Krieg kommt, wer steht dann auf welcher Seite? Egal wer gewinnt, irgendwer muss immer dran glauben, denn obwohl 's eigentlich aufs Gleiche hinauslaufen sollte, kommt es doch meistens am Ende ganz anders.

Und was, wen die Jungs sagen, Sorry Girls, aber wir halten uns raus, bei so was könnt ihr nicht auf uns zählen? Weil sie Schiss haben, da was loszutreten, und dass bald irgend'ne Cheetah- oder Longsight-Lesbe ankommt und ihnen nach allen Regeln der Kunst ihre Ische ausspannt. Unter uns, die Angst ist berechtigt.

Was grinst du denn so?, fragt Lise.

Ach nichts, sage ich. Was haben wir alles dabei?

Sie klettert über den Sitz nach hinten und hebt den Bodenbelag an.

Eine MAC, die Glock, drei Schlagstöcke und den Wagenheber, sagt sie.

Nach einem Blick auf die MAC schüttle ich den Kopf. Wir brauchen die Uzi, sage ich, schau mal untern Sitz. Und ich stelle mich aus gutem Grund so an, weil, mal ehrlich, mit einer MAC-10 trifft eine wie Lise nicht mal das offene Scheunentor, und irgendwann wird uns das noch sauteuer zu stehen kommen.

Derweil macht Sonn sich unterm Armaturenbrett zu schaffen und fördert kurz darauf strahlend die Black & Decker zutage. Eins muss man ihr lassen, sie liebt diese scheiß Nagelpistole, an der sich sonst niemand freiwillig vergreifen würde, und so was wie »Beweiskette« ist für jemanden wie Sonn sowieso ein Fremdwort.

Yo Uzi, meldet Lise von hinten.

Ich schwinge meine Füße aufs Armaturenbrett. Okay, hört zu, sage ich, so sieht's aus. Zwischen Darts und Cheetahs gibt's so weit keinen Stress, aber Carla hat leider nicht die Alte von irgend'ner Tussi gebürstet, was Girl on Girl angeht, haben wir also kein Argument. Wenn wir trotzdem was starten, sind die Cheetahs garantiert angepisst und rücken gleich in Armeestärke an, weil sie glauben, wir hätten das Ganze mit Mike abgeklärt. Haben wir aber nicht. Also gibt's Krieg.

Aber wir sollen doch fragen, bevor wir Krieg machen, oder?, fragt Lise.

Damit eins klar ist – ich liebe Lise wie meine eigene Schwester, und wenn's hart auf hart kommt, kann man sich hundertpro auf sie verlassen, aber für jemanden mit mittlerer Reife ist sie manchmal ganz schön schwer von Begriff. Neben mir poliert Sonn gerade die Nagelpistole mit ihrem T-Shirt, und obwohl sie den Blick gesenkt hat, sehe ich, dass sie grinst.

Das stimmt schon, Lise, sage ich.

Dann werfe ich Carla einen Hilfe suchenden Blick zu. Eigentlich hatte ich gehofft, dass sie einen Rückzieher macht, aber sie starrt weiter stur geradeaus die Straße runter, als würden gleich die Heiligen Drei Könige aufkreuzen und irgendwas mit 'nem Kamel anstellen.

Bist du dir ganz sicher, Car? Weil die Aktion könnte echt nach hinten losgehen.

Carla schaut weiter nach vorne, als hätte sie nichts gehört.

Ich habe kein gutes Gefühl bei der Sache, also ändere ich meine Taktik. Der Schlag zielt unter die Gürtellinie, aber immer noch besser als die Abreibung, die uns mit ziemlicher Sicherheit bevorsteht, wenn Carla nicht langsam wieder von ihrem Trip runterkommt. Und was ist mit Mina?, frage ich.

Doch das bereue ich gleich wieder, denn Carla wirft mir prompt einen vielsagenden Blick zu. Was soll mit Mina sein?

Damit ist alles gesagt, game on, weil, egal was passiert, ich kenne Carla schon mein halbes Leben, und am Ende ist sie wie meine Schwester, sie ist meine Familie. Und wenn wir halbwegs unbeschadet aus der Sache rauskommen, muss ich an Mina vielleicht gar keinen Gedanken mehr verschwenden, denn Carla wirkt derart verschossen in diese Neue, dass es ihr am Ende wahrscheinlich vollkommen schnurz ist, ob wir was hatten.

Als sie sich vorlehnt, sieht sie im Schein der Straßenlampe mit ihren energisch zusammengepressten Lippen so schön aus, dass mir fast das Herz stehen bleibt. Dann schaut sie mich an. Und, bist du dabei?

Klar, Süße, sage ich, kein Thema.

Also lässt sie den Motor an, macht die Scheinwerfer aus, und wir rollen langsam an den Häusern vorbei über die Grenze. Es ist totenstill, bis auf das Klick-klick der Nagelpistole, die Sonn gerade befüllt, und das Dunk-dunk-dunk unserer Herzen.

Okay, ich weiß auch nicht warum, aber auf einmal fällt mir Aurora ein, und ich kann den Gedanken an sie nicht mehr abschütteln.

Insgesamt habe ich drei Patenkinder, Ror eingeschlossen – vier mit dem, das gerade unterwegs ist. Aber Ror ist mein Liebling, weil sie als Erste da war und, ganz ehrlich, weil sie Carlas Tochter ist und damit irgendwie auch meine. Dabei geht mir der ganze Mater-dolorosa-Scheiß total am Arsch vorbei. Ich habe schon genug Shit um die Ohren, ich muss mich dafür nicht noch extra hinknien.

Was Patenkinder angeht, kommen mir nur Mädchen ins Haus. Lise hält das für Diskriminierung, aber ich sage immer, nein, ich schaffe nur ’nen Ausgleich. Weil als Mädchen – und besonders da, wo wir herkommen – braucht man heutzutage jemanden, der einen unterstützt, nicht jemanden, der einen zusammenschlägt oder *fickt*, dem man *was zu verdanken hat*. Ein Mädchen braucht jemanden, der ihm sagt, hör zu, nur weil du 'n Mädchen bist, musst du nicht immer alles einfach so schlucken. Und schon gar nicht im wörtlichen Sinne. Jedes Mädchen braucht jemanden, der weiß, dass, wenn sie was nicht will, es vermutlich daran liegt, dass sie nun mal nicht will und nicht daran, dass sie im Sitzen pinkelt.

Lise meint, bald wollen alle nur noch Mädchen und daran bin ich schuld. Aber mal ehrlich, das kann noch dauern. Schließlich kommen die Frauen erst langsam drauf, wie anstrengend Jungs sind. Jede Mutter weiß, dass man Jungs nicht einfach lieb haben und irgendwann loslassen kann, damit sie lernen, alleine klarzukommen. Man muss sich in einer Tour mit ihnen beschäftigen, muss sich um sie kümmern und darf nie nachlassen. Sonst werden sie wie diese komischen Rattendinger bei Discovery Wild, die sich nacheinander ins Meer stürzen, bilden Rudel und lassen sich abknallen.

Damit eins klar ist, mein Patenkind zu sein ist 'ne Ehre, aber am Ende geht's vor allem um Sicherheit. Als meine Soldatin darf sie auf der Straße meinen Tag verwenden, und dann kommt ihr garantiert keiner blöd. Kein Wunder, dass alle bei mir Schlange stehen. Ich verstehe das: Jede Mutter will doch das Beste für ihr Kind.

Na ja, wie gesagt, Ror ist was ganz Besonderes. Gerade ist sie zehn geworden, geboren im Oktober 1998, kurz nachdem Car und ich aus dem Heim kamen. Das war 'n echt gutes Jahr. Manchmal tagge ich uns gemeinsam, wenn ich an ihrer Schule vorbeikomme. D-o-n-n-A-u-r-o-r-a. Ein A für uns beide, damit alle wissen, dass sie meine Soldatin ist, falls auf dem Spielplatz irgendein Scheiß läuft. Ich habe mich auch schon in den Hof geschlichen und unters Fenster gehockt. Dann schmeiße ich Kieselsteinchen an die Scheibe, bis sie anfängt zu lachen.

Letzten Sommer, als es überall nach heißem Asphalt und rostigen Dosen roch, saß Aurora einmal direkt neben dem Fenster, und wir haben uns Zettel geschrieben. Alles war friedlich, da reißt plötzlich jemand das Fenster auf.

So 'ne blöde alte Hexe steckt den Kopf raus, sieht mich und knallt das Fenster wieder zu.

Die anderen Kinder lachen, nur übertönt vom Gekreische der Hexe.

O-Rora. Gib. Das. Her. Wag. Es. Ja. Nicht.

Es ging um den Zettel. Die Kleine hat ihn einfach so runtergeschluckt, ohne dass ich irgendwas sagen musste. Ganz ehrlich, da war ich richtig stolz.

Ich ziehe die Handbremse und würge den Motor ab. Carla haut mit den Fäusten gegen das Lenkrad. Was soll der Scheiß?

Nicht dass wir uns falsch verstehen – Carla ist eine tolle Mutter. Wahrscheinlich sogar die beste von allen, weil sie nie laut wird und nur ganz selten zuschlägt und Ror und sie immer über irgend 'nen Blödsinn lachen. Außerdem hat sie diesen ganzen Gefühlsstuss drauf, in dem ich total schlecht bin. Aber manchmal verrennt sie sich auch in was und denkt nicht daran, was mit Ror passiert, wenn wir beide nicht mehr da sind. Lise meint, das kommt, weil Carlas eigene Mutter besser schon vor Jahren gestorben wäre. Na ja, jedenfalls muss ich hin und wieder für sie mitdenken.

Ab auf den Rücksitz, sage ich zu Carla, du bleibst hier. Drei von uns sind genug.

Die anderen schauen mich an, als hätte ich sie nicht mehr alle. Und das mag schon sein, aber darüber kann ich auch später noch nachdenken. Jetzt muss ich erst mal die Chefin rauskehren und 'ne Ansage machen, bevor wir alle Schiss kriegen. Das ist ein Befehl, knurre ich.

Carla sieht aus dem Fenster die Straße hinunter. Ich folge ihrem Blick und sehe die Stahltür zu Fatboys Haus im Laternenlicht glänzen.

Zu spät, sagt sie. Und sie hat recht.

Ich schaue mich um. Draußen rührt sich nichts.

Viel zu ruhig, sage ich. Und ich habe auch recht.

Im nächsten Moment reißt Carla den Transporter herum, drückt aufs Gas und stößt in einem Tempo zurück, dass der Motor aufheult wie eine 747, wahrscheinlich hört man uns noch in Hattersley. Sekunden später halten wir auf dem Gehsteig vor Fatboys Haus. Ich verpasse Carla einen Knuff. Bleib im Wagen und lass den Motor laufen. Wir checken erst mal die Lage.

Im Nu ist Sonn überm Gartentor und hinterm Haus. Die Frau weiß halt, wie's geht. Lise und ich nehmen den Vordereingang und postieren uns links und rechts von der Haustür, die Glock kühl und schön in meiner Hand.

Als ich noch mal zum Wagen rüberspähe, sehe ich plötzlich Carlas Handy aufleuchten. Geht's noch? Mit wem schreibt die?

Während ich auf ein Zeichen von ihr warte, lehnt sie sich im Sitz zurück und wird vom Schatten verschluckt. Ich höre meinen Atem, spüre einen Druck auf der Brust. In den Kniekehlen pocht mir der Puls, und langsam spüre ich am ganzen Körper diese winzigen Stiche. Ich warte. Das Blut rauscht mir in die Oberschenkel, und mein Atem geht flach, ich halte mich ganz still. Besser als gut.

Dann schlage ich einmal kräftig mit der Faust gegen die Tür.

Nach einer gefühlten Ewigkeit geht quietschend das Gitter auf. Lise und ich drücken uns an die Mauer, kalt und feucht klebt der Stein an meiner Wange, und es riecht nach Lagerfeuer und Hundepisse. Man hört, wie drinnen jemand die Riegel zurückschiebt, einen nach dem anderen, und ich werfe noch mal einen Blick auf Carla hinterm Steuer.

In dem Moment, meine Fresse, sehe ich sie auf einmal glückselig grinsend aus dem Wagen klettern und weiß sofort, dass sie *mich* ganz bestimmt nicht so anlächelt. Natürlich nicht. Denn neben mir geht gerade die Tür auf, und eine zierliche Schnecke mit langen schwarzen Haaren und einer silberglänzenden Reisetasche tritt über die Schwelle, als wäre ihr Vorgarten der rote Teppich, und schwebt regelrecht auf das Auto zu. Kein Hey Girls. Kein Danke. Sie macht nicht mal die Tür hinter sich zu.

Und Carla steht einfach so da, mitten auf der Straße, mitten im Cheetah-Hoheitsgebiet, die Arme weit ausgebreitet wie Mutter Teresa. Mann!

Wahrscheinlich sollte ich mich aufregen, aber wozu? Ich erlebe so was nicht zum ersten Mal. Eine neue Sorte Lipgloss, ein niedliches Lächeln, und um Carla ist es geschehen.

He Donna, sagt Lise plötzlich leise.

Ich folge ihrem Blick, und dann starren wir beide wieder in Richtung Eingang.

Keine drei Fuß überm Boden, Paddington-Dufflecoat zugeknöpft bis zum Hals, starren zwei runde Augenpaare zurück. Die Große hat einen Trolley mit Dora the Explorer drauf in der Hand, die Kleine streckt mir ihren Teddy, der irgendwie aussieht wie ein Hund, entgegen.

Carla steht mit Fatboys Schnitte immer noch neben dem Lieferwagen, und auf den ersten Blick weiß man nicht, wo die eine aufhört und die andere anfängt, mit den beiden ist im Moment also nicht zu rechnen.

Wir können sie nicht einfach hierlassen, sagt Lise.

Aber wenn wir sie mitnehmen, sage ich, sind wir geliefert.

Auf dem Nachhauseweg ist es ziemlich still im Auto. Sonn fährt, übers Steuer gebeugt wie Mr Magoo, die Brille rutscht ihr fast von der Nasenspitze. Carla hat schützend den Arm um ihre Neue gelegt und ist in einer Tour nur am Gurren. Und dann diese zwei komischen Kinder, mit Augen wie Suppenteller, die ganz vorne in der Mitte sitzen und wortlos vor sich hin starren.

Eins ist klar, jetzt gibt's kein Zurück mehr. Aber was habe ich eigentlich erwartet? Dass Fatboy insgeheim froh ist, seine Schnalle los zu sein, wenn wir mit ihr abhauen? Dass er vielleicht schon eine neue am Start hat und gar nicht merkt, dass die alte weg ist? Oder dass ihm das, was wir mit ihm veranstaltet haben, so peinlich ist, dass er ’s dabei bewenden lässt?

Sicher, Donna. Ist klar.

2

Ich wache früh auf und gehe gleich nach dem Aufstehen rüber zu Carla. Wenn ich sie nicht schleunigst zur Vernunft bringe, sind wir erledigt. Ich bin selber weiß Gott kein Engel, aber irgendwann wird die Libido dieser Frau uns noch alle ins Grab bringen.

Sie steht in der Küche und schmiert Aurora gerade ein Pausenbrot für die Schule. He Süße, sagt sie, willst du 'nen Tee?

Mein Blick wandert durch die Küche. Wo ist sie?

Kimmie? Oben.

Kimmie? Willst du mich verarschen?

Vorwurfsvoll verzieht sie den Mund. Sei doch nicht immer so.

Car, die Alte ist mit 'nem Cheetah zusammen. Bist du lebensmüde, oder was?

Da fängt sie an zu strahlen und lacht. Ach, hör doch auf.

Sie ist schon süß, und das hat Aurora von ihr, aber ich lasse mich nicht einwickeln und sage, dass Kim bis heute Abend Zeit hat, sich zu verpissen, bevor die Cheetahs hier aufkreuzen.

Jetzt ist sie beleidigt. Wo sollen sie denn hin?

Der Cousin von Tools hat überall Häuser, sage ich, und er schuldet mir noch was. In Ardwick steht 'ne Dreizimmerbude leer, hier sind die Schlüssel. Lächelnd halte ich sie ihr unter die Nase.

Heute Abend sind sie in der Wohnung, Süße. Und wenn ich sie eigenhändig hinfahren muss.

Carla schmollt, aber irgendwer muss hier für Ordnung sorgen, und ich weiß, dass sie's mir irgendwann danken wird, egal wie sauer sie jetzt ist. Aber erst mal wird natürlich rumgejault, Sie will aber hierbleiben.

Gut, sage ich. Dann soll sie hierbleiben. Und was passiert, wenn die Nächste daherkommt?

Welche Nächste?, fragt Carla.

Ich schaue sie nur an, ihre Wangen glühen, und auf einmal weiß ich, dass wir knietief in der Scheiße stecken. Ich schwöre, manchmal glaubt die Alte echt, was da aus ihrem Mund kommt.

Sie ist nicht verliebt. Jedenfalls nicht mehr als sonst. Carla ist immer in irgendwen verschossen, aber halten tut es nie. Und ich versteh's irgendwie, ist bestimmt nicht leicht, auf Draht zu bleiben, wenn einen andauernd alle nur flachlegen wollen und man längst nicht mehr weiß, wem man trauen und auf wen man sich verlassen kann.

Solche Probleme sind mir zum Glück fremd. Ich meine, ich kann mich nicht beklagen, aber Carla weiß manchmal gar nicht wohin vor lauter Anbeterinnen. Sie kommt abends irgendwo rein, und kein Scheiß, der ganze Club verrenkt sich nach ihr den Hals, als würde sie irgendwas ausstrahlen, das die Leute magisch anzieht. Liebe liegt ihr einfach im

Blut, wie Musikmachen und Muttersein. Und wenn sie sich umdreht und ihr verschmitztes Lächeln aufsetzt, dann ist es, als wäre gerade die Sonne rausgekommen, alles kribbelt und wird warm. Mich bringt man mit so was nicht aus der Fassung, aber damit eins klar ist, ich habe schon erwachsene Frauen deswegen weinen sehen.

Was ich damit sagen will – ich weiß, warum Carla so ist, wie sie ist. Und sie soll um Gottes willen auch so bleiben, nur manchmal übertreibt sie's einfach und vergisst, worum's eigentlich geht, und dann werde ich eben nervös.

In dem Moment kommt eine strumpfsockige Aurora schlecht gelaunt in die Küche gestapft und lehnt sich mit verschränkten Armen gegen den Kühlschrank. Auf ihrem weinroten Pulli prangt ein schief vernähtes Abzeichen: Clearwater Juniors.

Ich geh nicht zur Schule, sagt sie.

Ich muss grinsen. In dem Pulli würde ich mich da auch nicht hintrauen.

Carla wirft mir einen wütenden Blick zu. O doch, du gehst, junge Dame. Los, Schuhe an, sagt sie zu Ror.

Die starrt zurück, Kinn vorgeschoben wie Ricky Hatton, und deutet mit dem Kopf in Richtung Tür. *Die* gehen doch auch nicht. Warum muss ich dann?

Gemeint sind natürlich Kims kleine Pisser, und irgendwo hat Ror damit schon recht.

Hol deine Stiefel, bellt Carla, ich mein's ernst.

Ror steht immer noch mit verschränkten Armen da, als die zwei Blagen zur Tür reingeflitzt kommen und mit Carla zusammenkrachen, der prompt die Butter runterfällt. Oi, aufpassen!

Siehst du? Ich kann hier nicht weg, ohne mich kommst du doch gar nicht klar, grinst Ror. Oder, Donna?

Doch bevor ich antworten kann, schwebt Kim durch die Tür, mit abstehenden Haaren und in Carlas blauem Hemd. Nackte Füße und Zehenring, winziges Skorpiontattoo am Knöchel, und okay, so zerzaust sieht sie schon ziemlich heiß aus, aber mein Typ ist sie irgendwie nicht. Ich habe gern was zum Anfassen, und Kim wirkt so seltsam zerbrechlich, als könnte man sie nicht richtig liebhaben, aus Angst, was kaputt zu machen.

Vor ihr gibt Carla sich nett und gut gelaunt und lächelt Ror an, aber ihr Blick ist eine einzige Warnung. Los Schatz, zieh jetzt die Schuhe an, sonst kommst du zu spät.

Ror durchschaut ihre Masche sofort und zeigt auf Kim. Und wer ist das?

Da macht Carla kurzen Prozess und zerrt Ror am Oberarm in Richtung Flur. Ab mit dir, junge Dame. Und wo du gerade dabei bist, werd mal erwachsen!

Wenn ich noch schneller erwachsen werde, hab ich dich bald überholt, gibt Ror zurück.

Damit hat sie das letzte Wort, und sogar Carla muss jetzt lachen. Kein Scheiß, manchmal kriegen wir uns gar nicht mehr ein über die Kleine.

3

Aurora: Kein Bock
Geeta: Wo bis du?
Aurora: Im Bus bah der Schnee
Geeta: Aber echt he was los?
Aurora: Ich hasse meine Mum
Geeta: Ja ich meine auch
Aurora: Ich hau ab komm mit
Geeta: Kann nicht hab Kickboxen um 6
Aurora: Dann Sa?
Geeta: K

Sogar im Klassenzimmer ist es arschkalt. Die Hexe hat ’nen Mantel an, so was würde nicht mal meine Nan anziehen.

Ihr könnt die Jacken heute anbehalten, sagt sie. Zum Glück, meine Pfoten sind nämlich schon knallblau.

Aurora Borealis, sagt die Hexe. Na, wer kann mir sagen, was das ist?

War ja klar. Gleich gibt’s wieder Stress. Wie damals, als wir *Dornröschen* aufführen mussten, nur damit ich jedes Mal ausflippe, wenn mich jemand Prinzessin nennt. Die Alte hat einfach was gegen mich.

Natürlich schauen jetzt alle her. Ey, was' denn so spannend an mir? Glotzt nicht so blöd. Ihr kennt mich doch gar nicht. Sogar die alte Schleimerin Sunita Clegg starrt mich an, und dann lacht die dumme Nuss auch noch. Wenn ich aussehen würde wie die, ich würde mich umbringen. Ich winke ihr zu. Wir sehen uns in der Pause, sage ich.

Ich, Miss! Ich weiß es, Miss! Die fette Petze Chelse hat wie immer die Hand in der Luft. Kann die mal jemand auf Diät setzen? Keine Ahnung, wofür Erdkunde gut sein soll. Brauche ich auf der Bühne sowieso alles nicht.

Jaaaa, Chelsea, sagt die Hexe.

Und Chelse so: Aurora Borealis, das Polarlicht, Miss.

Alle schauen mich an und lachen.

Mir egal. Ich muss an die eine von *X-Factor* denken, die ist echt cool. Ich gucke immer ihren Song auf YouTube, Whass-uh-hup, Oh Ba-by Whass-up? Im Video hat sie voll die dünnen Beine und zuckt so beim Tanzen. Eines Tages, liebe Fans, stehe *ich* da vorne.

Draußen im Hof liegen am Rand die Schneehaufen, ein Scheiß, echt, und Dale Smith, der nur noch seine Nan hat, tut so, als wäre er nicht zu spät dran. Irgendwie cool, wenn man keine Mutter hat, die einen jeden Morgen aus dem Bett schmeißt. Mein Leben ist kacke, ich darf nie zu spät kommen.

Halb zehn und langsam ist so was wie Taktik gefragt, also hebe ich die Hand und stoße heimlich Geet an. Miss? Bitte, Miss? Ich muss aufs Klo, Miss!

Die Hexe schüttelt den Kopf, wie fies, ey. In fünf Minuten ist Pause, O-Rora, bis dahin kannst du ruhig noch warten.

Ich weiß nicht, aber so was geht doch bestimmt gegen irgend'ne Regel, irgend'ne Menschenregel, für die's irgendwo ein Gericht gibt. Bei dem Gedanken muss ich grinsen, weil auf einmal sehe ich aus wie Judge Judy, mit Glitzerohrringen und schwarzem Umhang, und höre mich sagen: Sie da, hören Sie mal – Sie haben kein Recht, jemanden, der muss, nicht aufs Klo zu lassen, und deshalb kommen Sie jetzt ins Gefängnis, und zwar lebenslänglich. Am Ende sitzt die Hexe im Knast wie mein Dad, und ihr Haar wird über Nacht weiß wie in dem einen Film, aber das geschieht ihr alles nur recht.

Ja okay, Miss, egal.

Zehn Minuten später sind wir draußen im Hof und frieren uns den Arsch ab. Geets Dad sagt, die schicken uns raus in den Schnee wegen der frischen Luft, aber ich komme mir jedes Mal vor wie 'n Verbrecher. Dabei haben wir doch gar nichts gemacht. Es ist Eine Reine Machtdemonstration, sagt Donna, und so was gibt's bei uns an der Schule andauernd, habe ich den Eindruck. Mum sagt immer, meine Intelligenz hätte ich von ihr, aber ich glaube, ich habe sie von Donna, weil Donna ist so ziemlich der intelligenteste Mensch, den ich kenne.

Ich stelle mich schon mal drauf ein, Sunita Clegg 'ne Abreibung zu verpassen, aber lieber lasse ich mir noch 'n bisschen Zeit. Immerhin haben vorhin alle mitgekriegt, was ich gesagt habe, und warten nur darauf, dass ich austicke. Wenn einer aufs Maul braucht, lasse ich ihn meistens erst mal zappeln, und manchmal bin ich auch ganz schlau und mache gar nichts. Das ist nämlich der Witz. Warten ist oft schlimmer, als wenn ich direkt hingehe und ohne Vorwarnung zuschlage. Und ich verrate nicht, von wem ich das habe, weil he, ich bin doch kein Überläufer.

Komm, wir haun ab, sagt Geeta.

Sowieso, sage ich. Geschieht Mum nur recht.

Um halb elf machen wir's uns erst mal im Arndale gemütlich, hinterm Springbrunnen, wegen der Sicherheitsleute. Diese gelben Plastikwesten sieht man echt schon von Weitem, total bescheuert. Wäre ich im Arndale Centre der Chef, ich würde sie sofort abschaffen. Wie man in den Dingern irgend'nen Ladendieb schnappen soll, ist mir schleierhaft.

Gehn wir doch zu dir, sagt Geet.

Ich kann's vor Geet ja nicht zugeben, aber Mum würde 'nen Anfall kriegen, wenn sie wüsste, dass ich gerade schwänze. Dabei war sie früher selber so gut wie nie in der Schule, zumindest sagt Nan das immer. Andererseits schadet's bestimmt nicht, wenn wenigstens eine von uns beiden lesen kann.

Im Lesen bin ich ziemlich gut, obwohl die Hexe echt alles tut, um es mir madig zu machen. Ich muss voll oft neben der Tür stehen, und in Erdkunde macht sie mich so lange fertig, bis ich ausraste und zum Direktor muss. Aber lesen kann ich so gut wie 'ne Vierzehnjährige, hat sie zu Mum gesagt, kein Scheiß, viel besser als die anderen in meiner Klasse. Dabei bin ich gerade erst zehn geworden. Und auch sonst bin ich die Beste außer Geet, aber die macht auch mit ihrem Dad Hausaufgaben, zwei Stunden jeden Abend nach dem Essen, da gibt's nix. Ich würde ja die Krise kriegen. Zum Glück will mein Dad mit Mum und mir nichts zu tun haben. Er ist in Glasgow, Bar-L oder so heißt das Ganze. Mum sagt, Bar-L ist wie Strangeways in Manchester, bloß noch schlimmer, weil voll mit Schotten. Und da ist einer wie er super aufgehoben, sagt Donna.

Vom Schwarzmarkt an der Cheetham Hill Road kann man Strangeways gut sehen; eine fette Burg mit Türmen wie auf Shutter Island, nur unheimlicher. Drum herum geht eine dicke Mauer mit Stacheldraht obendrauf und der sieht eigentlich halb so wild aus, aber Geet sagt, da reißt man sich alles dran auf. Und das muss auch so sein, damit die ganzen Väter nicht einfach so ausbrechen. Wenn ich da nur hinschaue, pumpert mein Herz wie verrückt.

Heute ist Freitag, und Mum ist wahrscheinlich im Club beim Aufbauen, aber ganz sicher bin ich mir nicht, und Geet darf auf gar keinen Fall der anderen übern Weg laufen, sonst hört die Fragerei garantiert nicht mehr auf. Und zu Geet können wir erst recht nicht, weil da sind ihre Mum und ihre Nan und ihre komische Tante Soraya und die zwei kleinen Pisser, die immer durchs Schlüsselloch linsen, wenn man auf dem Klo hockt. Sogar ihr Dad wohnt da! Ich könnte das nicht, so hat man doch nie seine Ruhe. Weil der Teppich bei Geeta nicht bis zum Rand geht, sieht man die Dielenbretter darunter, aber Mum sagt, meine Güte, wahrscheinlich können sie sich einfach keinen leisten, der passt.

Na ja, ich weiß nicht, schließlich hat Geet ein eigenes Zimmer nur mit ihrem Kram drin, und es gibt immer haufenweise zu futtern und einen richtigen Tisch, und man muss die Schuhe ausziehen, wenn man von draußen reinkommt, wegen Manieren und so.

Ich wollt noch zu meiner Nan, sage ich zu ihr.

Es ist erst halb eins, aber das macht nichts. Nan weiß sowieso nicht, welcher Tag heute ist und wie viel Uhr wir haben schon gar nicht, wegen dem Alkohol. Davon erzähle ich Geet aber nichts.

Als wir ankommen, sind die Vorhänge immer noch zu, und der Gasofen läuft volle Pulle. Nan sitzt in ihrem Sessel und schläft tief und fest. Ich parke Geet auf dem Stuhl neben der Tür und mache den Ofen aus. Es ist echt brüllheiß, und Mum sagt immer, irgendwann fliegt Nan die Bude noch mal um die Ohren.

Bleib hier und pass auf, sage ich zu Geet. Wenn sie aufwacht, ruf mich.

Wieso, wo willst du hin?

Mach einfach, sage ich.

Ich gehe ins Schlafzimmer und ziehe das nasse Laken ab, stopfe es in den Wäschesack für morgen, sammle die Taschentücher auf und tue sie in den Mülleimer, dann beziehe ich das Bett neu. Die Decke ist ein bisschen feucht, aber es geht noch, und ich hänge sie einfach über das Fußteil zum Trocknen. Der Aschenbecher ist runtergefallen, und Nan hat irgendwas umgeworfen, weil auf dem Boden liegen überall Glassplitter, und als ich sie mit den Händen zusammenschiebe und wegschmeißen will, schneide ich mich natürlich.

Der Schnitt ist nicht tief, aber ich lutsche kräftig daran. Man kann nie vorsichtig genug sein, sagt Donna immer, besonders bei Schnittwunden. Sie kannte mal eine gewisse Sarah, die irgendwo eine Nadel aufgeklaubt hat, und jetzt muss sie jede Woche ins Krankenhaus, damit die das schlechte Blut raussaugen und neues Blut reinpumpen. Ein kleiner Stich, sagt Donna, und das war's.

Geet sitzt kerzengerade auf ihrem Stuhl und starrt Nan an.

Was'n los?, frage ich. Sabbert sie?

Geet schüttelt hastig den Kopf.

Keine Angst, die beißt nicht, sage ich.

Dann gehe ich in die Küche und setze das Wasser auf. Im Spülbecken steht nicht viel rum, Nan hat's nicht so mit dem Essen, nicht mal wenn ich ihr was mache. Im Küchenschrank finde ich Corned Beef und schmiere ihr ein Brot. Auf der Rinde sieht man schon die ersten blauen Punkte, aber riechen tut das Brot normal, also kratze ich erst mal alles ab. Morgen früh besorge ich frisches.

Als Nächstes hole ich das Complan raus. Wir kaufen immer so Pulver, weil Nanny ihre Brote nie isst und Mum sagt, irgendwas muss man ihr reinzwängen, sonst ist alles vorbei. Die Milch riecht noch gut, also mache ich halbe-halbe, wegen dem Eiweiß. Unsere Hauswirtschaftslehrerin Mrs Shepherd sagt immer, ohne Eiweiß geht man allmählich zugrunde. Manchmal wache ich mitten in der Nacht auf und muss daran denken, ans Zugrundegehen, und wie das wohl aussieht und was passiert, wenn ich irgendwann vorbeikomme und Nan ist nicht mehr da.

Sie rührt sich nicht, also versuche ich, sie zu wecken.

Dabei muss man echt aufpassen. Manchmal fährt sie nämlich hoch vor Schreck, und einmal hat sie mich so doll erwischt, dass ich mit dem Kopf gegen den Ofen geknallt bin. Als Mum die Beule gesehen hat, ist sie natürlich ausgeflippt und hat Nan hier bei sich zu Hause zur Sau gemacht, dabei konnte sie doch gar nichts dafür und es hat ihr voll leidgetan. Ich habe Mum zwar gesagt, dass es ein Unfall war, aber sie nur so: Unfall? Von wegen. Die ganze Frau ist ein einziger Unfall. He Donna, wenn ich mal so bin wie meine Mutter, erschieß mich bitte.

Danach durfte ich ganze zwei Tage nicht mehr zu Nan, und das war echt das Allerallerschlimmste. Ich hatte solche Angst vor dem Zugrundegehen, dass ich nicht mehr schlafen konnte, und erst als Donna zu Mum gesagt hat, hör mal, das arme Kind ist ja schon ganz krank, hat sie nachgegeben. Nan hat sich wahnsinnig geschämt und wenn ihr so was noch mal passiert, ich würde auf jeden Fall die Klappe halten.

Ich nehme also Abstand, beuge mich vor und stupse sie an.

Waaaa … wer's …?

Ich bin's, Nan, flüstere ich. Ich hab dir 'n Brot gemacht, mit Corned Beef. Nimm das mal eben, Geet.

Geet räumt die Gläser und Tassen von dem Tischchen neben dem Stuhl. Mensch Nan, sage ich, du hast den Ascher runtergeschmissen.

Als ich mich auf den Teppich knie, um sauber zu machen, tätschelt sie mir den Kopf.

Hallo mein Schatz, ach, tut mir leid, sagt sie.

Gegen halb zwei sind wir endlich bei Shah's. Bis auf ein paar schmutzig braune Haufen rechts und links vom Gehsteig ist von dem Schnee hier nichts mehr zu sehen, Mrs Shah streut nämlich jeden Tag.

Sie ist schon ganz okay, solange man nichts mitgehen lässt jedenfalls. Aber das kommt praktisch nie vor; ich beklaue doch nicht den Laden um die Ecke, sagt Donna. Nizam hat mir mal fünf Pence erlassen, weil ich nicht genug Geld für die Milch dabeihatte, aber das macht er nur, weil er auf meine Mum steht. Uns tut ständig irgendwer 'nen Gefallen, weil sie so gut aussieht, ist echt praktisch, und Mum stört es auch nicht. Der Junge hat eben Geschmack, sagt sie.

Eben will ich reingehen, da sehe ich Donna in ihrem Parka am Rollgitter lehnen, Pelzkragen bis zum Kinn und Pommes in der Hand. Sie unterhält sich mit irgendwem. Ich drehe mich blitzschnell um, aber sie hat mich gesehen. Mum sagt immer, Donna hat sogar hinten im Kopf Augen, und das kann echt gut sein, obwohl ich finde, Mum muss ganz still sein.

O Shit, sage ich halblaut.

He junge Dame, sagt Donna, was treibst du denn hier, Schule schon aus, oder was?

Und ich so: Lehrerfortbildung, aber sag nix zu Mum.

Aha, sagt Donna, und wieso darf deine Mum von der

Fortbildung nichts wissen? Heute Morgen hast du keinen Ton davon gesagt.

Jepp, Donna ist echt intelligent.

Och Dee-Dee, sage ich.

Damit kriege ich sie immer, weil Mum sagt, so habe ich sie als kleines Kind genannt, und insgeheim steht sie total auf den Namen.

Als Donna ausholt, gehe ich in Deckung. Komm, mach dich vom Acker. Von mir erfährt deine Mum nichts, aber das war das letzte Mal. Und häng hier nicht auf der Straße rum, los, ab nach Hause.

Ich beuge mich vor und sage ganz leise, damit Geet mich nicht hört, Nur, wenn *sie* nicht da ist.

Keine Angst. Die habe ich heute früh in Ardwick abgesetzt. Dann wirft sie mir einen Blick zu. Hast du Hunger? Und hält mir die Pommes hin.

Ich klemme mir die Tüte unter den Arm, schnappe mir Geeta, und wir schlendern gemeinsam davon.

Hinter mir kichern alle, *Och Dee-Dee*.

Leckt mich, sagt Donna, aber sauer klingt sie nicht.

Irgendwann kommen wir zur Unterführung. Da ist es zwar auch nicht gerade warm, aber immerhin weht hier kein Wind, und es gibt bestimmt was zu holen. Im Halbdunkel sehe ich schon Space und Wheelie-Boy. Halt mal, sage ich zu Geeta und drücke ihr die Pommes in die Hand.

Space mustert mich von oben bis unten und grinst. He Ro. Das muss zu Danny im Wheatsheaf, fünf Pfund, okay?

Ich stecke das Päckchen ein, dann schüttele ich den Kopf. Ich will zehn, sage ich, weil es ist erst halb zwei. Und außerdem bin ich seit Kurzem zehn, also doppeltes Risiko.

Space schüttelt nur lächelnd den Kopf, aber nicht so, vergiss es, sondern eher wie Mum à la, womit habe ich das nur verdient. Hast 'n scharfen Kopf, Ro-Girl, sagt er. Pass auf, sonst schneidest du dich noch.

Ich mag Space, weil er mich mal in seinem Auto versteckt hat, als bei den Garagen wer hinter mir her war, außerdem arbeite ich ganz gern. Am Ende ist jeder Job gleich, und alles ist besser als Schule. Wenn man sein eigenes Geld hat, muss man nie um was bitten. Geet kriegt zwar Taschengeld von ihrem Dad, aber das gehört ihr nicht richtig. Die eine Hälfte muss sie zur Post bringen, und für die andere Hälfte muss sie brav sein. Und dann darf sie nicht mal Süßkram kaufen oder gefälschte DVDs. Wozu hat man denn Geld, wenn man sich nix Vernünftiges dafür kaufen kann?

Als Kurier kriegt man seine Kohle erst, wenn man das Paket abgeliefert hat, könnte ja sein, dass einen vorher irgendwer aufgreift. Dann kann man immer behaupten, man hat's nur gefunden – damit bin ich schon zweimal durchgekommen. Die Wahrheit würde ich eh nie sagen, ich bin ja nicht total bescheuert.

Als wir fertig sind und uns den Zehner geholt haben, ist es halb drei, zeitlich passt es also wieder.

Geet und ich kaufen bei Shah's noch ein paar Bonbons. Ich lade zwei Pfund auf die Stromkarte, nehme Kippen für Mum mit und eine *Heat,* und dann gehen wir zu mir.

Wie immer klemmt die Hintertür. Ich drehe den Schlüssel im Schloss, trete einmal kräftig dagegen, und da flitzt Sappho auch schon zwischen meinen Beinen durch und nach draußen. Und da kann sie auch erst mal bleiben. Ich renne ihr doch nicht hinterher und schreie ihren Namen, am Ende denken die Leute noch, ich bin nicht ganz dicht. Mum sagt, Sappho ist wie ein Mann, irgendwann kommt sie schon wieder angekrochen.

Auf dem Tisch liegt ein Zettel, und ich sehe schon von Weitem, dass er von Mum ist.

wEhe Du bis shOn widA ZU Frü DaHaim
DAN Gibs ErGer.
bussi MUM. xx

Wie gesagt, ich würde nicht tauschen wollen, aber manchmal hätte ich schon gern 'ne Mutter, die 'n bisschen weniger Stress macht. Auf mich ist doch total Verlass.

Geet steht nur da und starrt den Zettel an, als wäre sie mit dem Fußboden verwachsen. Ich knülle ihn schnell zusammen und steck ihn in die Tasche. Mum ist halt echt nicht blöd oder so, und wenn irgendjemand sie auslacht, drehe ich sofort durch. Aber Geet hat scheinbar nichts gesehen, weil sie sagt nix.

Ich hole das Brot raus, ganz hinten im Kühlschrank steht die Erdnussbutter. Tadaa!

Ich schmiere, du brutzelst, sagt Geet, und man merkt, dass sie sich freut, weil ihre Mum würde sie nie allein irgendwas kochen lassen und ein Sandwich frittieren erst recht nicht.

Wenn ich mal Kinder habe, lernen die ganz früh, wie man eine Pfanne benutzt, damit sie nicht verhungern, wenn was passiert. Oder, noch schlimmer, Nudeln essen müssen. Nudeln sind nur aus Mehl und Wasser, genau wie der Kleber, den man im Kindergarten macht, und das ist doch wohl superekelhaft.

Als Mum die Hintertür aufsperrt, ist schon der Ofen an, aber nur ein Heizstab brennt. Sie ist klatschnass, und der geschmolzene Schnee macht kleine Pfützen auf dem Linoleum.

He Süße, sagt sie zu Geeta, weiß deine Mum, dass du hier bist? Sie hält ihr das Handy hin. Ruf sie kurz an, und dann kannst du zum Abendessen bleiben. Damit holt sie eine Riesenpackung Mars aus ihrer Einkaufstasche.

Danach hocken wir zu dritt vor dem Ofen, mein Riegel ist so richtig schön geschmolzen, und ich will gerade die Schokolade ablecken, da schaut Mum rüber und sieht die Kippen.

Wo hast du die denn her?

Ach, die sind von Mr Lowski, sage ich.

Ich weiß gar nicht, wieso, weil was Blöderes hätte mir echt kaum einfallen können, aber jetzt ist es passiert, und ich muss den Bluff durchziehen.

Geet guckt mich an, aber ich schaue lieber nicht in ihre Richtung.

Mr Lowski, wiederholt Mum mit ihrer gefährlichen Stimme.

Och nee Mum, sage ich, so doch nicht.

Problem ist, Mum flippt jedes Mal aus, wenn alte Männer uns Geld geben oder so. Manchmal führt sie sich auf, als wäre ich dumm wie zehn Meter Feldweg. Muss nur irgendein Typ über zwölf mit mir reden, und sie geht schon an die Decke.

Tüten. Ich hab ihm mit seinen Einkaufstüten geholfen, sage ich. Okay, leicht übertrieben klingt das schon, zehn Pfund für das bisschen Schlepperei. Dafür kriegt man ja schon ein Taxi zum Wohnungsamt.

Schau mal, Mum, sage ich, ich hab dir 'ne *Heat* mitgebracht.

Aber sie schlägt mir das Heft aus der Hand, ganz schön krass eigentlich, war immerhin ein Geschenk.

Wie. Oft. Habe. Ich. Dir. Schon. Gesagt. Du. Nimmst. Kein. Geld. Egal. Von. Wem. Kapiert? Sei ehrlich, bist du mit in seine Wohnung?

Langsam mache ich mir Sorgen um Mr Lowski. Er ist nämlich eigentlich total nett und hat mir sogar mal zehn Pence geschenkt, weil ich einen Hund verscheucht habe, der auf seinen Gehweg geschissen hat. Aber wenn Mum auf den Trichter kommt, dass er 'n Kinderficker ist, kann er sich auf was gefasst machen, und schuld daran bin dann schon wieder nur ich.

Nein, null, er hat mir die Kohle einfach gegeben, weil er seinen Kram allein nicht mehr schleppen kann. Ich hab auch die Stromkarte aufgeladen. Jetzt komm, Mum.

Auf einmal tut es ihr leid. Ach Ror, du bist schon eine ganz Brave, sagt sie und nimmt mich in den Arm. Aber mach das bloß nicht noch mal.

Und dann kriegt sie diesen Singsang in der Stimme, wie immer, wenn sie gut gelaunt ist.

Sie macht die Musik an und zieht die Schuhe aus, tanzt zu mir rüber und zieht mich hoch, und dann wirbelt sie mich durch die Gegend. Oh TFI Friday, lacht sie.

4

Als ich beim Darts-Lagerhaus ankomme, warten Tony Maggs und Danny schon draußen in Dannys schwarzem BMW.

Tony ist megafett, das reinste Tier. Wenn er lächelt, bewegt sich nur sein Mund, es ist echt zum Gruseln. In seinen Augen passiert nämlich nichts, er schaut dich an, und sein Blick ist tot, und die Pupillen flitzen hin und her wie bei 'ner Schlange.

Die zwei sperren auf und halten die Türen fest, damit ich reinfahren kann. Drinnen stapft Danny zum Lieferwagen rüber und liest die Aufschrift an der Seite.

ARTEMIS FRAUEN REINIGUNGSSERVICE
Gewerbliche und private Reinigung

Du kannst ja lesen.

Er kratzt an dem Aufkleber. Geht der ab?

Ich packe ihn am Arm. Was glaubst du wohl, Arschloch?

Kein Scheiß, wenn ich finanziell auf diese Vollnasen angewiesen wäre, müsste ich wahrscheinlich verhungern.

Ich gehe nach hinten und mache die Hecktüren weit auf. Steh nicht so blöd rum, sage ich zu Danny. Zu dritt laden wir die Eimer und Wischmopps aus und die Bottiche, auf denen »Bleichmittel« steht. Dann hebe ich neben dem Radkasten den Bodenbelag an und hole die Ware raus. Tony greift sofort nach dem Päckchen, schneidet es auf, riecht an der Klinge, leckt sie ab. Alles sauber, sagt er und gibt Danny mit dem Kopf ein Zeichen. Während Danny von hinten das Geld holt, gehe ich vorsichtshalber ein paar Schritte in Richtung Tür.

Danny kommt wieder, hält die Tüte auf und zeigt mir die Scheine.

Bei Geschäften mit 'nem Bekannten wird nicht gleich kontrolliert. So was zeugt von Mangel an Respekt, und außerdem weiß man sowieso, wo der andere steckt, falls er versucht hat, einen zu verarschen. Trotzdem, Vertrauen sieht anders aus, und ich zähle später immer nach, nur für alle Fälle. Mich würd's gar nicht stören, das gleich vor Ort zu erledigen, aber da sind immer die Männer vor. Respekt ist alles, was die noch haben.

Danach lade ich die Mopps und Eimer wieder zurück in den Wagen. Danny greift nach dem Bleichmittel.

He, lass stehen, sage ich. Und das kam wohl 'n bisschen scharf rüber, weil plötzlich schauen Danny und Tony mich an, und ich muss mir schleunigst was einfallen lassen. Bleiche ist giftig, Mann.

Jaja, giftig, wiederholt Tony, schon klar.

Dann nicken die beiden, als hätten sie Ahnung, und ich mache mich vom Acker, sonst fange ich noch vor den zwei

Spasten an zu lachen. Als ich bei Shah's vor dem Laden halte, bin ich immer noch am Grinsen. Nur kurz mit den Jungs gequatscht, da läuft mir Ror in die Arme. Das kleine Luder macht schon wieder blau, und wenn ich sie noch mal erwische, muss ich langsam 'ne Runde mit Carla reden.

Danach habe ich erst mal nichts zu tun und mache mich auf in die Oxford Road, zum Bücherstand neben der Uni. Auf dem Auslagetisch klebt ein Schild mit dem Bild von dem Jungen, der die Tage auf seinem Rad erschossen wurde: *Sämtliche Verkaufserlöse werden heute an »Moss Side Mothers Against Violence« gespendet.*

Ich greife nach einem Buch.

Wenn ich an deine Liebe denke, muss ich weinen, und wenn die Leute von dir reden, regt sich etwas in meiner stummen, starren Brust wie im Schlaf.

Die Verkäuferin trägt einen Turban und hat dreckige blonde Dreads. Zwanzig Pence, sagt sie. Ihre Fingernägel sind schmutzig und eingerissen, sie ist also hetero oder 'ne Ranzratte, vielleicht auch beides.

Ich stecke das Buch ein und überquere die Straße. In den Pence Gardens setze ich mich auf eine Bank und sehe den Studenten dabei zu, wie sie im Schnee herumspringen. Carla findet's komisch, dass ich ständig hierherkomme, für sie sind das alles nur faule Hunde. Sie kriegt die Krise, wenn die mit ihren Transparenten durch die Gegend marschieren,

Arbeiter brauchen Arbeit, und dann sind sie über Weihnachten alle beim Skifahren.

Aber ich sitze einfach gern hier. Ich fühle dann so ’ne totale Offenheit, als wäre auf einmal alles ganz klar, als würde in der Ferne irgendwas auf mich warten. Im Flughafen ist es genauso, oder im Hauptbahnhof. Da bewegt sich was, alle wollen wohin. Irgendwie kommt was ins Rollen. Der Wahnsinn.

Ich hole das Buch raus und schaue mir den Umschlag an. Der Typ heißt Rumi. Rumi, das ist mal ’n Tag.

Als ich wieder aufsehe, wird es schon dunkel. Leise fällt feuchter Schnee auf den Boden und schmilzt dort dahin. In meiner Schulter pocht und zieht es, den ganzen Arm runter bis zur Hand.

Auf der Oxford Road ist inzwischen richtig was los, volle Gehsteige, alles hetzt nach Hause, und auf den Straßen geht nichts mehr. Am Fuß der Treppe zum Studentenwerk kauert ein *Big Issue*-Verkäufer in der Kälte, seinen Hund zwischen den Knien unter einer Decke. Als ich vorbeigehe, hebt er den Kopf und hält mir seinen Becher hin.

Iss doch den Hund, sage ich. Er zeigt mir den Finger und grinst.

Der Bücherstand ist fast abgebaut, nur die junge Frau ist noch da und verpackt alles in Plastikkisten. Ich gebe ihr das Buch.

Sie lächelt. Geld zurück?

Nein, antworte ich, hab’s nur ausgelesen. Von der Seite, die ich rausgerissen und eingesteckt habe, sage ich nichts.

Sie nimmt das Buch und wirft einen Blick auf den Deckel. Dann blinzelt sie mich fragend an. Du stehst also auf Lyrik?

Lyrik? Will die mich verarschen?

Tja, sage ich. Sieht ganz so aus.

Auf dem Nachhauseweg ist auf der A57 kein Durchkommen mehr. Es gibt ’nen Rückstau, kein Wunder, freitagnachmittags sind sie alle auf dem Weg in die Pampa.

Bei der Tankstelle fahre ich raus. Auf der anderen Seite der Schnellstraße ist ein 24-Stunden-Asda, wo ein alter Sack gerade im strömenden Regen die Einkaufswagen zusammenschiebt. Sieht aus wie ein netter Opa. Arme Sau, muss mit siebzig noch Einkaufswagen zusammenschieben. Hat wahrscheinlich sein Leben lang gearbeitet und brav seine Steuern gezahlt, und jetzt muss er mit sechzig Pfund die Woche auskommen oder schuften, bis er umfällt. Wenn ich ’nen Opa hätte, würde so was nicht laufen.

Gib dem Staat nix, nimm dem Staat nix, hat Dad immer gesagt, aber der war auch ein echtes Arbeitstier, hat nie Steuern gezahlt oder Sozialhilfe kassiert und sich immer allein durchgeschlagen. Wenn du denen erst mal ins Visier gerätst, dann haste verschissen, mein Kind. Von heute auf morgen wissen die alles über dich, und ab dann drehst du nur noch brav deine Runden, wie ’ne Ratte im Hamsterrad.

Tja Dad, das Leben ist heute nun mal komplizierter. Ich tanke voll und gehe zahlen, hole die Artemis-Karte raus und nicke dem Mann vom Finanzamt innerlich zu.

Bei Lise angekommen parke ich den Transporter hinterm

Haus und trage die Plastikbottiche rein, zwei in jeder Hand. Irgendwie sind die ganz schön schwer, und ich frage mich, ob das Zeug wirklich mehr wiegt als die Bleiche oder ich mir das nur einbilde.

Drinnen ist es fast dunkel, die Vorhänge sind zu. Überall stehen Kisten mit Billigparfüm und Lippenstiften, das ganze Haus stinkt wie das Schminkzimmer einer Fußballerfreundin am Lokalderby-Abend. Ich weiß, wovon ich rede, und da bin ich nicht stolz drauf.

Boah Lise, hier mieft's.

Lise sitzt am Tisch, Kippe im Mundwinkel, einen Eimer mit Billigparfüm neben ihrem Stuhl, und kneift die Augen zusammen. Mmmh, der Duft des Geldes, flüstert sie.

Vor ihr auf dem Tisch stehen noch ein paar alte Behälter, alle fast leer, und ein halbes Dutzend Parfümflaschen, die befüllt werden wollen. Kommst gerade recht, sagt sie, mir geht langsam der Stoff aus.

Ich stelle ihr den Nachschub hin und sie schraubt den Deckel ab, steckt einen Trichter in eins der leeren Fläschchen und füllt es mit E.

Kannst du kurz den Eimer ausleeren, fragt sie.

Ich bücke mich danach. Mann, stell den doch nicht direkt daneben, wenn du rauchst. Irgendwann fällt da mal Asche rein, und dann war's das. Das Zeug ist brennbar, du Nuss.

Sie schneidet eine Grimasse.

Ich nehme den Eimer mit in die Küche und kippe das Parfüm ins Waschbecken. Bei dem Gestank wird mir schlecht, und ich würge.

Sie muss das Zeug eigentlich nur in die Flaschen tun,

aber als ich zurückkomme, sehe ich gerade noch, wie sie ein paar verschüttete Tropfen von der Tischplatte leckt.

Ey, sage ich, lass noch was vom Gewinn übrig.

Sie lächelt mich nur breit an. Ich hab dich lieb, sagt sie.

Kein Wunder, antworte ich, wie viel hast du denn schon intus?

Bei Lise muss man ständig aufpassen, besonders wenn's um Liquid Ecstasy geht. Wir anderen haben uns stofftechnisch im Griff, aber Lise ist immer irgendwie kurz vorm Kippen, und obwohl sie die Regeln kennt, darf man sie nie aus den Augen lassen.

Sonn glaubt, dass sie deshalb so kreativ ist in Sachen Drogen, dass da ihre Ideen herkommen – Parfümsprühflaschen mit E, Lippenstift mit Speed drin und solche Geschichten. Und der Erfolg gibt ihr recht, unsere Trips sind der absolute Renner. Ich meine, wer checkt schon an einem Freitagabend im Club die Parfümflaschen von den Mädels? Damit lässt sich im Heaven das reinste Vermögen machen, ein Sprühstoß fünf Pfund.

Ich nehme den Behälter, setze den Deckel wieder auf und hole die Aktenordner.

Früher habe ich ewig für die Buchhaltung gebraucht, aber irgendwann hatte ich ein System raus, und inzwischen gibt's ein Geschäftsbuch für die Steuer und eins in Code nur für uns. Bei den Jungs hält man sich mit so was gar nicht erst auf, aber ich bin ziemlich früh draufgekommen, dass die Sache nur läuft, wenn alles so echt aussieht wie möglich. Bei Operation Balboa hat die Polizei die ganzen Penner nur deshalb drangekriegt, weil ein Haufen Asche da war und kein Nachweis, wo das Geld herkam. Aus Fehlern muss man lernen – am besten, wenn sie jemand anders macht.

Ich will gerade gehen, da kommt Sonn mit Rio zur Tür rein und fragt, wie's läuft.

Coolio, sagt Lise und grinst Sonn an, die Lider auf Halbmast.

Sonn zieht die Augenbrauen hoch und wirft mir einen fragenden Blick zu. Ich nicke. Komplett hinüber. Plötzlich springt Rio auf. Er ist halb Pitbull, halb Staff, auf einem Auge blind und sieht echt superfies aus. Als Sonn ihn aufgegriffen hat, war er irgendwo in Lower Broughton unterwegs, mit 'nem Böller um den Hals, und sie dachte, den behalte ich als Wachhund. Aber dummerweise hat Rio sogar Angst vor seinem eigenen Schatten. Trotzdem ist er ganz gut zu gebrauchen. Man weiß zum Beispiel immer sofort, wenn irgendwas im Busch ist, weil Rio sich dann in Windeseile aus dem Staub macht.

Ich kraule ihn am Nacken, das hat er am liebsten.

Früher habe ich Hunde nie so richtig gemocht. Aber Rio ist mir irgendwie ans Herz gewachsen, und Sonn liebt ihn nun mal heiß und innig. Aurora liegt uns schon ewig wegen 'nem eigenen Hund in den Ohren, und ich würde ihr wahrscheinlich einfach einen holen, aber Carla zieht nicht mit. Ich habe schon genug Verantwortung, sagt sie.

Sonn will wissen, wo Kim und die Kinder stecken. Ich beruhige sie, alles okay, die sind in Ardwick. Sonn redet nicht gern, aber wenn's drauf ankommt, stellt sie die richtigen Fragen. Irgendwie macht mich die Sache nervös, sagt sie.

Ehrlich gesagt bin ich ganz froh, dass ich nicht die Einzige bin, der es so geht, auch wenn ich's natürlich nicht zugeben darf. Aber ich habe ein komisches Gefühl in der Magengrube, als wäre die Sache noch nicht ausgestanden.

Keine Angst, sage ich, das ist unser Revier. Im Heaven haben wir heute Abend Heimspiel, außerdem ist der ganze Club bestimmt wieder voll mit Darts. Die Cheetahs haben keine Chance gegen uns.

Sie wirkt nicht gerade überzeugt.

Also erzähle ich von meinem Treffen mit Tony und dass er bestimmt was gesagt hätte, wenn er was wüsste.

Insgeheim ist mir vollkommen klar, dass das so nicht stimmt, aber ich will verhindern, dass den anderen die Muffe geht, und dass Tony mir absichtlich irgendwas verheimlicht, daran darf ich gar nicht erst denken. Man muss halt auf alles gefasst sein, sage ich.

In dem Moment klingelt eins meiner Handys. Hoffentlich nicht Louise.

Es ist Mina. Ich gehe ran. He Donna, hast du später Zeit?

Ich spüre, wie Sonn mich beobachtet. Nicht dein Ernst, oder, sage ich in den Hörer.

Stille am anderen Ende der Leitung.

Okay, ich geb ihr Bescheid, sage ich und lege auf.

Sonns Blick ist immer noch auf mich gerichtet.

Ich zucke mit den Schultern. Nachricht für Carla.

Doch dann sehe ich Minas Gesicht vor mir, wie sie zu mir hochschaut mit ihren großen, wilden Augen, und vielleicht rufe ich sie doch lieber später zurück und erkläre ihr alles.

Später fahre ich ins Lager und parke dort den Lieferwagen. Rechts von der Tür funkelt Carlas neue rote Ducati, gleich neben der alten 950.

Der Anrufbeantworter blinkt, 'ne alte Schachtel aus Chorlton Green will, dass wir ihr Büro putzen. Ich rufe sie zurück, sage, dass wir Montag mit einem Angebot vorbeikommen, und trage den Termin ein.

Dann versuche ich es noch mal bei Mike, aber niemand geht ran. Tony weiß bestimmt, wo Mike steckt, aber irgendwie habe ich keine Lust, ihn anzurufen.

Als Nächstes schalte ich den Computer an und logge mich bei Flyway ein. Nichts.

Seit Xcalibre aus der Taufe gehoben wurde, haben wir alle Zugangscodes zu Flyway. Spezialeinheit zur Bekämpfung der Organisierten Kriminalität, so nennt sich das Ganze offiziell, und nach 'nem Austausch mit Baltimore haben sie's dort massiv mit der Handyortung. Kein Schimmer, was der Name Xcalibre soll – als wären sie damit auf einmal alle König Artus. Wahrscheinlich kommen sie sich sonst vor wie die letzten Loser.

Jedenfalls haben die Bullen neuerdings 'nen Haufen Ortungsequipment und glauben, wir wüssten das nicht. E-Mails sind zu riskant, weil sie auf dem Hauptserver liegen bleiben, aber mit Flyway ist das ein Kinderspiel, und man hinterlässt keine Spuren. Alle teilen sich ein Konto, Nachrichten werden als Entwürfe gespeichert und nach dem Lesen gelöscht. So wird nie irgendwas verschickt und kann deshalb auch nicht nachverfolgt werden. Eigentlich kein Hexenwerk. Finn hat sich da total reingefuchst, Bachelor in Computerwesen von der Abendschule und so, und seither nutzen wir nur noch Flyway und die Codes.

Nachdem ich die Nummernschilder und den Aufkleber vom Wagen gepult und sie in der untersten Schublade des Aktenschranks verstaut habe, gehe ich rüber zu meinem alten Metro. Inzwischen ist er nur noch ein Schrotthaufen, aber dieser Bus war mein erster fahrbarer Untersatz, und im Lauf der Jahre habe ich darin so viel erlebt, dass ich mich einfach nicht von ihm trennen kann.

Die Tür quietscht beim Aufmachen, muss ich mal wieder ölen. Ich setze mich hinters Steuer und denke nach.

Keine Ahnung, weshalb ich das immer noch mache, wo wir doch drei Ledersessel und das alte rote Sofa haben und einen richtigen Drehstuhl hinterm Schreibtisch dazu. Aber irgendwas an dem alten Bus mit seinen rissigen, aufgeplatzten Polstern, dem staubigen Armaturenbrett und der Tür, die fast aus den Angeln fällt, gibt mir 'n Gefühl von Sicherheit. Die Tür geht nicht mehr richtig zu, seit Keira damals in Glossop ihrem Mann abgehauen ist. Wir sind einfach losgefahren, während er noch im Fenster hing und versucht hat, den Schlüssel zu ziehen. Irgendwann habe ich die Tür aufgetreten, aber er hat einfach nicht losgelassen, und wäre da nicht dieser Poller gewesen, er würde wohl heute noch am Türrahmen kleben. Und dann waren wir endlich weg, auf und davon, laut lachend, mit achtzig Sachen über den Woodhead Pass, während ich mit einer Hand die Tür festgehalten habe. Beim Gedanken daran muss ich heute noch grinsen.

Ich kurbele das Fenster runter, klemme die Füße hinters

Lenkrad und lehne mich zurück. Der Sitz passt wie ein ausgetretenes Paar Docs.

Dann drehe ich den Knopf an dem alten CD-Radio. Key 103, ein Klassiker von Aretha Franklin, Respect. Sing für mich, Baby.

Eine ganze Zeit lang sitze ich nur da, starre durch die Windschutzscheibe und denke an Mike, wo er wohl steckt und wie er wohl reagiert, wenn ich ihm das mit Kim erzähle, als mir plötzlich was auffällt.

An dem IKEA-Teppich über der Falltür steht eine Ecke hoch, als wäre jemand unten im Versteck gewesen und hätte ihn danach nicht richtig glatt gezogen.

In null Komma nix bin ich beim Versteck, ziehe die Falltür hoch und klettere die Leiter runter. Das Versteck ist eigentlich nur 'n Kellerraum, an der Wand gegenüber verdeckt eine alte Zellentür das Loch in der Mauer. Zwei geschlagene Wochen und einen Pressluftbohrer von der Stadt hat Sonn damals gebraucht, um zum Kanaltunnel durchzubrechen.

Die Tür ist ziemlich cool, hat uns aber ein Vermögen gekostet. Halt ein Strangeways-Original. Irgendein Typ aus Radcliffe hat sie sich damals geschnappt, nach den Aufständen in den Neunzigern, als der Knast saniert wurde. Hatte sie dann im Flur rumstehen und immer schön poliert, die Lusche. Angeblich haben zehn Lebenslängliche so lange dran gezogen, bis die Angeln durch waren. Dann wurde ein Kinderschänder aus seiner Zelle gezerrt, über die Brüstung geschmissen, dreißig Fuß in die Tiefe und zum Schluss die Tür auf ihn drauf. Kopf sah aus wie 'ne geplatzte Wassermelone.

Das Teil ist aus massivem Stahl und sechs Zoll dick. Zu acht haben wir's erst mal nicht von der Stelle gekriegt. Sonn musste 'nen Flaschenzug bauen, um es in den Keller zu schaffen. Ganz oben steht immer noch die Zellennummer. Stadtgeschichte, sagt Lise.

Nicht mal Mike ahnt was von unserem Versteck. Die wenigsten wissen, was im Untergrund von Manchester so vor sich geht, und uns ist das natürlich ganz recht. Unter der Stadt liegt das reinste Labyrinth, lauter alte Kanäle, die längst nicht mehr befahren werden, Spaghetti Junction in der Finsternis.

An den Keller grenzt so was wie ein alter Luftschutzbunker, mit Bänken an der Wand und einer Mauer, wo mal die Treppe zur Straße hochging, aber alles furztrocken. Lise geht nicht alleine da runter, weil angeblich hört sie jedes Mal Babygeschrei. Na ja, so ist sie eben. Ich für meinen Teil finde den Bunker genial. Auf der anderen Seite ist eine zweite Falltür eingebaut, falls wir schnell mal abhauen müssen.

Als ich unten ankomme, stellen sich mir die Armhaare auf, und es kribbelt am ganzen Körper. Ich weiß genau, wenn jemand an meinen Sachen war, auch wenn alles so aussieht wie immer. Als hätte sich irgendwie was verändert, als wäre die Luft neu geordnet worden.

Aber alles ist an seinem Platz.

Ich schaue im Safe nach. Geld, gefälschte Papiere, Nummernschilder. Nichts fehlt. Plötzlich läuft's mir eiskalt den Rücken runter, als würde jemand über mein Grab spazieren. Ich mache mich schleunigst vom Acker, ziehe den Teppich zurück über die Tür und sperre ab. Dann stehe ich wieder draußen auf der Straße. Das ist doch alles ein Witz. Was habe ich mich eben so angeschissen? Ich bin manchmal echt ’n Lappen.

5

Als wir endlich den Rest aufgabeln, ist es schon zehn. Die Autos zischen an uns vorbei durch den Regen, die Luft riecht nach Tabak und nassem Holz und brennt in der Kehle. Sonn ist als Letzte dran, weil sie braucht vor dem Spiegel immer am längsten. Ich kenne niemanden, der abends beim Weggehen so speziell ist wie Sonn. Da wird alles gebügelt, sogar die Jeans, und sie kriegt die Krise, wenn sie nicht vorne sitzen und die Beine ausstrecken kann, damit auch ja alles glatt bleibt. Einmal saß sie hinten eingequetscht zwischen Marta und Lise, und als wir ankamen, durften wir gleich wieder umkehren, damit sie sich noch mal umziehen konnte. Angeblich waren ihre Sachen total zerknittert, dabei war gar nichts zu sehen. Lise sagt, das steckt ganz tief in ihr drin und kommt vom vielen Sorgenmachen und so.

Ehrlich gesagt weiß ich nicht, was sie meint. Sonn ist so unerschütterlich wie ein mittelschwerer Panzer und lässt sich durch nichts aus der Ruhe bringen. Sie will halt nur, dass alles seine Ordnung hat. Okay, das kann schon nerven, wenn sie zum Beispiel mal wieder austickt, nur weil irgendwer 'ne Minute zu spät ist oder wenn sie vorm Schlafengehen dreimal nachschauen muss, ob alle Geräte ausgesteckt sind. Oft ist es aber auch ganz witzig. Man muss sie zum Beispiel nur fragen, an welchem Tag wir irgendwo waren, und sie erinnert sich garantiert an das Datum, die Uhrzeit, einfach an alles und weiß auch noch genau, was wir gemacht haben, kein Scheiß. Das kommt manchmal echt praktisch.

Im dichten Verkehr schiebt sich der Wagen durch Rusholme. Es schifft wie aus Kübeln. Wilmslow Road entwickelt abends ein Eigenleben, überall Studenten, hell erleuchtete indische Lokale und illegale Kneipen. Suchend wandert mein Blick durchs Gewühl, denn ohne ein Okay von Tanweer lässt man sich lieber nicht in Mannschaftsstärke auf der Curry Mile erwischen.

Als Kinder sind wir jeden Freitagabend vor dem Taj oder der Asian Kitchen rumgehangen, in der Hoffnung auf 'ne Tüte Pakora oder 'ne Kanne Lassi, wenn wir Glück hatten. Manchmal saßen wir auch auf dem Gehsteig und haben die Autos der Gäste bewacht, weil es danach oft was zu futtern gab. Früher ging das noch. Alle sind wir freitags nach Rusholme, und keiner musste hungrig ins Bett. Carla und ich haben immer am meisten abgekriegt, weil Saminas Dad ab und zu im Taj gearbeitet hat. Davon träumt wohl jedes Kind, ein Dad mit 'nem Job auf der Curry Mile.

Am besten war immer das Zuckerfest. Überall war's bumsvoll, wir saßen drei Reihen tief auf dem Gehsteig, und wenn's dunkel wurde, haben die Mile End Boys auf dem Rad ihre Show abgezogen, Wheelies und Kickers und Spins und Turns und am Himmel ein fettes Feuerwerk. Irgendwann kamen die Erwachsenen raus auf die Straße, mit Tabletts voller Essen und diesen komisch geformten Süßigkeiten. Damals war's egal, wer man war oder woher man kam, jeder hat was zu essen gekriegt.

Nette Leute, diese Pakis, hat Dad gern gesagt. Ich sag dir was, Donna, am meisten kommt immer von denen, die am wenigsten haben und sogar dafür alles aufs Spiel setzen mussten.

Er hatte recht. Also, abgesehen von dem Wort Paki, aber da hat er sich nichts weiter bei gedacht. Echt nette Leute. Mir läuft heute noch das Wasser im Mund zusammen, wenn ich an das Essen denke.

In diesem Moment passieren wir die Abzweigung zum Mancunian. Früher hieß der Club Interstellar und galt als beste Konzertlocation der Stadt, aber dank den Cheetahs war es 2002 damit zu Ende, als Marty Smith auf dem Weg ins Gericht seinen Aufpassern entwischt ist. Tiny Stewarts Jungs haben auf der M602 einfach den Gefängnistransporter gerammt, und schneller als die Polizei erlaubt, waren alle in Liverpool. Danach war die Kacke natürlich am Dampfen, und noch am selben Abend haben die Cheetahs wegen 'nem läppischen Door-Deal drei Mile-Enders über den Haufen geschossen und dabei zwei Soziologiestudenten aus dem Süden ein paar nette Altmetallsouvenirs verpasst.

Damals wusste ich noch nicht, was Soziologie bedeutet, und nachdem Lise mich aufgeklärt hatte, habe ich erst mal Tränen gelacht.

Jedenfalls haben die Behörden den Club danach dichtgemacht. Typisch – wenn auf der Moss Side ein Dutzend Mancs abgeknallt werden, juckt das keine Sau, aber wenn ein Studiengebührenzahler aus Surrey in die Schusslinie gerät, dann ist die Sache gelaufen. So was lernt man nicht in Owens Park, stimmt's?

Seit der Wiedereröffnung war's das mit der echten Musik, nur noch weiße Singer-Songwriter-Heulsusen auf der Bühne, und keiner, der was auf sich hält, geht mehr hin.

Wir fahren die Oxford Road entlang, durch die Unterführung bei der Uni, vorbei an den Studentenwohnheimen und dem Rec. Seit die Stadt sämtliche Bäume und Büsche entwurzelt und den Schrott weggeräumt hat, ist der Rec nur noch ein flaches Stück Brachland zwischen den Wohnheimen und der Straße. Dafür gibt's dort jetzt ein paar Kieswege und eine Bank, damit Mami und Papi sich auch keine Sorgen machen.

Die runden Straßenlampen glotzen mich an wie kalte kleine Monde. In den Wohnheimen jenseits der Wiese brennt überall Licht, nicht ein Fenster ist dunkel. Kein Wunder, die Penner müssen ihren Strom ja nicht selber zahlen. In ein paar Jahren machen sie sich dann in Chorlton Green und Whalley Range breit oder in irgend'nem schicken Loft in Castlefield. Haben nicht mal den Anstand, sich wieder dahin zurückzuverpissen, wo sie hergekommen sind.

Wenig los, sagt Sonn.

Beim G-Mex biegen wir ab in die Whitworth Street. Ich schaue mich nach allen Seiten um. Sonn hat recht, ausgestorben wie ein südenglischer Friedhof an Halloween.

Die Straßen sind leer, keine Bullen, keine Dealer, nicht mal ein Mountainbike. Mir läuft ein Schauer den Rücken runter.

Inzwischen sind wir am Ende der Canal Street. Ein leichter Nieselregen fällt, und über dem Pflaster liegt der Dunst. Sogar die Nutten haben sich verdrückt, in die Hauseingänge, zum Schutz vor dem Regen. Das muss echt der beschissenste Job der Welt sein, besonders an einem Abend wie heute.

Eine Straßenbahn mit Rinnsalen an den Scheiben rattert vorbei und kommt quietschend neben mir an der Kreuzung zum Stehen. Zischend gehen die Türen auf, und ein Lichtkegel fällt quer über die nasse Straße auf den Eingang eines Bürogebäudes. Davor kauert völlig durchnässt ein Mädchen mit strähnigen Haaren und versucht, sich mit einem feuchten Feuerzeug eine Kippe anzuzünden. Sie ist höchstens dreizehn. Ich muss an Ror denken.

Im Heaven angekommen, winkt Lloyd uns an der Schlange vorbei durch die Tür. Lise wirft ihm eine Kusshand zu und trommelt im Vorbeigehen gegen seine Brust. Die Alte traut sich was. Inzwischen ist es schon so weit, dass sogar ein Hüne wie Lloyd unter seinem Crombie 'ne kugelsichere Weste trägt. Der Wichser ist gebaut wie ein Sherman-Tank, irgendwie denkt man, die Kugeln müssten da einfach so abprallen.

Halb elf und der Laden platzt aus allen Nähten. Carla steht hinterm DJ-Pult, und die Tanzfläche glänzt vor Schweiß und Haut. Von Mike ist weit und breit nichts zu sehen. Wobei die Shotters sich ohnehin selten im Club blicken lassen – zu riskant. Apropos, scheint kein einziger Darts-Handlanger am Start zu sein, nicht mal Tony.

Marta und ich lehnen neben der Bar an der Wand und

halten die Augen offen, als plötzlich Danny angewanzt kommt, Heeeewasgeht und so.

An und für sich mag ich Danny nicht besonders, aber mein Girl Finn hat ’n Kind von ihm, und als ich mal mit ’nem Kofferraum voller Schnee und einer zugedröhnten Lise auf der East Lancs unterwegs war und die Cops ausgerückt sind, hat er durchgerufen und mich gewarnt. Krasse Sache, also habe ich schleunigst das Auto entsorgt und bin an dem Abend bestimmt zehn Meilen zu Fuß gelatscht, zwei Kilo Koks unterm Arm und eine zickige Lise an der Hand, die in einer Tour kichert und kotzt und rumquengelt wie ein Kind an der Supermarktkasse. Aber he, die Alternativen waren nicht gerade berauschend: zwanzig Jahre im Pissloch Ihrer Majestät oder ein Möchtegerngangster auf der Suche nach ’nem Gründungszuschuss, der dir das Hirn wegballert. Jedenfalls war das die letzte Nummer, die ich alleine geschoben habe. Sozusagen. Ich mache bestimmt immer wieder ’ne Menge Fehler, aber nicht zweimal hintereinander den gleichen.

Nachdem ich den Stoff abgeliefert hatte, sind wir erst mal in der Wohnung geblieben. Lise hat tagelang im Bad randaliert, Mrs Giggs aus Nummer 3 war auf Hundertachtzig und Carla alle zehn Minuten auf dem Anrufbeantworter, Ey Donna, wo *bist* du, Mann?

Sonst darf keiner so mit mir reden, aus Respekt.

Ich habe in der Zeit viel nachgedacht und als Lise endlich nicht mehr drauf war, musste sie mir eins versprechen: kein H mehr. Am nächsten Tag sage ich zu den anderen, so was darf nicht mehr passieren, in Zukunft müssen wir uns besser organisieren, und wenn ihr mitmachen wollt, müsst ihr clean sein.

Lise schaut mich an, als hätte ich ihr gerade den Umgang mit Frauen verboten, und fängt an zu mosern. Ach Donna, warum denn?

Weil wir sonst alle draufgehen, Dumpfbacke.

Ich weiß bis heute nicht, woher Danny von den Bullen wusste oder weshalb er uns gewarnt hat. Damals dachte ich, es sei wegen Finn. Manche Fragen stellt man am besten erst gar nicht, aber bei ihm bin ich seither vorsichtig.

Jetzt starrt Danny auf den Boden. Finn kommt heute nicht, sagt er. Muss irgendwas zu Hause erledigen.

Und warum schreibt sie mir das nicht selber?, frage ich.

Irgendwas stimmt da nicht. Danny kann mir nicht in die Augen schauen, und das komische Bauchgefühl, das ich seit gestern Abend habe, wird mit einem Mal stärker.

Ich werfe einen Blick rüber zu Carla am DJ-Pult. Sie flirtet gerade lachend mit den Lesben in der ersten Reihe. Mein Blick wandert über die tanzende Menge, aber die Bässe dröhnen, und alles, was ich sehe, ist Haut. Nackte Arme, bauchfreie Oberteile, Waschbrettbäuche, alles schwitzt und schimmert im blauen Scheinwerferlicht und verschwindet dann blitzartig wieder. Ab und zu fällt ein schmaler Lichtkegel auf ein paar Tanzende, und die Finsternis wirkt noch schwärzer und undurchdringlicher. Angestrengt kneife ich die Augen zusammen.

Eine fette Schlange windet sich um die Tanzfläche herum bis zum Damenklo. Drinnen steht Lise an den Spiegel gelehnt, Sprühflasche in der Hand, direkt auf die Zunge, fünf

Pfund der Stoß. Sonn passt auf, dass alle ruhig bleiben, und bewacht die Tür.

Bei dem Andrang machen wir heute Abend bestimmt ein Riesengeschäft.

Wenn's auf der Tanzfläche Stress gibt, merkt man das zuerst am Rhythmus, an der Richtung. Die Menge wiegt sich im Takt, als wäre sie eins – das Ganze wallt und wogt auf und ab wie ein Meer. Wenn irgendwas faul ist, kommt alles aus dem Rhythmus, als hätte jemand einen Stein in den Pool geworfen. Das Wasser kräuselt sich, bildet immer weitere Kreise, und wenn man ein bisschen Ahnung hat, kann man sie bis zur Quelle zurückverfolgen. Manchmal stehe ich stundenlang da und studiere das Publikum, ist 'ne Art Training, und so wird mir nicht langweilig.

Heute Abend geht scheinbar alles seinen gewohnten Gang. Ich will mich gerade locker machen, da sehe ich die Welle.

Sie geht scheinbar von der Tür aus, wo sich Fatboy und Mouse und ein paar Cheetah-Schränke, die ich nicht kenne, in diesem Moment auf die Tanzfläche drängen.

Von Lloyd, dem blöden Arschloch, ist weit und breit nichts zu sehen.

Blitzschnell drehe ich mich zu Marta um, doch sie hat alles mitbekommen. Danny ist spurlos verschwunden, aber das ist mir momentan scheißegal.

Suchend schaue ich mich nach Sonn um und sehe, wie Lise und sie sich auf dem Weg zum DJ-Pult gegen den Strom stemmen. Also stürze ich mich ins Gewühle. Es ist, als würde man in Sirup schwimmen, und ich versuche verzweifelt, den Kopf über Wasser zu halten und Carla auf mich aufmerksam zu machen, aber sie hat da vorne irgend'ne Tussi im Arm und ist abgelenkt.

Ich weiß, ich muss so schnell wie möglich zu ihr, aber gerade kommt mir das DJ-Pult vor wie das hinterste Salford.

Als eine Welle mich plötzlich nach oben trägt, sehe ich, wie Carla sich wegdreht und neben ihr eine Box umkippt.

Auf einmal rempelt mich jemand an, stolpert, die Menge stürzt auf mich zu und drängt mich zurück, irgendein Spast prallt so heftig gegen mich, dass mir das Messer aus der Hand fällt, und als ich mich danach bücke, verliere ich Carla aus den Augen.

Sache ist die – wenn in 'nem Club wie dem Heaven ein Schuss fällt, dann hört man das kaum, wegen der Musik. Wenn die Blitze nicht wären, würde man davon gar nix mitkriegen.

Einen Augenblick lang ist die Halle taghell erleuchtet, peng-peng-peng, grellweiß und blau an den Rändern. Dann wird es dunkel.

Irgendwoher nehme ich die Kraft aufzustehen, während über mir eine Wand aus Menschen schreiend in Richtung Ausgang drängt, und boxe mich durch zu Carla. Dann ist plötzlich der Weg frei, und ich stehe ganz vorne.

Carla liegt auf dem Rücken, um sie herum ist viel Platz. Die anderen sind geflüchtet. Blut klebt auf ihrer Jacke, auf dem Boden, überall.

Ich weiß nicht, ob ich ausrutsche und hinfalle oder einfach nur meine Knie nachgeben, aber plötzlich kauere ich neben ihr und höre jemanden brüllen: Ruf 'nen Krankenwagen! Ruf-nen-scheiß-Kran-ken-wag-en!

In dem Moment wird mir klar, dieser Jemand bin ich.

Dann versagt meine Stimme und ihr Kopf liegt in meinem Schoß, und aus ihrem Mund kommen lauter kleine Bläschen, rosa vom Blut.

Als mich jemand an der Schulter packt, schüttle ich ihn ab. Und irgendwo in der Ferne höre ich Lise schluchzen.

6

Ich schrecke hoch, und mein Herz fängt sofort an zu rasen. Mein Nacken ist taub von der Stuhllehne, ich bin wohl im Sitzen eingenickt.

Dann rollt man sie ins Zimmer zurück, überall Menschen und Schläuche, und ich springe auf. Der ganze Kram wird ausgehängt und rings um das Bett an Maschinen befestigt. Bitte zurückbleiben, Sie müssen zurückbleiben.

Sie hat gelb-orangene Flecken im Gesicht von der OP und daneben getrocknete Blutspuren. Ich greife nach ihrer Hand. Ich bin da, Babe, sage ich.

In meiner Hosentasche piept zweimal das Handy, und alle gucken mich an, als hätte ich gerade den Zeitzünder an 'ner Bombe aktiviert. So 'n Pisser mit Namensschild schiebt mich aus dem Weg, und ich haue mir den Knöchel am Stuhlbein an. He, Handys sind hier nicht erlaubt, okay? Bitte gehen Sie raus.

Ich muss ihn ziemlich böse angeschaut haben, denn er macht prompt einen Rückzieher. Sie können im Aufenthaltsraum warten, wir rufen Sie dann.

Im Aufenthaltsraum kann ich nicht still sitzen. Mein Herz fühlt sich an, als würde jemand zudrücken, und mein Kopf tanzt Walzer. Als ich aus dem Fenster auf die Stadt schaue, steht sie in Flammen; hinter der Hochstraße geht gerade die Sonne auf, und es ist einfach wunderschön. Rors Lehrerin behauptet, das liegt nur an der Luftverschmutzung. Warum sind Lehrer eigentlich immer solche Spaßbremsen?

Dann fällt mir die Nachricht wieder ein.

Lise: MACH DEN FERNSEHER AN.

Im Aufenthaltsraum hängt ’ne Glotze an der Wand, ganz weit oben, kein Knopf dran. Nachdem ich das halbe Zimmer abgesucht habe, finde ich die Fernbedienung schließlich in einer Sofaritze. Dann schalte ich das Scheißding an und zappe mich zu Sky News durch.

Dort springt mich in der Mitte des Bildschirms ohne Vorwarnung die Hackfresse von Chief Super Gartside an. Auf seiner Halbglatze spiegelt sich das Blitzlicht; offenbar ist bei der Polizei gerade ’ne Pressekonferenz im Gange.

Im ersten Moment denke ich, es geht um Carla, und will den Ton lauter drehen.

Eben habe ich den Knopf gefunden, da werden plötzlich gleich mehrere Fotos auf dem Bildschirm eingeblendet, und auch ohne Surround-Sound weiß ich, zu wem die Visagen gehören.

Tanweer, Mikey, Tommo, Jason Uzumi – die ganze oberste Schicht der hiesigen Hochzeitstorte starrt mir in diesem Augenblick aus der Glotze entgegen. Ich muss mich setzen.

Gartside grinst breit, das selbstgefällige Arschloch. Die Akribie und der unermüdliche Einsatz unserer Beamten …

führenden Köpfe der städtischen Bandenszene … der krönende Abschluss jahrelanger Ermittlungen … Operation Revive.

Operation Revive? Nicht euer Ernst, oder? Wichser.

Ein Typ von News Corp fragt nach Informanten und Immunität oder so.

Gartsides Grinsen wird noch breiter. Die Greater Manchester Police gewährt Kriminellen grundsätzlich keine Immunität im Austausch gegen Informationen.

Ja, ist klar. Am Arsch.

Als Nächstes steht die Kleine von den *Evening News* auf. Die Kamera geht so nah ran, dass man das Notizbuch in ihrer Hand zittern sieht. Haben Sie keine Angst vor erneuten Unruhen, jetzt, da in der Szene das Gerangel um die Nachfolge beginnt? 2001 und 1992 war es doch auch nicht anders.

Tja Süße, berechtigte Frage.

Gartside wirft ihr einen vernichtenden Blick zu, dabei ist sie eigentlich ziemlich heiß, und sollte ich ihr mal auf der Canal Street übern Weg laufen, werde ich sie hemmungslos niederknutschen, allein schon wegen der Frage. Die hat ihn nämlich aus dem Konzept gebracht, aber er reißt sich am Riemen und versucht, seine Gesichtszüge zu ordnen, bevor sie ihm endgültig entgleisen. Nein, nein … von langer Hand geplant … diesmal besteht kein Grund … das Problem an der Wurzel gepackt.

Ganz recht, Opa. Träum schön weiter.

Hinter mir bricht Hektik aus, und als ich mich umdrehe, sprintet einer von den Weißkitteln gerade in Richtung Intensivstation.

Ich trete vor die Tür. Ein Arzt mit Brille und grünem Schlafanzug kommt den Gang runtergetrabt und nimmt Kurs auf mich, auf Carla.

Ich mache einen Schritt auf ihn zu. Was ist los?

Er schiebt mich zur Seite, schaut mich nicht mal an. Tut mir leid, sagt er.

Dann bin ich an der Tür zur Intensivstation. Wegen der Vorhänge sieht man kaum was, aber am Fußende von Carlas Bett steht ein Pulk von Leuten, und es herrscht helle Aufregung. Gerade will ich reingehen, weil ich muss sie jetzt einfach sehen, da fällt mein Blick auf die zwei Bullen hinterm Vorhang. Sie stehen da, als würden sie warten.

Ich hätte einfach reingehen sollen damals. Scheiß auf die Trachtengruppe. Hätte, aber bin nicht. Heute würde ich einfach durch die Tür rauschen, alle abstechen, die mir in die Quere kommen, und von mir aus zehn Jahre in Styal absitzen, nur um noch mal ihre Hand zu halten.

Aber wir haben nicht heute, wir haben damals. Und so stehe ich feige Sau wie angewurzelt an der Tür hinterm Vorhang und schaue zu.

Irgendwann denke ich sogar ans Beten – sorry, aber ich bin echt total am Ende.

Wie hieß die noch, wegen der sie mich mal nach Liverpool geschleift hat, wo wir dann stundenlang in der Schlange standen, und am Ende waren da nur ’n paar alte Knochen in so ’nem Glasding … Die heilige Thérèse, genau. Also schwöre ich der heiligen Thérèse hier und jetzt: Wenn du mir Carla zurückgibst, dann mache ich Schluss, versprochen. Und in diesem Augenblick meine ich das auch. So kriegen sie einen wahrscheinlich, die von der Gottescrew – warten geduldig auf den Moment, wenn's einem so richtig dreckig geht.

Dann reiße ich mich zusammen. Thérèse, du blöde Fotze. Wenn du sie abnippeln lässt, du altes Schrapnell, zerbombe ich alle katholischen Kirchen von hier bis nach Liverpool. Dann bringe ich deine scheiß Knochen zur Klebstofffabrik in Warrington und schmelze sie eigenhändig ein. Und dann ficke ich den Papst mit seinem eigenen Stab. Den goldenen meine ich, mit der Kugel obendrauf.

Danach geht's mir besser. Jetzt wagt es bestimmt keiner mehr, sie sterben zu lassen.

Als es dann doch passiert, bin ich einfach nicht vorbereitet. Es ist, als würde man einen Schritt ins Nichts tun. Man kriegt nur noch mit, wie die Maschine plötzlich aufhört zu piepen und stattdessen einen langen, dünnen Ton von sich gibt, wie 'ne Alarmanlage, die mitten in der Nacht losheult.

7

Carla steht da und lächelt. Das Oberteil hat sie letzte Woche auf dem Markt in Ashton gekauft; es sitzt hauteng, und ihr Bauch über den Jeans macht darunter so 'ne Kurve. Ich hab's bestimmt schon mal erwähnt, aber Carla hat praktisch überall diese Wahnsinnsrundungen.

Ich liebe dich, sagt sie.

Aber diesmal lache ich nicht wie sonst oder packe sie am Gürtel und springe sie von hinten an, bis sie kreischt. Ich sage nicht mal, dass sie die Klappe halten soll. Ich weiß, antworte ich stattdessen, und mein Herz macht einen Salto.

Dann streckt sie die Arme aus, und ich drücke sie an mich. Meine Lippen schmecken ihren weichen, warmen Nacken, und sie riecht wie 'ne Erinnerung und trotzdem mehr nach Carla als je zuvor. Die Vanille kommt von dem komischen Zeug von Lush und die Rose von der Seife am Waschbeckenrand. Und zum Schluss kommt das Allerbeste, ihr ganz eigener reiner Duft nach heißer Erde und Sommer und Zimtschnecken.

Ich atme tief ein. Die winzigen Babyhaare, die hinten aus ihrer Frisur rausstehen, sind weich wie Seide. In diesem Moment fällt irgendwas von mir ab, und alles, was schlecht ist in mir, verflüchtigt sich einfach. Du riechst so gut, sage ich.

Als sie lacht, gibt in meinem Herzen was nach, und alle schönen Gefühle purzeln herab und treffen sich in dem einen perfekten Moment, in dem sie mein Gesicht berührt.

Take me to the water and wash me down, sagt sie, und irgendwie kommt mir das bekannt vor, aber ich weiß nicht, woher. Versprochen, sage ich.

Jetzt versuche ich, sie hochzuheben, aber sie steckt fest, und ich rutsche immer wieder ab. Als ich die Hände hochhebe, ist da überall Blut, und Carla sinkt langsam nach unten. Auf einmal fühle ich mich wie ausgeknockt und bin mir sicher, dass gleich was ganz Schlimmes passiert, und dann weiß ich, dass alles nur meine Schuld ist.

Ich will schreien, aber es kommt nur ein Flüstern, und sie fällt und wird immer kleiner, verschwindet einfach. Bleib bei mir, sage ich.

Ich sinke auf die Knie und versuche, sie aufzuhalten, aber ich schaff's nicht, und aus ihrem Mund kommen lauter kleine rosa Bläschen.

Aurora, flüstert sie.

Verdattert reiße ich die Augen auf, und da steht Aurora neben dem Sofa und schaut auf mich runter, noch im Schlafanzug und mit verschränkten Armen. Wo ist Mum schon wieder?

Als würde in meiner Brust 'ne Granate hochgehen.

Und wie sie das sagt … Sie klingt nicht sauer, aber es ist immer dasselbe, wenn ihre Mum irgendwen abgeschleppt hat und ich hier übernachten musste, damit Ror nichts zustößt. Und obwohl sie jetzt so erwachsen tut und wie immer eine Mordswelle macht, sieht sie gerade echt klein aus.

Zieh dich an, dann erzähl ich dir alles, sage ich.

Ich habe mich kaum aufgesetzt, da steht plötzlich Kim in der Tür, mit so 'ner Fresse und in Carlas blauem Hemd. Carla hat sie wohl heimlich wieder reingelassen. Ich sehe rot.

Sag mir sofort, wo sie steckt, zischt sie. Ich schwör, ich bring sie um!

Wortlos reiße ich ihr das Hemd vom Leib und setze sie mitsamt ihren Blagen, Klamotten und Koffern voll nuttigem Make-up auf die Straße. Sie ist natürlich lauthals am Protestieren. Aurora steht zufrieden lächelnd neben mir auf der Treppe und winkt ihr zu, und tschüss! Als ich sie zurück ins Haus schiebe, windet sie sich. He, hör auf mich zu schubsen, sagt sie.

Schon komisch – man kann stundenlang überlegen, wie man was wohl am besten rüberbringt, aber wenn's dann so weit ist, war's das auf einmal mit der Beherrschung, und Worte entwickeln 'ne Eigendynamik.

Deine Mum kommt nicht mehr nach Hause, Ror. Sie ist erschossen worden.

Ehrlich gesagt denke ich nicht gern daran, wie schlimm es damals für die Kleine gewesen sein muss, aber in dem Moment ging mir der Lärm einfach wahnsinnig auf den Sack. Da versuche ich, cool zu bleiben und nicht am Rad zu drehen, und Ror tritt derweil in alle Richtungen, brüllt wie am Spieß, und ich schaffe es einfach nicht, sie zu bändigen.

Ich hasse dich! Du hast sie umgebracht, schreit sie.

Blinde Wut schießt in mir hoch, und ich haue ihr eine runter.

Ein Teil von mir schaut fassungslos zu. Ich habe noch nie ein Kind gehauen und schon gar nicht Ror.

In dem Augenblick kommt Lise zur Tür rein, kriegt Ror zu fassen und fragt scharf: Geht's noch, Donna?

Sie starrt mich an, während Ror anfängt zu heulen und sich an Lise klammert statt an mich. *Aurora*.

Und dann komme ich nicht mehr klar.

Leck mich, mach du. Ich bin raus.

8

Ich schnappe mir den Transporter und fahre rüber zu Tony. Einer von seinen Jungs macht die Tür auf, offenes Hemd, schmal gebaut, Brust glatt wie ein Babypopo.

Tonys Bude ist die reinste Müllhalde. In der Mitte ein Riesen-Flatscreen mit Sky Sports und drum herum fünf, sechs Hackfressen, keiner über siebzehn. Einer hockt auf der Armlehne von Tonys Sessel. Er hebt die Hand, und alle schwirren ab wie kleine Vögel.

In einer Ecke lümmeln Danny und Tools, hinüber wie zwei Stoffpuppen nach ’nem Vollwaschgang. Danny fixiert mich und nimmt einen langen Zug. Toolie grinst nur.

Ich zwinge mich zu einem Lächeln, aber mein Gesicht tut weh.

Toolie nickt mir zu. He, tut mir leid wegen deiner Freundin. Dann hält er mir seinen Joint hin. Kein Witz, irgendwie bin ich gerührt.

Tony reicht mir eine fast leere Kekspackung.

Nee, danke.

Er dreht die Packung nach allen Seiten. Diese Pisser. Haben mir einfach die Kekse weggefuttert. Muss echt aufpassen, sonst fressen die mir noch alle Haare vom Kopf.

He, ruft er.

Jemand steckt den Kopf zur Tür rein.

Mach Donna mal 'ne Tasse Tee. Er wedelt mit der Kekspackung. Und wer die verputzt hat, will's scheinbar echt wissen.

Der Kopf grinst und verschwindet.

Null Respekt, sagt Tony und schüttelt den Kopf.

Dann greift er zum Telefon und tippt, Kurzwahl. Mum? Ich bin's. Hab keine Kekse mehr, die kleinen Wichser wieder. Vanille. Ah, und noch 'n paar von denen mit Hafer.

Er legt auf. Kommt gleich rüber, sagt er.

Ich frage mich, was meine Mutter wohl gemacht hätte, wenn sie nebenan wohnen würde und ich sie wegen ein paar Keksen rüberzitiert hätte, und die Antwort fällt ziemlich eindeutig aus.

Der Tee sieht aus wie blassgelbe Pisse. Tony macht eine Handbewegung in Richtung seiner Jungs. Keine Sorge, sagt er, die sind anständig. Dann brüllt er, A.J.!

Eine Sekunde später steht Anthony Junior im Türrahmen und grinst an seinem Schokoriegel vorbei zu mir rüber, bleichgesichtig und feist. Für 'nen Zehnjährigen schleppt er 'ne ganz schöne Wampe mit sich rum – klar, von wem er die hat.

Tony klopft auf seine Armlehne. Komm her, heute lernst du was fürs Leben.

Ist mir ehrlich gesagt ein Rätsel, wie einer wie Tony zu 'nem leiblichen Sohn gekommen ist. Über die Mutter weiß man rein gar nichts, die Gute hat sich danach nie wieder blicken lassen. Im Feathers laufen seit damals die Wetten: Tony hat sie im Vollsuff geschwängert und dann um die Ecke gebracht, damit er den Kleinen für sich hat, oder die Mutter ist irgend'ne Schlampe, die nur auf Tonys Kohle aus war und ihm das Kind für'n paar Scheine überlassen hat. Ich persönlich habe Tony noch nie mit 'ner Frau gesehen, deshalb ist es vermutlich nicht nach Schema F gelaufen, und in der Kinderwunschklinik war Tony bestimmt auch nie. Im Ernst, die Alte steckt wahrscheinlich längst unter irgend'ner Fußgängerbrücke im Beton.

Ich bin seine Mum und sein Dad, sagt Tony, wenn man fragt. Mehr braucht der Junge nicht. Totaler Schwachsinn, die ganze Arbeit macht nämlich Oma Maggs von nebenan.

A.J. sitzt auf der Armlehne neben seinem Vater und baumelt mit den Beinen. Schaut mich an und grinst, der arrogante kleine Wichser.

Tony stupst ihn an. Nicht vergessen, was ich dir gesagt hab. Der Junge nickt.

Setz dich, sagt Tony, aber ich bleibe stehen, weil ehrlich gesagt kann ich mich kaum bewegen. Der Schmerz in meiner Magengrube geht bis rauf in die Brust, und ich kann machen, was ich will, er lässt einfach nicht nach. Wie damals, als der Typ vor dem Paradise mit dem Messer auf mich los ist, nur tausendmal schlimmer.

Sache ist die, wenn man angestochen wird, rafft man das am Anfang überhaupt nicht. Es fühlt sich eher an wie 'n fieser Tritt in die Eingeweide, weil man im ersten Moment keine Luft mehr kriegt. Erst wenn man an sich runterschaut und das Blut sieht, weiß man, was los ist, und dann tut's auch weh. Deshalb sehe ich ständig nach, ob vielleicht meine Gedärme raushängen wie bei Mel Gibson in *Braveheart*, damit ich endlich kapiere, was hier läuft. Aber da ist nichts.

Vergiss es, sage ich, ich steh lieber.

Er mustert mich von Kopf bis Fuß und fängt an, auf seinem Handy rumzuspielen. Keine Ahnung, wieso ausgerechnet dieser unfähige Drecksack Mikeys Nachfolger sein soll und ich mich jetzt mit ihm rumschlagen muss. So viel Charisma wie 'ne Schlange auf Valium, sagt Carla immer. Beim Gedanken an sie dreht sich in meinem Kopf plötzlich alles, und die Ränder verschwimmen.

Also schaue ich Tony direkt in die Augen. Wieso eiert der Typ auf einmal so saublöd rum? He, soll ich anfangen, oder willst du?

Mit einem Mal ist es totenstill, bis auf das Zischen und Tropfen der Gasheizung, und ich merke, wie mir unaufhaltsam was in die Augen steigt. Und ich habe eine Scheißangst, dass es plötzlich aus mir rausbricht und ich vor diesen ganzen Arschlöchern Rotz und Wasser heule.

Tony schaut an mir vorbei und lächelt dünn. Es ist nicht mehr wie früher, Don.

Don? Okay, langsam reicht's. Für dich immer noch Donna, sage ich.

Ich mache ab sofort hier die Ansagen, sagt Tony. Also haltet fürs Erste lieber den Ball flach, Mädels, und seht zu, dass ihr nicht weiter auffallt.

Ich glaube, ich höre nicht recht. Ball flach halten? Mädels?

Die haben sie einfach erschossen, sage ich. Sie ist *tot*, Mann.

Ich schaue rüber zu Danny und Tools, aber die zwei weichen meinem Blick aus, und jetzt habe ich die Schnauze endgültig voll. Okay, gut, alles klar, dann mach ich's halt selber. Aber haltet euch raus, wenn ich bitten darf.

Nicht, solange ich hier das Sagen hab, knurrt Tony.

Und dann presst er mir irgend'nen Stuss, von wegen Carla hatte sich nicht im Griff, und ich war schuld, dass sie ständig über die Stränge geschlagen hat, ach komm, war doch klar, dass so was früher oder später passiert und so weiter. Dass ich ihm nach dem Spruch nicht auf der Stelle eine Kugel in den Kopf jage, kann nur daran liegen, dass ich immer noch total neben mir stehe.

Und im Nachhinein war das ganz gut so. Denn mit 'ner popeligen Neunmillimeter war's bei diesem Arschwichser noch lange nicht getan, aber das konnte ich damals ja noch nicht ahnen.

Draußen auf der Straße lehne ich mich an eine Hauswand, schmecke was Saures. Wie damals, als ich meine Mum in der Gasse gefunden habe und dachte, sie sei tot.

Dann kotze ich mir auf die Stiefel.

9

Als ich bei Marie ankomme, sitzt sie da, heult und kippt einen Wodka nach dem anderen. Von Ror fehlt jede Spur. Wo's meine kleine Aurora?, fragt sie.

Sie darf nicht zu dir, sage ich, du bist krank.

Da flippt sie aus. Ich will meine Kleine sehen, kreischt sie.

Im ersten Moment weiß ich nicht, ob's um Carla geht oder um Ror, aber dann habe ich's kapiert – weder noch.

So ist Marie nun mal. Solange ich mich erinnern kann, dreht sich immer alles nur um sie. Und obwohl Carla ihr jahrelang praktisch den Hintern abgewischt hat, war sie kein einziges Mal da, wenn Carla 'ne Mutter gebraucht hätte. Also treffe ich eine Entscheidung, und es fällt mir nicht mal besonders schwer.

Beerdigung ist am Dienstag, sage ich. Und du kriegst Ror nicht.

Zu Hause bei Carla ist inzwischen die Bude voll, ein Kommen und Gehen wie am Piccadilly Circus zur Wakes Week. Ror ist nirgends zu sehen.

Hat sich in ihrem Zimmer verschanzt, sagt Lise. Lass sie lieber in Ruhe.

Sonn schaut mich an, die Stirn kraus wie Frischbeton. Und, was hat er gesagt? Wann machen wir sie platt?

Nach der Beerdigung, antworte ich. Die geht vor.

So lauten nun mal die Regeln: erst der Familienkram, dann die Vergeltung. Wir haben also ganze drei Tage Zeit, bevor sich irgendwer den Kopf darüber zerbrechen muss, was die anderen machen oder was gerecht wäre und so.

Und an die Regeln hält man sich besser. Irgendwann letztes Jahr hat Leon Johnson ’nen Typen auf der Beerdigung von seinem eigenen Bruder erschossen, und danach war die Hölle los. Wer weiß, ob's der Kerl verdient hatte oder nicht, Leon hat jedenfalls drauf geschissen. Und prompt kam die Ansage, sogar aus seinem eigenen Lager, Zeugen haben nix zu befürchten, alles ist erlaubt. Am nächsten Morgen stand eine ellenlange Schlange vor der Wache in der Moss Lane und Gartside, dieser miese kleine Blender, dachte schon, es ist Weihnachten. Was ich damit sagen will – die Regeln werden unter allen Umständen eingehalten, und Leon hat jetzt 23 Jahre Zeit, darüber nachzudenken (und einen neuen Haarschnitt).

Wir hocken rum, irgendwann macht jemand die Glotze an. Finn sitzt an ihrem Laptop und checkt unsere Nachrichten. Im Moment ist auf Flyway superviel los, wegen der Razzien von gestern Abend. Schau an, sagt sie, die Bullen haben Mikey scheinbar nach Durham gebracht. Sind alle getrennt worden.

Lise macht Toast, aber keiner isst was. Ich muss ihnen bald mal irgendwas sagen, aber nicht jetzt.

Dann kommt Sonn mit den neuen SIM-Karten aus dem

Safe, und alle können ihre Handys wieder anmachen. Jede von uns hat drei Karten, alle Prepaid. Eine für Anrufe untereinander und für Geschäftskram, eine offizielle und eine für Familie und Freunde. Wie viele Handys man benutzt ist jedem selber überlassen, den meisten reichen eins oder zwei. Ich habe eine Extrakarte für alle Fälle, wenn ich Mikey erreichen will oder irgendwen weiter oben in der Hackordnung. Aber meistens verkneife ich's mir, Flyway ist einfach am sichersten. Mit Handys muss man krass vorsichtig sein, und beim iPhone ist der Ärger quasi schon vorprogrammiert. Einmal nicht aufgepasst, und alle Welt kann sehen, wo man steckt, was man macht, mit wem man Kontakt hatte, Aktivitäten und Standort und dieser ganze Schwachsinn. Ich muss immer grinsen, wenn so 'n Anfänger mit seinem neuen Smartphone angibt. Wenn sie will, kann Finn die alle rund um die Uhr auf ihrem Laptop orten. Manchmal frage ich mich echt, ob die Leute kapieren, wie gefährlich der ganze Shit ist.

Nehmt die Codes, und keiner außer uns kriegt die Nummer, sage ich zu den anderen. Dann schaue ich zu Finn rüber. Das gilt auch für Danny.

In der Glotze wird ein Foto von Mike eingeblendet. Er hat ein blaues Auge und darunter eine fette Schramme, muss auf dem Weg in die Zelle also ganz schön was abgekriegt haben.

Diese Wichser, sagt Sonn.

Mir tut die Aktion von vorhin inzwischen echt leid, deshalb gehe ich nach oben. Ror hat die Bettdecke um sich gewickelt und den Reißverschluss ihrer Daunenjacke bis unters Kinn hochgezogen, das Gesicht zur Wand. Rio liegt neben ihr und schaut mit einem Auge zu mir hoch. Wag es nicht, sage ich zu ihm.

Dann setze ich mich aufs Bett und lege ihr die Hand auf den Rücken. Draußen heulen die Sirenen. Ror, tut mir leid, komm her, mein Schatz.

Ror sagt nichts, aber sie wickelt sich noch fester in ihre Decke, ist also wach. Ich bleibe eine Zeit lang einfach sitzen und höre ihr beim Atmen zu, und irgendwie fühle ich mich Carla hier oben näher. Wo man sie wohl hingebracht hat? Ob ihr da kalt ist?

Nach ein paar Minuten entspannt sich Rors Körper, als wäre sie eingeschlafen. Ich streiche ihr die Haare aus der Stirn, und sie rührt sich nicht. In dem Moment überkommt mich eine seltsame Ruhe. Alles wird gut, mein Schatz.

Wieder unten im Wohnzimmer fühle ich mich irgendwie nicht ganz da, als säße mein Kopf nicht auf meinem Körper. Lise reicht mir ’ne Dose Bier. Warst du bei ihr?

Wahrscheinlich meint sie Ror, aber ich sehe nur Carla, Schläuche überall und wie ich ihren Kopf streichle, da, wo die Babyhaare sind. Jaja, sage ich.

Später, als alle weg sind, sitzen Lise und ich da und schauen zu, wie langsam die Dämmerung hereinbricht. Sie fragt, was mit Tony war, aber ich schaff’s einfach nicht, ihr die Wahrheit zu sagen, es ist alles irgendwie noch zu frisch. Läuft, Lise, mach dir keine Gedanken.

Wie gesagt, mich stört’s nicht, dass Mikey schon ’nen Nachfolger hat, weil irgendwer muss es ja machen, und ich habe das nicht zu entscheiden. Und wenn ich niemandem verrate, was Tony gesagt hat, löst sich das Problem vielleicht ganz von allein. Vielleicht checkt er ja selber, dass er ’nen Fehler gemacht hat, und dann geht alles seinen gewohnten Gang, er überlegt sich was, lässt seine Beziehungen spielen und macht klare Ansagen, so wie Mike das an seiner Stelle getan hätte.

Zwischenzeitlich spiele ich mit dem Gedanken, Mikey in Durham zu besuchen und mir von ihm ein Okay zu holen, aber das wäre Selbstmord, und zwar für uns beide, zumindest solange das Verfahren läuft. Bei zehn Angeklagten hat er durchaus Chancen davonzukommen, und wenn nicht, wird er wegen Fluchtgefahr garantiert nach Manchester verlegt und kann den Laden von hier aus am Laufen halten. Aber sicher ist nichts. Deshalb kotzt mich die U-Haft auch so an, alles ist offen, nichts ist entschieden. Das meinen immer nur alle. Am Ende vergeht noch ’n Jahr bis zur Verhandlung, darf gar nicht dran denken. Mike sagt, in Schottland hat der Staatsanwalt hundertzehn Tage, um seinen Scheiß geregelt zu kriegen. Wenn’s danach nicht zur Verhandlung kommt, ist man aus dem Schneider. Deshalb sind die da auch so auf Zack. In England wird man so lange schikaniert, bis den Paragrafennazis nichts mehr einfällt. Ich kenne Leute, denen konnte man nie was nachweisen und die haben trotzdem ihr halbes Leben lang gesessen. Und ich verstehe schon, was die Mädels an Mikey finden, weil er hat diese netten Lachfalten und steht zu seinem Wort. Mit so jemandem kann man Geschäfte machen.

In dem Moment fällt mir Tony ein, und irgendwie werde ich das Gefühl nicht los, dass da gewaltig was schiefläuft. Diese komischen Augen.

Irgendwann hören wir auf zu reden, und Carla kommt angeschlichen. Ich kann ihr Gesicht sehen, das schiefe Lächeln, als hätte sie was ausgefressen. Ihr Geruch überfällt mich, und plötzlich tut mir der Hals weh.

Ich muss an vergangenen Sommer denken, als wir mit ihrer neuen Maschine oben am Snake Pass waren. In meinen Gedanken fahren wir noch mal um die Wette ins Tal, und sie nimmt die Kurven ganz ohne Bremse. Derweil klammert sich Louise an mir fest und stirbt fast vor Angst, sagt aber nichts. Und obwohl ich wusste, dass sie Schiss hat, war's mir egal, weil alles, was ich sehe, ist Carla vor mir auf dem Bike, das Blech, wie es in der Sonne funkelt, und das Motorengeheul, als ich versuche, sie einzuholen.

Im Radio säuselt irgendwer was von Sommer und Glory Days, und das hat mir gerade noch gefehlt.

He Lise, wenn du das Ding nicht sofort ausmachst, schlag ich dir damit den Schädel ein, sage ich.

10

Ich mache die Augen auf, aber nur einen Spalt weit. Durch einen Schlitz im Vorhang fällt Tageslicht und ich sehe, wie Ror in der Kommode rumwühlt.

Ich setze mich auf. Komm her, Hase.

Beim Klang meiner Stimme zuckt sie zusammen. Stocksteif steht sie da, mit dem Rücken zu mir. Das ist Mums Bett, sagt sie. Raus da. Sie schaut mich nicht an, nicht mal, als ich zu ihr rübergehe und sie von hinten umarme.

Ich gebe zu, mir liegt so was nicht besonders, und momentan bin ich dermaßen durch den Wind, dass mir beim kleinsten Scheiß schon der Arsch platzt, dabei will ich sie im nächsten Moment nur in den Arm nehmen und alles wiedergutmachen.

Leck mich, sagt sie.

Mir platzt natürlich der Arsch. He junge Dame, sei nicht so frech.

Sonst passiert was …?

Sie dreht sich um und schaut mich an, mit einem Blick, den ich bei ’nem Kind so noch nie gesehen habe. Und irgendwas an ihrem Ausdruck, dieses Zucken im Mundwinkel, erinnert mich an Carla. Ach Schatz, sage ich.

Doch bevor ich sie zu fassen kriege, ist sie zur Tür raus.

Als ich die Treppe runterkomme, steht Lise am Herd und macht Arme Ritter. Ror stochert auf ihrem Teller rum.

Ich muss gleich weg, sage ich.

Wohin?, fragt Ror.

Nirgendwohin, sage ich, hab nur was zu erledigen.

Ror steht auf und stapft aus der Küche. Kurz darauf knallt die Vordertür zu.

Sie hat bloß Angst, sagt Lise. Ich geh sie später suchen, sie ist dann bestimmt bei Marie.

Setz dich erst mal hin, sage ich. Und renn ihr bloß nicht hinterher. Sonst lernt sie nie, dass nicht alles nach ihrer Pfeife tanzt.

Lise schneidet eine Grimasse, aber Ror braucht bestimmt nur 'n bisschen Zeit, und ich habe außerdem viel zu viel um die Ohren, um mich jetzt mit ihr rumzuärgern. Ganz ehrlich, ich weiß überhaupt nicht, wie ich das alles schaffen und mich gleichzeitig auch noch um die anderen kümmern soll.

Du kannst sie doch nicht einfach da draußen rumlaufen lassen, sagt Lise.

Siehst du doch, antworte ich.

Dann stelle ich die Teller ins Waschbecken. Um zwei im Lager, sage ich. Sei pünktlich.

Im Lager wartet Finn schon an der Tür und lässt mich rein.

Ich ignoriere die Ducati, die immer noch genau da steht, wo Carla sie abgestellt hat, vorne neben dem Lieferwagen.

Die Radkappen sind dermaßen blank poliert, dass man sich darin spiegeln kann, und, ohne Scheiß, manchmal hat Carla sie wirklich zum Schminken benutzt. Wir haben sie ständig damit verarscht, aber die Maschine war nun mal ihre große Liebe.

Hinten im Büro sieht's aus wie immer, und doch ist irgendwie alles anders. Die Tischordnung ist dieselbe, und Rio schläft wie eh und je mit einem offenen Auge auf dem roten Sessel hinterm Schreibtisch.

Alle schauen mich an, warten, dass ich irgendwas Sinnvolles sage, und die Schraube in meinem Bauch macht 'ne Hundert-Grad-Drehung.

Da kommt Lise durch die Hintertür. Sie hat beim Eisenhändler zugeschlagen und kippt ihre Ausbeute jetzt vor mir auf den Tisch. Lagerbestände, sagt sie und im Grunde hat sie recht – nirgendwo in den Regeln steht, dass man sich nicht für den Ernstfall wappnen darf, wenn's sein muss auch vor dem ganzen Familienkram.

In dem Moment klopft es vorne an der Tür, und Finn linst durch den Spion. Ich bin's nur, Mina.

Na toll, ausgerechnet jetzt kann ich echt keine Ablenkung gebrauchen, aber wahrscheinlich gibt's mehr Stress, wenn ich sie wegschicke, als wenn ich sie reinlasse. Wenn ich sie wegschicke, kommen bestimmt blöde Fragen, und das packe ich gerade einfach nicht. Wäre ich nicht so komplett von der Rolle gewesen, hätte ich's vielleicht drauf ankommen lassen. Aber gegen manche Frauen hat der gesunde Menschenverstand einfach keine Chance, und irgendwann weiß man nicht mehr, wo oben und unten ist.

Ich werfe einen Blick in die Runde. Marta, Sonn, Lise, Finn, Mina und ich. Ohne den Hund sind wir zu sechst. Nicht gerade Vollbesetzung, vor allem, wenn man bedenkt, was wir vorhaben. Dad hat immer gesagt, lieber ein Freiwilliger, der für was brennt, als hundert Berufssoldaten – und nicht nur, weil's bei denen am IQ hapert. Es geht nicht um Krieg, Donna, es geht um Leidenschaft. Ich weiß nicht, von wem er das hatte, aber ich hoffe, er behält recht.

Und wünsche mir mal wieder, er wäre hier.

He, ertönt plötzlich Finns Stimme. Schaut mal, wer da kommt!

In dem Moment stiefelt Mel aus Liverpool zur Tür rein, neben ihr Jen DeLaTorres aus Warrington. Hat was von Grace Jones, die Kleine. Lass ruhig offen, sagt Mel, da kommen noch mehr.

Bald gibt's nur noch Stehplätze, und ich kann mir das Grinsen nicht ganz verkneifen. Dass Carla sich durch sämtliche Lesbenbars nördlich von Watford gefickt hat, zahlt sich am Ende offenbar aus. Muss ihr Handwerk ja echt beherrscht haben.

Mir fällt jedenfalls ein Stein vom Herzen. Mel ist ein Fels in der Brandung, auf die Alte ist einfach Verlass. Spätestens seit dem Abgang von Teardrop McCarthy hat sie die Lesbenszene von Toxteth fest im Griff.

Mel und ich kennen uns erst seit vorletztem Sommer. War so 'n heißer, fauler Tag, an dem gern mal das Hirn aussetzt. Jedenfalls sind wir rauf nach Dovestone zum Stausee, einfach nur abhängen. Aber Carla hat sich gelangweilt, das war schnell klar. In einer Tour wurde mit den Füßen gescharrt und Gras ausgerupft, und die arme Mina hatte an dem Tag nix zu lachen.

Auf dem Heimweg sind wir was trinken gegangen, weil es war immer noch sauheiß. He, fahren wir doch nach Liverpool und machen da bisschen Stress, sagt Carla auf einmal, nehmen paar Scousers hoch. In dem Moment klang das irgendwie nach ’nem Plan.

Sonn saß am Steuer – sie fährt eigentlich immer, weil sie als Einzige nichts trinkt. Leider fährt sie auch nüchtern noch ziemlich beschissen.

Besoffen Auto fahren läuft nicht bei mir, und was das angeht, bin ich echt streng. Tony lacht mich immer aus deswegen, aber der hat’s halt nicht kapiert. Manche Leute haben einfach keine Disziplin. Wer nicht im Knast landen will, bricht das Gesetz nur, wenn’s unbedingt sein muss. Alles andere ist Schlamperei.

Jedenfalls quetschen wir uns zu acht in den Transporter und fahren rüber nach Liverpool ins Fiery Jill’s. Carla und Mina, Louise und ich, Lise, Finn und Marta und Sonn am Steuer.

Samstagabend und die Bar platzt aus allen Nähten. Drinnen teilen wir uns auf und machen die Runde. Alles läuft normal, Lise und Finn ziehen auf der Tanzfläche gerade ihre Show ab, da fällt mein Blick auf Carla.

Sie ist umringt von Scousers und wirkt seltsam nervös. Ich schwinge sofort meinen Arsch rüber und stelle mich dazu, superhöflich, weil, he, ich bin ich ja von auswärts. Alles klar, Girls?

Verpiss dich, sagt die mit den Tattoos.

Ich schaue mir die Damen genauer an. Zwei sehen aus, als würden sie Sport machen, die Dritte ist dünn mit Doc Martens und Brille, aber das muss nichts heißen. Sonn trägt auch Brille und könnte selbst an 'nem schlechten Tag im Alleingang das gesamte Olympia-Hockeyteam außer Gefecht setzen. Aber ich kann's einfach nicht lassen. Falsche Antwort, sage ich.

Manieren Fehlanzeige. Car zuckt mit den Schultern. Ich wollte nur mit ihr tanzen.

Keine der drei Grazien macht groß was her, und ich muss lachen. Willst du mich verarschen? Mit welcher?

Ein kleines rundes Gesicht mit wasserstoffblonder Meg-Ryan-Frisur lugt kurz hinter Carlas Rücken hervor und duckt sich gleich wieder.

Wer ist das?, frage ich Carla.

Meine Freundin, sagt die mit der Brille.

Dich hab ich nicht gefragt, sage ich.

Da schubst die Blindschleiche Carla zur Seite und packt das Blondchen unsanft am Arm. Du kannst dich zu Hause auf was gefasst machen!

Ich stelle mich vor die Blonde. He, sie kann tanzen, mit wem sie will. Wir haben 2007.

Nicht in Liverpool, sagt Carla. Die sind hier alle zurückgeblieben. Kein Wunder, wenn man seine eigene Mutter bumst.

Im nächsten Augenblick habe ich eine Faust im Magen und kippe vornüber, doch irgendwer hat mich um die Hüfte gepackt, und ich lande rückwärts auf einem Tisch voller Gläser. Frauen, Stühle und Flaschen fliegen durch die

Gegend, dann legt die Alte mir die Hände um den Hals und drückt zu. Ich kriege keine Luft mehr. Da zieht ihr jemand von hinten mit dem Stuhl eins über die Mütze, und sie geht bewusstlos im Zeitlupentempo zu Boden.

Grinsend schaut Carla zu mir runter und zieht mich hoch. Als wir uns umdrehen, tut sich vor uns ein Meer aus Armen und Beinen auf; Stiefel und Fäuste, wo vorher getanzt wurde, und aus dem Augenwinkel sehe ich, wie Lise mit der Blonden das Weite sucht.

Okay, nickt Carla, auf geht's.

Wie auf Kommando sprinten wir los und stürzen uns ins Getümmel.

Als uns die Gorillas endlich getrennt und vor die Tür gesetzt haben, sind wir zerrauft und außer Atem, aber dafür bester Laune. Eine Straße weiter lassen wir uns zum Luftholen vor einem Stripclub auf den Bordstein fallen. Ich schaue mich um. Wenigstens sind alle noch am Leben.

Marta lehnt sich zurück und wischt sich mit dem Handrücken das Blut aus dem Gesicht. Dann tastet sie vorsichtig ihre Nase ab. Sieht gebrochen aus. Nicht schon wieder, sagt sie. Ich hasse diese scheiß Mullbinden.

Finn streckt die Arme aus und knackt mit den Fingern. Über ihrem rechten Auge wölbt sich eine Beule so groß wie ein hart gekochtes Ei. Irgendwie geil, sagt sie.

Lise fegt sich etwas Dreck vom Rock und inspiziert ihre Hände. Wenn das so weitergeht, müsst ihr beim nächsten Mal auf mich verzichten, sagt sie. Mir ist 'n Nagel abgebrochen.

Wo ist die Blonde hin?, frage ich Carla.

Hinten raus, grinst sie. Hab ihr noch Geld fürs Taxi gegeben.

Neben ihr kneift Mina wütend die Lippen zusammen.

Ich kenn die Alte überhaupt nicht, zischt Carla. War doch bloß 'n scheiß Tanz.

Mina steht auf, lehnt sich an eine Mauer und holt die Kippen raus. Ich lutsche an meinen Fingerkuppen, stoße Carla an und grinse. Bist du jetzt zufrieden? Alles nur wegen dir, du Nuss.

Aber du liebst mich trotzdem, sagt sie nur und kräuselt die Nase.

Sei dir da mal nicht so sicher, antworte ich.

Hab ich einen Hunger, verkündet Lise. Hier ist doch bestimmt irgendwo 'n KFC. Damit verschwindet sie an der nächsten Kreuzung, und als wir aufstehen, um ihr zu folgen, ertönt plötzlich ein Schrei, und Lise kommt um die Ecke geflitzt, High Heels in der Hand.

Ich halte sie am Arm fest. Was rennst du denn so? Wie viele sind's denn?

Hunderte! Sie reißt sich los und läuft weiter.

Spinn doch nicht rum, rufe ich ihr hinterher. Lise übertreibt jedes Mal.

Uh-oh, sagt Finn hinter mir leise.

In diesem Moment kommt eine Horde von Scousers um die Ecke und steuert geradewegs auf uns, in der Breite bestimmt ein Dutzend, dahinter mindestens noch drei Reihen. Im Licht der Straßenlampe sehe ich ein Messer aufblitzen. Als sie uns entdecken, machen die Vorderen halt, und der Rest stolpert in sie rein, so viele sind es. Ganz vorne steht die mit der Brille, in der Hand so was wie ein Stuhlbein.

Mina wirft einen Blick über die Schulter. Oh Shit, sagt sie nur.

Ich schnelle herum. Aus der entgegengesetzten Richtung kommt ein zweiter Lesbentrupp auf uns zu. Lises Blick flitzt hin und her, aber die Straße ist komplett dicht. Oh Shit oh Shit oh Shit, sagt sie, wieso hast du mir diese scheiß Schuhe nicht ausgeredet?

Langsam mache ich ein paar Schritte rückwärts auf die schwarze Tür von dem Stripclub zu, haue zwei-, dreimal mit dem Absatz dagegen und lasse die Straßenecke dabei nicht aus den Augen.

Hinter mir schiebt jemand ein schmales Gitter zur Seite und eine Männerstimme fragt, Ja?

Sei so nett und mach die Tür auf, flüstere ich.

Nur für Mitglieder, sagt die Stimme.

Wir haben 'nen Notfall, du Penner. Mach auf.

Bei 'nem Notfall musst du 999 wählen, Süße, antwortet die Stimme ungerührt. Das ist hier ein seriöses Erotik-Etablissement.

Gerade will ich die Tür eintreten, da drängt Lise sich an mir vorbei und spricht mit dem Gitter. Lässt du uns bitte rein, Mann? Ich bin im fünften Monat, und mir geht's echt bescheiden.

Ich schaue zu ihr rüber. Das soll ein Witz sein, oder?

Ach, und tut mir leid wegen meiner Freundin, sagt sie mit einem entschuldigenden Blick zu mir.

Ah okay, sagt die Stimme, ist dein Erstes, oder? Die Chefin und ich haben schon drei von den kleinen Scheißern. Vielleicht liegt's am Blutdruck. Wie sehen deine Knöchel aus?

Ich verdrehe unauffällig die Augen und mache eine Handbewegung in Richtung Straßenecke, wo die Blindschleiche und ihr Anhang nur drauf warten, uns bei lebendigem Leib die Haut abzuziehen. Mach hin.

Ich brauch nur 'n Glas Wasser und müsste mich mal kurz hinsetzen und ein Taxi rufen, sagt sie. Drei? Echt? Wow.

Okay Süße, bei dir mach ich 'ne Ausnahme, sagt die Stimme. Alle anderen nur mit Mitgliedsausweis.

Ach, das ist echt supernett, sagt Lise.

Marta stößt mich an. Am anderen Ende der Straße setzt sich langsam eine Wand aus Frauen in Bewegung. Ich bücke mich nach meinem Messer.

In dem Moment wird unterhalb des Gitters ein Riegel zurückgeschoben, und ein Längsspalt kommt zum Vorschein. Ich halte mich am Rahmen fest, schwinge die Beine zurück und trete, so fest ich kann, mit beiden Füßen gegen die Tür. Mit einem ohrenbetäubenden Knall fliegt sie auf, und der Spacko dahinter landet auf dem Fußboden.

Als Erstes schubse ich Lise rein. Vor mir im Gang liegt reglos die Scouser-Version des Unglaublichen Hulk. Ich steige über ihn drüber und halte den anderen die Tür auf. Als alle drin sind, versuche ich, sie zu schließen, aber der Typ liegt im Weg, und ich schaff's nicht, ihn wegzurollen. Das Gebrüll auf der Straße rückt immer näher, und mein

Blick fällt auf die Kellertreppe am Ende des Korridors. Laute Musik dringt von dort zu uns rauf, und ich schreie. Alle nach unten! Verteilt euch!

Die Treppe runter, an der Kasse vorbei, schwarz gestrichene Wände, Silberspiegel, dicker Teppich. Die Atmosphäre ist düster; wahlweise sitzen die Gäste an kleinen Tischen oder stehen um eine Bühne in der Mitte des Raums rum, vor allem Männer, aber bei Weitem nicht nur. Danke, auf die Art von Gleichberechtigung kann ich verzichten.

Beim Anblick der sechs halb nackten Frauen mit den wogenden Plastiktitten da oben an ihren Stangen läuft mir das Wasser im Mund zusammen. Die keuchende Kundschaft in Nadelstreifen hat längst glasige Augen und würde es wahrscheinlich nicht mal mitkriegen, wenn in der Ecke ’ne Bombe hochgeht.

Ich lasse mich auf die Knie fallen und krieche langsam unter den Tischen einmal quer durch den Raum. Irgendwo muss doch ein Notausgang sein.

Nach sechs Tischen erreiche ich den Bühnenrand und drehe nach rechts ab. Am Eingang gibt’s die ersten Tumulte, trotz der wummernden Bässe dringt der Lärm bis zu mir durch. Die Türsteher versuchen noch, dem Ansturm Herr zu werden, sind aber ungefähr so erfolgreich wie ein Kind mit ’nem Plastikeimer im Mersey.

In dem Moment entdecke ich unter dem Nachbartisch Lise. Sie deutet mit dem Kopf nach rechts. Da kommen wir nicht weiter, hab ich schon probiert.

Als ich mich umdrehe, fällt mein Blick auf ein paar Docs. Ich sehe zwar nur bis zu den Knien, kann mir aber gut vorstellen, wer da steht. Und dasselbe gilt scheinbar auch für Lise.

Shit Shit Shit, Donna. Was jetzt?

Ich spähe unter dem Tisch hervor. Die gehört mir, sage ich. Und du haust ab.

Da fängt Lise plötzlich an, sich die Bluse aufzuknöpfen.

He, geht's noch?

Sie schält sich aus ihrem Rock. Die Bühne, sagt sie, komm schon, runter mit den Klamotten. Da schauen die nie hin.

Ich muss zugeben, die Idee hat was, aber ich steige bestimmt nicht in Boxershorts und Stiefeln da rauf. Ich übernehm die Alte, du gehst hoch.

Lise hockt jetzt in der Unterhose da und schlüpft in ihre hohen Hacken. Da ist jemand in seinem Element.

Ich rutsche vor und binde die Schnürsenkel der Doc Martens zusammen, dann springe ich auf und verpasse der Blindschleiche einen kräftigen Stoß. Sie kippt samt dem Tisch nach hinten und reißt ein halbes Dutzend Zuschauer und einen Sektkübel mit sich. Es ist wunderschön.

In dem Moment quetscht sich Lise an mir vorbei in Richtung Bühne.

Ich flitze zum Ausgang und zum Glück achtet niemand auf mich, weil die ganze Security jetzt dahin stürzt, wo die mit der Brille zu Boden gegangen ist. Dann trete ich die Tür auf, spüre die frische, kalte Nachtluft, und als ich einen Blick zurück in den Club werfe, tobt vor der Bühne das Chaos. Carla und Finn sind auf dem Weg zu mir rüber, von Marta ist nichts zu sehen. Derweil hat Lise völlig blank gezogen und tanzt sich auf der Bühne die Seele aus dem Leib. Sie macht das gar nicht schlecht. Ich gebe ihr zu verstehen, dass sie mitkommen soll.

Sie schüttelt den Kopf und tanzt mit weit aufgerissenen Augen weiter.

Ich lasse dich nicht einfach so da, brülle ich gegen den Lärm an.

Draußen muss es dann schnell gehen, und während Mina sie am Arm die Straße langzerrt, versucht Lise, sich im Laufen das Oberteil überzuziehen.

An der Kreuzung halten wir uns rechts, aber ich habe längst die Orientierung verloren und weiß nicht mehr, wo wir geparkt haben, also bleibe ich stehen. Halt! Wir drehen uns im Kreis!

Gott, ist das kalt, sagt Lise und versucht, auf einem Bein hüpfend, in ihren Rock zu steigen.

Jenseits der Straßenecke ertönen Stimmen und Schritte. Viele Schritte.

Ich hab keinen Bock mehr, sagt Marta, langsam regen diese Tussen mich echt auf. Können wir die nicht einfach wegklatschen?

Da biegt der Pulk um die Ecke, die Brille vorneweg. Mindestens zwanzig Weiber, und wir sind zu sechst.

Lise fängt an zu zittern. Geh in Deckung, sage ich zu ihr, und wenn's losgeht, haust du ab.

Ich zähle bis drei, sage ich zu den anderen, dann greifen wir an. In letzter Sekunde ab zur Seite und dann von hinten voll drauf.

Da ruft auf einmal jemand was. Blitzschnell drehe ich mich um. Aus der entgegengesetzten Richtung kommt ein zweites Dutzend Frauen auf uns zu. Na toll, also alles wieder auf Anfang. Plan B. Ich atme tief durch. Rücken an Rücken und Arschbacken zusammen, sonst sind wir geliefert. Wir bilden einen Kreis und haken uns unter.

Und noch mal ruft jemand von der anderen Seite: Halt!

In vorderster Reihe steht das Blondchen von eben und neben ihr ’ne gut aussehende Lesbe mit Filzhut und langen dunkelroten Haaren.

Die Blonde dackelt zu Carla rüber. Meine Cousine, sagt sie mit einer Geste in Richtung Hutfrau. Braucht ihr Hilfe?

Was glaubst du denn, fragt Carlas Blick. Mein erster Gedanke lautet, Warum soll ich den Ischen trauen? Mein zweiter: Haben wir ’ne Wahl?

Da schiebt sich Mina zwischen Carla und die Blondine. Wir kommen schon klar, sagt sie und presst die Lippen zusammen.

Mein Blick wandert die Straße runter, wo die Blindschleiche und ihr Gefolge schon mit den Ketten rasseln. He Mina, red keinen Scheiß.

Weiter komme ich nicht, denn in dem Moment geht der Hut an mir vorbei direkt auf die Brille zu. Ich mache mich aufs Schlimmste gefasst, doch dann bleiben die zwei plötzlich voreinander stehen. Ich verstehe nicht, was gesagt wird. Okay Girls, gleich geht’s los, flüstere ich.

Doch da dreht die Brille sich um, zuckt mit den Schultern und sagt irgendwas zu ihren Leuten, die daraufhin anstandslos den Rückzug antreten. Fassungslos sehe ich zu, wie das Grüppchen langsam um die Ecke verschwindet.

Vielleicht ist das alles ein Trick und die bluffen nur? Sonn stupst mich fragend an.

Pass lieber auf, sage ich.

Die Lesbe mit dem Hut kommt zurück und streckt Carla die Hand entgegen. Mel, sagt sie und fügt mit 'nem Blick auf die Blondine hinzu, Whitney hier sagt, ihr habt ihr vorhin den Arsch gerettet?

Carla starrt Mels Hand an, als wüsste sie nicht, ob sie sie schütteln oder reinspucken soll, und mir wird klar, dass die Sache immer noch von jetzt auf gleich den Bach runtergehen könnte. Bei Car weiß man nie. Deshalb mache ich mit ausgestreckter Hand einen Schritt auf Mel zu.

Donna. Von den Brontes. Und gern geschehen, kein Thema. Ich deute in Richtung Straßenecke. Wie hast'n das geschafft?

Mel lacht und zieht den Hut. Ihre Augen sind knallblau.

Toxteth Tigers, sagt sie, mir gehören Fiery Jill's und der Club. Ihre Augen funkeln. Und nicht nur die.

In Wahrheit hatte Mel damals schon die halbe Szene in Toxteth unter sich, Clubs, Security, Bars und so weiter. Carla und sie waren im Anschluss 'ne Zeit lang zusammen, und Mina hat mir deswegen ewig Vorwürfe gemacht. Aber inzwischen hat sie mir scheinbar verziehen.

Mel zieht die Jacke aus und nimmt am Tisch Platz, Jen lehnt sich an die Wand. Als alle sitzen oder stehen, erzähle ich von meinem Treffen mit Tony, und mit einem Mal ist es totenstill. Ich werfe einen Blick in die Runde. Das war's also, sage ich. Von ihm haben wir nix zu erwarten.

Finn schaut mich an, und ich weiß, sie denkt an Danny. Sie liebt ihn nicht oder so, aber er ist halt der Vater von Shiloh. He, kein Stress, ich vertrau dir, sage ich.

Ach ja? Sonn wirft Finn einen giftigen Blick zu. Nichts für ungut.

Sonn hat immer schon was gegen Finn gehabt, wahrscheinlich, weil sie mal hetero war. Und meistens bin ich die Erste, die Sonn zur Seite springt, aber sie kann mich nicht einfach so vor der ganzen Crew dissen. Wenn man von Geburt an auf Frauen stehen muss, um 'ne Lesbe zu sein, gäbe das am Ende 'ne magere Ausbeute. Lass gut sein, Sonn, sage ich.

Aber Finn macht ein Gesicht, als würde sie am liebsten quer über den Tisch hechten und Sonn eigenhändig das Herz rausreißen, und da sehe ich rot. Ich haue mit der Faust auf den Tisch, und alle zucken zusammen, Rio hopst vom Sessel und schnurstracks Sonn in den Schoß. Dann höre ich mich brüllen: Ja genau, warum drauf warten, bis diese Wichser uns plattmachen, wenn wir das problemlos auch selber hinkriegen!

Keine Ahnung, wo Staffs ihren Ruf als Killermaschinen herhaben, Rio jedenfalls hockt winselnd auf Sonns Knie, und sie hält ihm die Ohren zu. Schrei doch nicht so, jetzt hat er Angst.

Ich lasse den Kopf auf die Tischplatte sinken, spüre das kühle Holz an meiner Stirn und atme tief den Politurgeruch ein. Als ich den Blick hebe, schauen mich die anderen abwartend an, auch Rio. Ich gebe mir einen Ruck, bringt ja doch nichts.

Hört mal, sage ich, wir haben keine Zeit für solche Kinderkacke. Wenn das hier was werden soll, müssen wir zusammenhalten, egal was kommt, und wenn irgendwer raus ist, kein Problem, da vorne ist die Tür.

Niemand sagt was, aber aufstehen tut auch keiner.

Dann geht es einmal rund um den Tisch, und jeder darf was sagen.

Es läuft wie erwartet. Sonn ist für Krieg, und zwar sofort, scheißegal wer auf welcher Seite steht, Cheetah ist Cheetah.

Dafür brauchen wir 'nen Plan, sagt Mel, und genug Leute, sonst haben wir gleich verschissen.

Lise findet, wir sollten erst mal runterkommen und Kontakt mit Mike aufnehmen, damit er weiß, was passiert ist.

Zum Schluss ist die Reihe an mir, und alle schauen mich an.

Heute wird noch nichts entschieden, sage ich. Ich will erst mal rauskriegen, was eigentlich los ist. Aber wir müssen auf alles gefasst sein.

Mel und Jen sollen ihre Frauen zusammentrommeln, die, mit denen zu rechnen ist. Nur so lassen sich unsere Chancen realistisch einschätzen. Jen sagt, wir können ihr Versteck in Warrington als Lager für die Waffen benutzen, von dem Unterschlupf wissen nämlich nicht mal ihre eigenen Jungs.

Wenn man früher Schutz vor 'nem Mann gesucht hat, konnte man sich einfach an Women's Aid wenden, aber damals ging's auch noch um das Wohl der Frauen. Heute gibt's die staatliche Unterstützung nicht mehr umsonst, und normalerweise kostet sie eine Frau ihre Kinder. Auf einmal steht die Polizei vor der Tür und stellt Fragen, versucht, einen zu erpressen – man will ja nicht auf der Straße landen –, schickt Sozialarbeiter vorbei und macht Urinproben. Und wenn man irgendwo in den Akten auftaucht, im Heim war oder im Knast, oder die Behörden einen sonst wie im Visier haben, dann kann man's gleich vergessen. Null Verständnis für Frauen von hier, keiner weiß, was für'n Risiko man hier eingeht, was es bedeutet, wenn man bei uns seinen Alten verlässt. Also haben wir inzwischen unser eigenes System.

Die Bude in Warrington steht gerade leer, sagt Mel. Aber wenn irgend'ne Frau sie braucht, müssen wir uns was überlegen.

Du kannst Kinder doch nicht in die Nähe von Schusswaffen lassen, schnaubt Lise.

Außerdem lagern wir besser nicht den ganzen Kram an einem Ort, sage ich.

Marta soll sich um die Kommunikation kümmern und einen Extrascanner besorgen, damit wir den Polizeifunk anzapfen können.

Ich hab noch einen von Alinco, sagt Jen. Der ist schon ziemlich alt, und man muss voll aufdrehen, damit man was hört, aber er funktioniert. Ich kann auch noch 'n paar Handgeräte auftreiben, kenn da in Crewe wen bei der Armee.

Ich bau uns ein neues Netzwerk mit neuen Codes, sagt Marta.

Ich schüttele den Kopf.

Marta runzelt die Stirn. Nicht?

Ab sofort läuft alles nur noch persönlich. Kein Telefon, kein Internet, kein Navi. Keine Spuren, sage ich.

Jippie, zurück in die Steinzeit, sagt Sonn.

Die anderen starren mich an. Was?, fragt Marta.

Ich haue auf den Tisch. Warum bin ich da nicht schon früher drauf gekommen? Genau das bricht den Jungs am Ende doch immer wieder das Genick! Überlegt mal, sage ich. Der Riesenprozess in Bolton letztes Jahr? Und der mit den Importen in Preston vor einem Monat?

Schweigen.

In beiden Verfahren ging's irgendwann nur noch um Überwachungsprotokolle, sage ich. Die Polizei hatte keinen einzigen echten Zeugen, und so was wie Spurensicherung war von Anfang an nie 'n Thema. Stattdessen lief alles auf GPS-Daten raus und diesen Vollpfosten aus Mile End mit seinem Navi.

Du meinst, dass man Anrufe irgend'nem Standort zuordnet und über Navi- und Handyprotokolle beweist, dass irgendwer irgendwo war und von irgendwas wusste?, fragt Mina.

Genau, antworte ich. Von den Anrufen und SMS ganz zu schweigen. Gartside hält sich inzwischen doch für William A. Rawls.

Angeblich haben die Bullen letztes Jahr paar Millionen in diese 3-D-Intersatellitentechnik gesteckt, wirft Lise ein.

Mel lehnt sich vor und verzieht das Gesicht langsam zu einem Grinsen. Ja, deshalb konzentrieren sie sich da auch drauf …

Ich gebe das Grinsen zurück. Genau. Gartside bildet sich ein, dass die Sache so quasi von allein läuft. Derweil hocken in seinem Hauptquartier nur noch Technikfreaks und keine echten Polizisten mehr.

Oldschool, sagt Jen und nickt. Find ich gut.

Deshalb schlage ich vor, dass wir den ganzen nerdigen Videospielscheißdreck ad acta legen und fürs Erste auf Handy und Internet verzichten, sage ich. Ich glaub, das ist momentan das Schlauste.

Rings um den Tisch wird genickt. Alles klar.

Nicht, dass wir uns falsch verstehen – ich bin die Letzte, die scharf ist auf Krieg. Wer's auf Krieg anlegt, hat sie meiner Meinung nach nicht mehr alle. Problem ist, im Krieg verliert man sauleicht die Kontrolle. Auf einmal liegen die Karten auf dem Tisch, und die Leute schießen wild durcheinander, ohne einen Gedanken daran zu verschwenden, worum's eigentlich geht, alles hängt in der Luft, und keiner weiß, wo sein eigener Kackhaufen am Ende landet. Und in dieses wüste Durcheinander platzt Gartside mit seinen Schergen, zack, mittenrein, aber keiner kriegt's mit, und wer zum Schluss noch am Leben ist, wandert für mindestens zwanzig Jahre in den Bau. Die Bullen stehen nämlich total auf Krieg, und unsereins hat in jedem Fall gute Chancen, am Ende dabei draufzugehen. Im Ernst, die Art von Chaos ist nur was für Jungs oder alle, die's nicht besser wissen.

Aber vorbereitet zu sein, das ist was anderes. Man muss immer wissen, wie weit man im Notfall gehen könnte, sonst hat man nichts vorzuweisen, nichts, das einem Kraft gibt. Sei jederzeit für den Krieg gewappnet, dann musst du wahrscheinlich nie einen führen, sage ich mir immer.

Damit mache ich Schluss und schicke die anderen los. Zum Glück haben jetzt alle was zu tun und sind beschäftigt.

Wenn ich 'ne Idee habe oder mir irgendwas keine Ruhe lässt, mache ich am besten so weiter wie gehabt, denke nicht groß darüber nach und warte, bis die Dinge irgendwo in meinem Hinterkopf Gestalt annehmen. Wenn man zu früh versucht, einem Gedanken auf die Spur zu kommen, entwischt er einem bloß, wie wenn man aus einem Traum aufwacht, und es sind nur noch die Umrisse da. Und je angestrengter man hinschaut, desto schneller verblasst er. Ist wie Pudding an die Wand nageln.

Ich krame Carlas alte Handschuhe raus, greife nach dem Sandsack in der Ecke und mache ihn an der Halterung fest. Dauert nicht lange, und ich bin im Rhythmus, dann lege ich noch einen Zahn zu. Rechts links rechts. Links rechts links. Rechts links rechts links rechts links.

Allmählich fange ich an zu schwitzen, rechts links Side-Kick, rechts links Side-Kick, rechts links rechts links. Ich werde immer schneller, irgendwann soll der Sack nicht mehr hin und her schwingen, rechts links rechts, links rechts links. Left-Kick, links rechts links, Right-Kick. Rechts links, recht links.

Der Atem brennt in meiner Brust, und ein stechender Schmerz schießt mir von den Schultern aus beide Arme runter. Fast geschafft.

Ich mache so lange weiter, bis ich endlich an dem Punkt bin, wo nichts mehr wehtut, wo man nur noch seinen eigenen Atem hört und sämtliche Gedanken davonschwimmen. Irgendwann läuft alles wie von selbst; der Kopf ist leer, der Körper bewegt sich ganz von allein wie bei 'nem Tanz, den man quasi im Schlaf beherrscht. Unwillkürlich muss ich lächeln. Gleicher Effekt wie bei 'ner anständigen Line, wenn ich mich recht erinnere, nur billiger.

Und auch wenn man das Gefühl hat, man könnte ewig so weitermachen, irgendwann geht's einfach nicht mehr. Zehn Minuten später liege ich rücklings auf dem Boden, Arme von mir gestreckt, Handschuhe immer noch an, und weiß nicht, wie ich je wieder Luft holen soll.

Ich starre an die Decke und warte, bis das Summen in meinen Ohren nachlässt.

Und dann fügen die Teile sich plötzlich zusammen, rattern durch meinen Kopf wie im Spielautomaten, ching-ching-ching, und zum Schluss kullert unten genau die Münze raus, auf die ich gehofft hatte.

Irgendwer bei den Darts muss vor dem Mord an Carla sein Okay gegeben haben, sonst wären die Cheetahs an dem Abend nicht einfach so ins Heaven marschiert, ganz ohne Gegenwehr, nur Lloyd an der Tür. Und Lloyd muss von irgendwoher 'ne Order gehabt haben, sonst hätte er die ganzen schwer bewaffneten Jungs doch nie in den Club gelassen.

In dem Moment taucht Dannys Gesicht vor mir auf. *Finn kommt heute nicht.* Er muss gewusst haben, dass was im Busch war. Aber wieso hat er mich dann gewarnt? Irgendwas stimmt da nicht. Und Mike würde so was nie zulassen, nicht, solange zwischen uns Waffenruhe herrscht, und nicht, ohne mir Bescheid zu geben.

Außer, er wusste nichts davon. Und wenn Mike keine Ahnung hatte, kann nur Tony die Aktion abgenickt haben. Aber das geht nur, wenn Tony wusste, dass Mike an dem

Abend verhaftet wird und er seine Erlaubnis fürs Heaven nicht braucht.

Und das kann eigentlich nur eins bedeuten: Sowohl bei den beiden Razzien als auch bei Carlas Tod hatte Tony seine Pfoten im Spiel.

11

Geeta: Alles klar bei dir
Geeta: Wo bis du
Geeta: Schreib doch mal
Geeta: OK bis morgen

12

Zitternd am ganzen Körper parke ich das Bike vor Finns Haus und klopfe an die Tür. Sie macht auf und strahlt, aber ich schiebe mich wortlos an ihr vorbei. Shiloh sitzt in ihrem Hochstuhl und gluckst, als ich ins Zimmer komme.

Freitagabend, sage ich. Klartext, bitte.

Finn schaut mich an, als wäre ich nicht mehr ganz dicht, aber ich kann mich einfach nicht zurückhalten.

Sag mir die Wahrheit! Instinktiv greife ich nach meinem Messer.

Blitzschnell stellt sie sich vor Shiloh, und ich komme wieder zu mir.

Danach setze ich mich hin, stecke das Messer weg und mustere sie. Was war am Freitagabend? Warum warst du nicht dabei?

Die Tränen stehen ihr in den Augen. Ich wollte ja, aber Shiloh war krank. Tut mir leid, o Gott, tut mir alles so leid.

Sie macht einen Schritt auf mich zu und legt mir die Hand auf die Schulter. Ich schüttle sie ab. Wie krank?

Sie erzählt, dass Shiloh bei Danny war, wie immer am Freitag, aber diesmal hat er sie früher gebracht, weil sie angeblich zweimal gekotzt hatte, einmal bei seiner Mum, und deshalb wollte Finn nichts riskieren und ist zu Hause geblieben.

Ich mach mir solche Vorwürfe, sagt sie, ich hätte echt mitkommen sollen. Dann bricht es aus ihr raus. Sie fehlt mir so, sagt sie, die Augen weit aufgerissen. Wenn ich dabei gewesen wäre, wenn Loh nicht krank geworden wäre, vielleicht …

Ich schneide ihr das Wort ab. Hast du Danny an dem Abend gesagt, er soll mir Bescheid geben, dass du nicht kommst?

Ihr verdatterter Blick macht deutlich, dass sie keinen Schimmer hat, wovon ich rede.

Normalerweise hätte ich mich schon bei dir gemeldet. Nur, ich hab Shiloh ins Bett gebracht und saß die ganze Zeit daneben, falls doch noch was ist, und dann bin ich eingepennt. Als ich wieder aufgewacht bin, war's halb sechs Uhr früh, und Lise hat unten Rabatz gemacht.

Sie überlegt. Freitags steht Danny doch an der Tür vom Metro-X, wieso war der überhaupt im Heaven?

Ich glaube ihr. Bei Danny bin ich mir nicht so sicher. Aber egal was da läuft, Finn weiß nichts davon. Danny ist jetzt wohl Tonys rechte Hand, vielleicht hatte Sonn also doch recht, und wir dürfen Finn nicht mehr alles erzählen, nur für den Fall.

Vergiss es, sage ich, war nur so 'n Gedanke.

Zu Hause bei Carla fehlt von Ror jede Spur, als hätte ich nicht schon genug an der Backe.

Gerade will ich rüber zu Marie und Carla Beine machen, da klingelt mein Handy. Mina ist dran, sie muss mir was sagen. Und obwohl ich immer noch stinksauer bin und eigentlich null Bock habe, sie zu sehen, ist irgendwas in mir dann doch stärker.

Okay, komm vorbei.

Kurz darauf steht sie klatschnass vor mir im Regen, und ich halte ihr die Tür auf. Fass mich bloß nicht an, sage ich.

Da fällt ihr Gesicht zusammen wie eine nasse Zeitung, und sie muss sich am Türrahmen festhalten, damit sie nicht umkippt.

Ehrlich gesagt, ich weiß auch nicht, was mich in dem Moment geritten hat. Vielleicht kam irgendwie alles zusammen, oder vielleicht bin ich auch einfach nur stinkig und gemein und schwach. Aber irgendwas an Mina und daran, dass sie mit Carla zusammen war, zieht mich geradezu magisch an. Na ja, deutlicher muss ich wohl nicht werden.

Gegen das Auge des Sturms war ich immer schon machtlos, und Carla hat's als Einzige verstanden, diese süße Not, die einen immer wieder zwingt, an seine Grenzen zu gehen. Deshalb hat's auch nie irgendwer geschafft, uns auseinanderzubringen, weder Mina noch Louise noch hundert andere Frauen.

Und bis gerade habe ich auch nie darüber nachgedacht, was mal aus Carla und mir hätte werden können, weil ich war mir sicher, uns bleibt ewig Zeit. Irgendwie haben wir zueinander gehört, und solange wir zusammen waren, konnte nichts kaputtgehen.

Danach liege ich im Halbdunkel einfach so da, Mina ist auf meinem Arm eingeschlafen. Durch den Spalt im Vorhang scheint das Licht der Straßenlaterne, und ich versuche zu kapieren, was da eben gelaufen ist. Ich war hinter irgendwas her, habe Mina von innen nach außen gekehrt auf der Suche nach Carla, aber, egal wie weit ich gekommen bin, sie war einfach nicht da.

Wenn mir der ganze Scheiß mit Mina nicht passiert wäre, hätte ich bei der Sache mit Kim vielleicht eher mal auf den Tisch gehauen. Dann wäre Carla vielleicht noch da. Und als Mina den Kopf dreht und immer noch diesen Blick draufhat, ertrage ich es einfach nicht. Komm, sage ich, geh heim.

Sie schaut mich an wie ein geprügelter Hund, aber ich bin zu wütend auf mich selber, um an ihre Scheißgefühle zu denken. Die ganze magische Anziehung hat sich einfach so in Luft aufgelöst, und je mehr sie rumjammert, desto mehr will ich ihr eine schmieren.

Verpiss dich und lass mich in Ruhe, sage ich.

Als ich bei Marie aufschlage, ist es schon elf.

Sie liegt reglos in ihrem Sessel, die Glotze quäkt, auf dem Boden liegen eine halbe Flasche Wodka und ein paar leere Bierdosen, und in der Küche hört man jemanden rumhantieren.

Komm sofort her, Aurora.

Nichts passiert, also reiße ich die Küchentür auf.

Drinnen steht sie mit Maries vollgepisstem Bettlaken in der Hand an der Spüle, die eine Hälfte im Becken, die andere auf dem Boden.

Sie dreht sich um und schaut mich an.

Ich krieg das nicht alles unter, sagt sie mit Tränen in den Augen.

Mit einem Mal schmilzt das ganze spitze, eiskalte Zeug unter meinen Rippen einfach so weg, und wir stehen nur noch da, halten uns aneinander fest und heulen Rotz und Wasser. Ach, lass doch, sage ich. Du musst nach Hause.

Im Vorbeigehen werfe ich Marie eine Decke über – das ist mehr, als die Alte verdient – und schalte den Ofen aus. Ror bückt sich nach den Dosen. Lass, sage ich, das kann sie selber.

Dann schiebe ich den Riegel zurück und mache die Tür hinter uns zu.

Rors Schlüssel werfe ich durch den Briefschlitz. Das nächste Mal kann sie ja dich besuchen.

Auf dem Heimweg greift Ror verstohlen nach meiner Hand. Ich dachte schon, du kommst nicht, sagt sie.

Zu Hause füttere ich Sappho und will Ror gerade ins Bad schicken, als mir ein Gedanke kommt. Willst du im Bett von deiner Mum schlafen?

Sie wirft mir einen Blick zu. Bei dir?

Und ich werde wohl langsam sentimental, weil was ich da eben in ihren Augen gesehen habe, dieses Flackern, lässt mich irgendwie nicht mehr los.

Ja, sage ich, aber nur, wenn du nicht furzt oder schnarchst.

13

Im ersten Moment weiß ich nicht, wo ich bin. Fahles Licht fällt durch den Schlitz im Vorhang, Regen an den Scheiben, alles wie immer. Als ich mich strecke, stößt meine Hand gegen ein warmes Hindernis, und im ersten Moment denke ich, es ist Louise.

Ich drehe den Kopf zur Seite. Neben mir liegt Ror, zusammengerollt wie ein Welpe, und schläft. Dann erinnere ich mich schlagartig wieder an alles und kriege keine Luft mehr.

Unten im Wohnzimmer sind die Küchenstühle in einer Reihe aufgestellt. Lise ist mit Sonn und Rio in der Küche und wartet. Ich mache Kaffee und gebe jedem ein Extrastück Zucker in die Tasse. Niemand sagt ein Wort, und als es an der Vordertür klingelt, fahren alle zusammen.

Sie ist da, sagt Lise.

Ich mache die Tür auf. Vor mir steht ein schmächtiger Latino in einem speckigen schwarzen Anzug mit 'nem kleinen Knoten im Schlips. Er nickt mir zu und verschränkt die Hände vorm Bauch wie 'ne Figur aus *Oliver Twist*. Der Anzug gehört mal gebügelt.

Hinter ihm sehe ich das schwarze Auto, überall glänzendes Chrom, die Seitenscheiben sind runtergelassen. Im Wagen ist ein länglicher Holzkasten zu erkennen, aber ich will eigentlich gar nicht so genau hinschauen.

Drinnen setzen die Männer den Sarg vorsichtig auf der Stuhlreihe ab. Soll ich aufmachen?

Lise wirft mir einen fragenden Blick zu, aber das kommt überhaupt nicht infrage, vier Männer im Anzug, die auf sie runterglotzen, wo ich noch nicht mal weiß, was sie anhat. Lassen Sie sie einfach da.

Okay, wir sind dann mal weg. Bitte nicht den Ofen anmachen.

In diesem Moment steht Ror in der Tür, neben ihr blinzelt Rio zu uns hoch. Wo ist meine Mummy?, fragt sie.

Bring sie weg, sage ich zu Lise.

Im Wohnzimmer ist es arschkalt, Regen prasselt ans Fenster, grau kriecht der Tag durch die Vorhangspalten. Die Schrauben sind schon halb rausgedreht, also ziehe ich sie komplett ab, eine nach der anderen, und lege sie in die kleine bemalte Tasse neben dem Ofen, in der Carla ihre Stecknadeln aufbewahrt.

Irgendwas stimmt nicht mit meiner Atmung. Ich hole langsam durch den Mund Luft wie Finn damals, als wir dachten, jetzt kommt gleich Shiloh, und auf dem Weg ins Krankenhaus lauter rote Ampeln überfahren haben, und dann war's doch nur ein Fehlalarm.

Der Deckel bewegt sich keinen Millimeter. Erst als ich an beiden Seiten fest anziehe, löst er sich mit einem Ruck.

Ich mache einen Schritt zurück, aber ganz ehrlich, es

stinkt nicht. Aus dem Kasten dringt nur ein leichter Geruch, 'ne Mischung aus Krankenhaus und wie wenn man den Kühlschrank aufmacht. Mit klopfendem Herz lehne ich den Deckel an die Wand und hole noch mal tief Luft. Ich hab's nie lange genug irgendwo ausgehalten, um einen Toten zu sehen, außer bei meiner Mum, aber das kam vom Heroin, und diese Art Tod hat 'ne ganz eigene Optik, besonders wenn man erst elf ist. Sieht irgendwie brutal aus, alles, was in den Körper gehört, quillt plötzlich raus.

Also mache ich mich auf das Schlimmste gefasst.

Da liegt sie in ihrem Krankenhausnachthemd und sieht irgendwie ganz klein aus. Und sie liegt so still, dass mir schwer wird ums Herz. Die haben ihr 'nen Pony verpasst, dabei hasst sie so was.

Als ich ihr die Haare aus der Stirn streiche, fühlt ihre Haut sich so kalt an, dass ich zusammenzucke. Und seltsam fest, wie wenn man nach 'ner Motorradtour seine eingeschlafenen Finger anfasst.

Da sehe ich, dass meine Fingerspitzen voller Puder sind.

Take me to the river and wash me down.

He Lise, hol mal deinen Kulturbeutel, rufe ich.

Zehn Minuten später haben wir ihr die Omaschminke abgewischt. Shit, aber irgendwas müssen wir schon machen, sagt Lise. So können wir sie nicht lassen.

Und sie hat recht, weil unter der ganzen Grundierung schimmert ihre Haut in so 'nem komischen Blaugrau und unterhalb des Nackens hat sie haufenweise lila Stellen. Sieht aus wie 'n fieser Bluterguss, als hätte ihr in der Leichenhalle irgendwer die Fresse poliert.

Bevor ich mich aufregen kann, legt Lise mir die Hand auf den Arm. Da hat sich nur das Blut gestaut, sagt sie.

Woher willst du das wissen?

Sie zuckt mit den Schultern. *CSI*, antwortet sie.

In der Küche sage ich zu Sonn, sie soll mal mit Rio rausgehen und Ror mitnehmen. Es schifft, protestiert Sonn, aber ich habe keinen Bock auf Diskussionen.

Geh schon, sage ich, und komm frühestens in 'ner Stunde wieder.

Kurz darauf mache ich hinter ihnen die Tür zu und sperre ab.

Ich lasse Wasser in die Schüssel, spritze was von der Rosenseife und ein bisschen Spülmittel rein, damit es schäumt. Dann kommt mir eine Idee. Ich renne die Treppe rauf und greife mir das glitschige Vanilleding neben der Badewanne. Sobald ich 'nen Spritzer in die Waschschüssel gebe, wird das Wasser milchig, und als Carlas Duft mir in die Nase steigt, fängt mein Hals an zu kratzen.

Im Wohnzimmer hat Lise auf dem Boden eine Decke ausgebreitet. Sie schaut mich zweifelnd an. Sicher?

Statt einer Antwort fasse ich Carla an beiden Armen, und dann heben wir sie hoch. Als würde sie 'ne Tonne wiegen, dabei ist sie so zierlich. Lass sie bloß nicht fallen, Lise.

Auf dem Boden sieht sie normaler aus, ohne die ganze kratzige Seide überall. Man denkt immer, das hätte was mit Komfort zu tun oder weil's schöner aussieht, dabei soll es nur so viel wie möglich verstecken. Keine Ahnung, weshalb mir das früher nicht klar war.

Lise hat die Ärmel hochgekrempelt, sie ist so weit. Aber ich stehe wie angewurzelt da und kann mich nicht rühren, und ich weiß, da muss ich allein durch.

Also schicke ich Lise wegen Carlas rotem Oberteil und ihren neuen G-Stars nach oben, sie soll den Kram vor der Tür abstellen. Warte einfach, bis ich dich rufe.

Jetzt sind wir allein, Carla und ich.

Ich schiebe einen Stuhl unter die Türklinke für alle Fälle und prüfe mit der Hand, ob das Wasser noch warm ist. Dann gehe ich neben ihr auf die Knie und fange an, ihr das Nachthemd aufzuknöpfen.

He Baby, ich hab dir dein Wasser gebracht, murmele ich.

Inzwischen hat es sich rumgesprochen, und den ganzen Vormittag kommen Leute vorbei, die ich noch nie im Leben gesehen habe. Marie hockt mit einer Dose Special Brew ihn der Ecke und kaut den armen Gästen ein Ohr ab, ich stehe neben dem Sarg, Sonn und Rio halten an der Tür Wache. Ganz ehrlich, wenn's nach mir gegangen wäre, hätten wir diese Show nicht veranstaltet, aber irgendwie hat das Ganze auch was von Abschied, und ich sehe ein, dass manche Leute das brauchen. Irgendwann taucht ein alter Sack namens Lowski auf, wohnt angeblich die Straße runter und hat ein Viertel Whisky und Bonbons für Ror dabei. Pass bei dem lieber auf, sage ich zu Sonn.

Lise und Marta schmieren derweil in der Küche ein paar Brote, damit die Leute 'ne Unterlage haben, und als mittags Pater Tom mit einer Flasche Schnaps und einer großen Blechdose vorbeikommt, gibt es im Wohnzimmer kaum noch Sitzplätze. Er zieht die Schuhe aus und setzt sich zu Marie, die ihn prompt tränenreich zuschwallt.

Auf den ersten Blick käme man nie drauf, dass Pater Tom Pfarrer ist, und wären alle Pfarrer so wie er, könnte man sich das mit dem sonntäglichen Kirchgang glatt mal überlegen. Dass so ein Mann ganz alleine durchs Leben gehen muss und sich nie verlieben darf, ist die reinste Schande.

Er reicht mir die Dose. Mini-Cupcakes, sagt er. Selbst gebacken.

In dem Moment schaut Sonn mich an, und als sich unsere Blicke treffen, muss ich an mich halten, nicht loszukichern.

Draußen im Garten sprudelt es dann aus mir raus, als hätte man 'ne Dose Red Bull aufgemacht, und ich kann gar nicht mehr aufhören zu lachen.

Atemlos stütze ich mich mit einer Hand an der Mauer ab, und von irgendwoher kommt ein Geräusch, wie das dumpfe Tuten auf dem Kanal im Nebel. Dann merke ich, das bin ich.

Also hole ich tief Luft und versuche, das Tuten zu unterdrücken, aber es wird immer lauter. Erst als ich mich mit dem Gesicht gegen den kalten, nassen Stein lehne, ebbt es langsam ab.

Danach setze ich mich auf die oberste Treppenstufe und schaue mir die Steinplatten an und das Unkraut, das zwischen den Ritzen hervorsprießt. Carla wäre schon längst auf allen vieren dabei, die kleinen Wichser auszurupfen. Ich hätte mich nie darum gekümmert, am Ende ist es doch nur 'n beschissener Hinterhof mit feuchten Mauern und einer alten Außentoilette, in der der Kompost lagert, damit er nicht nass wird. Aber Carla war richtig stolz auf ihren Hof, obwohl die Toilette nie funktioniert hat. Ist doch pupsegal, hat sie immer gesagt, wozu hab ich drinnen zwei Klos.

Mein Blick fällt auf den Topf Klematis, die einfach nicht wachsen wollten, egal was sie angestellt hat. Klematis clitoris, hat sie gesagt, als wir das Teil im Gartencenter entdeckt haben, weil die Blütenblätter so zart waren und so schön rosa-violett. Ich finde so was ja geschmacklos, aber Carla war's schnuppe, und sie hat mich einfach ausgelacht. He Klemmi.

Als zu Hause die ganzen Blätter abgefallen sind, war sie stinksauer, das dürfen die nicht, B&Q, was verkaufen, das nur an einem Ort richtig wächst. Vortäuschung falscher Tatsachen hat sie's genannt. Hier ist es zu dunkel, hat sie gesagt, wir brauchen Sonne.

Ich muss daran denken, wie wir mal mit den Bikes runter sind bis nach Newquay, nur wegen Fistral Beach, und sie am Strand sofort blankgezogen hat, scheißegal, und sich im Kreis gedreht hat wie 'ne Bekloppte, nussbraun bis auf das schwarze Dreieck aus Haaren, Arme hoch in Richtung Sonne. Wie ich gesagt habe: Mein Gott, zieh dir wenigstens die Unterhose an, gleich verlangen sie Eintritt. Wie sie nicht mehr nach Hause wollte.

Wir brauchen Sonne.

Unbemerkt hat Ror sich angeschlichen. Warum weinst du denn, Deed?

Ich ziehe sie an mich. He du Weihnachtselfe, ich weine doch nicht.

Im nächsten Moment steht Lise vor uns, die Lippen wütend zusammengepresst, und sagt, Donna, komm mal bitte, ich glaub, gleich passiert was.

Drinnen lungert Tony im Flur, macht auf *Terminator 2* und hat die Augen natürlich überall. Würde auf unserer Seite von den Pennines mal die Sonne scheinen, dieses Arschloch würde sich garantiert davorstellen.

Hinter ihm kann ich Tools und Danny ausmachen. Sonn steht im Türrahmen und versperrt dem Trio mit erhobenem Arm den Weg ins Wohnzimmer.

Tony verdreht die Augen und macht eine Kopfbewegung in ihre Richtung. Dann schnieft er. Wollte Carla nur die letzte Ehre erweisen.

Ich werfe Sonn einen Blick zu. Lass ihn rein.

Sie schaut mich an, als wäre ich nicht mehr ganz dicht. Du verarschst mich, sagt sie.

Ich hebe die Hände, He. Zwinge mich zu ’nem Lächeln. Nix für ungut, Jungs, wir sind alle ziemlich durch den Wind.

Tony kräuselt die Lippen, und Sonn sieht aus, als würde sie ihn am liebsten auf der Stelle abschlachten, also packe ich sie am Arm und schiebe sie schleunigst vor mir in die Küche, Reg dich ab. Wenn wir ihn nicht reinlassen, checkt er doch sofort, dass was im Busch ist. Mach die Sache nicht unnötig kompliziert.

Der Typ ist das letzte Arschloch, sagt sie. Was ist daran bitte kompliziert?

Wenn man ihr oder ihren Freunden ans Bein gepisst hat, ist man bei Sonn sofort unten durch, und manchmal möchte ich sie dafür einfach nur in den Arm nehmen. Manchmal muss man aber auch drüberstehen oder diplomatisch sein, und dann kann so was nerven. Ich meine, ich höre mir immer an, was Sonn zu sagen hat, weil die Frau hat echt Menschenkenntnis, nur – wenn sie mal von irgendwas weiß, gibt's bei ihr keine Pause zwischen Wissen und Tun. Und in dieser kleinen, schlauen Pause kommt normalerweise das Denken ins Spiel.

Ich stehe immer noch in der Küche, als plötzlich eine Frau zur Tür reinkommt, so wunderschön, dass mir fast der Atem wegbleibt, in den Händen ein Tablett mit Samosas und einer Schüssel Minzdip. Sie hat Levi's an und darüber eine himmelblaue Seidenbluse mit winzig kleinen Stickereien und um den Kopf ein schimmerndes grünes Schaldings, das so zart aussieht wie 'n Schleier und ihr bis zu den Schultern geht, als würde sie in einem Wasserfall stehen.

Mit einer Hand schiebt sie den Schal zurück. Ihr Haar ist platt und im Nacken zusammengesteckt, aber man sieht sofort, dass es dick ist und glänzend wie ein weiches Seil, das nur drauf wartet, herabgelassen zu werden.

Dann stellt sie sich vor. Kaheesha.

Ich wiederhole ihren Namen, und es ist, als hätte man glatte, kühle Steine im Mund.

Lise nimmt das Tablett, setzt es mit einem lauten Knall auf der Arbeitsfläche ab und formt mit den Lippen lautlos die Worte, Das ist Geet's Mum, glotz nicht so.

Ich beachte sie gar nicht und überlege stattdessen, welche Augenfarbe Kaheesha hat.

Ich heiße Donna, sage ich. Und Sie sehen echt toll aus.

Ich schwöre, sie wird rot. Süß, oder?

Derweil schüttelt Lise im Hintergrund frenetisch den Kopf wie ein Schiedsrichter in Wimbledon und tut so, als würde sie sich die Kehle aufschlitzen. Ver-giss-es.

Aber Lise hat einfach keinen Sinn fürs Abenteuer. Als würde einem ständig der Typ vom Sozialamt im Nacken sitzen und nur drauf warten, jeglichem Spaß ein Ende zu bereiten.

Ror ist wie vom Erdboden verschluckt, und Lise kriegt langsam die Krise. Sie kann ja nicht weit sein, sagt Sonn. Rio ist nämlich auch verschwunden.

Als ich die beiden endlich finde, aneinandergekuschelt und zitternd vor Kälte auf dem Boden der Außentoilette zwischen Kompost und Kloschüssel, ist es schon dunkel. Aus der Küche fällt ein Lichtstrahl auf die nass glänzenden Steinplatten.

He, sage ich und strecke ihr die Hand hin.

Ror schüttelt den Kopf. Geh weg, ich will hier sitzen bleiben.

In dem Moment höre ich, wie jemand am Gartentor die Klinke runterdrückt. Blitzschnell ziehe ich Ror hoch und verpasse ihr einen Stoß in Richtung Haus.

Aua, das tut weh, jault sie auf und dreht sich weg.

Als ich beim Tor ankomme, geht es gerade langsam auf, und irgendein Halbstarker mit Kapuzenpulli macht einen Schritt in den Hof. Ich nehme ihn sofort in den Schwitzkasten. He du Pisser, was soll der Scheiß?

Hinter mir schnappt noch mal das Gartentor auf, und zwei Augenpaare starren mich aus der Dunkelheit an, in etwa auf der Höhe von Paddington Bär, Daunenjacken klitschnass vom Regen.

Ich reiße dem ungebetenen Gast die Kapuze vom Kopf, und es ist Kim, so ziemlich der letzte Mensch also, den ich momentan sehen will.

Was machst du denn hier?

Kann ich kurz zu ihr? Im Flüsterton.

Man sieht ihr an, dass sie geheult hat, aber dafür kann ich nun echt nichts. Manche Frauen ziehen die Scheiße einfach magisch an, und ich glaube, Kim gehört dazu. Vergiss es, sage ich, zieh Leine.

Entschlossen klammert sie sich am Torpfosten fest. Ihre Kinder stehen dahinter und starren zu mir hoch.

Ich hab Angst, sagt sie.

Glückwunsch, antworte ich, bist ja gar nicht so blöd, wie du aussiehst.

Einknicken kommt nicht infrage, aber sie steht halt so verloren vor mir, Augen verheult, Kapuzenpulli durchnässt, die kleinen Vogelfingerchen fummeln nervös an der Kordel herum …

Langsam habe ich das Gefühl, sie meint's ernst, und mein Gott, an ihrer Stelle hätte ich auch die Hosen voll; Fatboy auf der einen Seite und ich auf der anderen, ganz allein in Ardwick mit zwei kleinen Kindern. Und vielleicht trifft sie im Grunde auch gar keine Schuld, weil Carla hat viel Mist gebaut in ihrem Leben, aber die Nummer mit Kim, das war echt die Krönung.

Dann macht sie mit einem Schlag alles wieder zunichte. Sie hat mich doch geliebt, schnieft sie.

Für wen hält die blöde Schnalle sich eigentlich? Will mir erzählen, wen Carla geliebt hat und wen nicht, dabei ist der ganze Scheiß doch nur wegen ihr passiert! Laber nicht, sage ich und schubse sie rückwärts in Richtung Tor.

Verzweifelt krallt sie sich mit ihren winzigen Klauen an mir fest, Lass mich rein, ich kann euch helfen, ich hab Informationen!

Ich schiebe sie zum Tor raus. Werd erwachsen und geh heim zu Fatboy. Wir wollen dich hier nicht.

Jetzt fängt sie an zu schluchzen, Was soll ich ihm denn sagen, der bringt mich um, wenn ich bei ihm aufkreuze!

Mir scheißegal, was du erzählst. Sag einfach, wir haben dich gekidnappt. Und jetzt verzieh dich.

Damit knalle ich das Tor zu und gehe zurück zum Haus. Auf der Treppe sitzt Lise und wirft mir einen Blick zu, als hätte ich gerade ein behindertes Kätzchen ertränkt.

Ganz schön brutal, sagt sie kopfschüttelnd.

Dann senkt sie den Blick. Ich glaub, Carla hat Kim echt gemocht.

Blödsinn, sage ich. Sei bloß still.

14

Ich schaue durch die Äste nach oben, der Baum ist kahl und kohlschwarz, und von jedem Zweig tropft es. Um die Uhrzeit ist es noch fast dunkel.

Der Südfriedhof wirkt auch bei Sonnenschein nicht gerade einladend, immerhin liegt hier im Matsch halb Manchester begraben, in schmalen Reihen und dicht nebeneinander. Sogar für die Toten ist in dieser Stadt nicht genug Platz.

Außerdem regnet's in einer Tour. Gott weiß, wie hoch der Grundwasserspiegel in der Gegend ist, aber wäre man nicht schon tot, könnte man hier wahrscheinlich noch unter der Erde ersaufen. Damit sich die Gräber nicht vor der Beerdigung mit Wasser füllen, werden sie frühestens acht Stunden vorher ausgehoben, die armen Spacken von der Stadt müssen also die Nacht durcharbeiten. Und wenn's dann schon regnet, können sie's eigentlich auch gleich lassen, das Loch steht dann sowieso unter Wasser.

Auf der Schnellstraße hört man im Regen die Autos vorbeizischen, die Leute sind auf dem Weg nach Liverpool oder Warrington oder fahren stadteinwärts zur Frühschicht. Wenn ich die Augen zumache, klingt es wie Meeresrauschen.

Ich schiebe das Bike an der Gruft mit der blinkenden

Madonna vorbei, die nachts hell erleuchtet ist. In den Stein sind kleine bunte Fotos von Big Shaun und Jason Dooley eingelassen.

Die Dooleys gelten als echte Szenegrößen, ’ne Shotter-Dynastie aus Ardwick. Fünf Brüder sind noch übrig, und die können sich später mal richtig breitmachen. Angeblich hat Ma Dooley die ganze Grabreihe im Voraus gekauft, für alle Fälle. Schon krass, wenn man damit rechnen muss, seine Kinder zu beerdigen, aber Ma Dooley ist da stolz drauf wie ’n Soldat auf seine Streifen.

Am Tag von Shauns Beerdigung war ich noch klein. Man kam sich vor wie im Film; ganz East Manchester war dicht, Schulen, Läden, Büros, alles hatte zu. Offiziell aus Sicherheitsgründen, aber alle wussten, dass es in Wahrheit was mit Respekt zu tun hatte. Ohne den Segen der Dooleys kann man in Ardwick nicht mit der Arschbacke zucken, und das gilt auch für die Behörden. So ist Big Shaun nämlich an seine ganzen Security-Deals mit der Stadt gekommen. Irgendwie unheimlich, dass ein Dooley abends das Rathaus zusperrt oder im Amtsgericht Wache schiebt, wenn er gerade niemanden um die Ecke bringt.

Shaun war ’n echter Psychopath und allseits gefürchtet, aber dann hat er angefangen, sich an seiner eigenen Ware zu vergreifen. Ma Dooley tut immer so, als hätte ihn irgendein Geschäftspartner auf dem Gewissen, aber am Ende hat er’s einfach nicht mehr überrissen und sich wegen zehn Pfund von seinem Dealer abstechen lassen, direkt vor dem King’s Arms in Crown Point. Tja, so sagt das Leben manchmal eben: Fick dich.

Die Beerdigung selber war jedenfalls ’ne Riesenshow, die ganze Dooley-Sippe in Zweierreihen vorneweg, darüber tuk-tuk-tuk ein Helikopter. Pechschwarz glänzende Pferde mit Federn haben Shaun gezogen wie Prinzessin Diana, Kinder sind daneben hergerannt. Die Dooleys kennt jeder, egal wohin man gehört, und an dem Tag waren wir alle am Start, Hunderte von Leuten, der reinste Familienausflug.

Bei Gott im Himmel, steht auf dem Grabstein. Würde mich schwer wundern.

In dem Moment leuchtet es zwischen den Bäumen gelb auf, und als ich den Bagger sehe, weiß ich, wo Carla hinkommt. Ich werfe einen kurzen Blick über die Schulter, um mich zu orientieren, dann schiebe ich das Bike in Richtung Grabstelle.

Dort unterhalten sich gerade zwei Typen in gelben Jacken. Der Baggerfahrer steigt ab und stellt sich mit ’ner Kippe zu seinen Kollegen, da entdeckt mich einer der drei. Alles klar? Haben Sie sich verlaufen?

Ich mache ein paar Schritte auf ihn zu. Ist heute die Beerdigung?

Ja, drei sogar. Er deutet auf die Löcher und bietet mir eine Benson an. Dann gibt er mir Feuer.

Ich nehme einen Zug und frage mit Blick auf die Löcher, Und, ist schon Wasser drin?

Er hebt die Augen zum Himmel, während es weiter von den Zweigen tropft. Dann legt er mir beruhigend eine Hand auf die Schulter. Da ist immer Wasser drin. Aber keine Sorge, das merken die nicht mehr. Ihre Mutter gestorben?

Eine Freundin, sage ich, meine Mum ist schon lange tot.

Ach, sagt er, das tut mir leid.

Ich nehme einen Umweg zurück nach Hause, auf den Straßen ist zum Glück noch nichts los. Als ich bei Carla ankomme, brennt im Wohnzimmer schon Licht.

Lise und Sonn sind in der Küche, Ror hockt mit gesenktem Blick am Tisch.

Ich setzte mich zu ihr. Lise macht Toast und schiebt mir den Teller hin.

Ich schiebe ihn zurück.

Sie verzieht das Gesicht und deutet mit dem Kopf in Richtung Ror, die nur wortlos auf ihren Teller starrt. Iss.

Ich beiße ab und versuche runterzuschlucken. Iss auf, Ror, sage ich.

Um halb neun gehe ich mit Ror ins Wohnzimmer und sage ihr, dass sie sich jetzt verabschieden muss.

Carla sieht inzwischen wieder ganz gut aus in ihrem neuen roten Oberteil; der frisch polierte Gürtel von Diesel glänzt, und sie hat die Hände mit dem Rosenkranz auf der Brust verschränkt. Lise hat sie fachmännisch geschminkt, nur ihr Mund sieht immer noch komisch aus, weil man nur die Schneidezähne sieht, aber da war nichts zu machen.

Ror weint und klammert sich an dem Sarg fest, als wollte sie ihn nie wieder loslassen.

Mir fehlen die Worte, aber versuchen muss ich's.

Deine Mum ist da nicht drin, Ror, auch wenn's so aussieht – sie ist längst weg. Wie bei den Bonbons von Shah's, zum Schluss ist nur noch die leere Tüte übrig, ohne was drin, alles aufgefuttert.

Bei Gott im Himmel.

Sie ist im Himmel bei Gott, sage ich.

Irgendwie kann ich's mir nicht so recht vorstellen, wie Carla durch die Himmelspforte rauscht und drinnen erst mal Shaun Dooley über den Weg läuft. Das gäbe Krieg, so viel steht fest, aber was soll ich auch sagen?

Da in der Kiste liegt nur noch ihre alte Papiertüte, Hase, und die braucht sie nicht mehr.

Ror schaut zu mir hoch. Ihre Fingerknöchel treten weiß hervor.

Können wir die Tüte nicht einfach behalten, Deed? Bitte?

Nein, Süße, sage ich, diesmal nicht.

Gerade ist Mel mit ein paar Girls aus ihrer Crew eingelaufen, da steckt Pater Tom den Kopf zur Hintertür rein.

Ich wollte nur fragen, ob alles fertig ist für später, sagt er.

Er legt seinen Helm auf dem Küchentisch ab und zieht die Handschuhe aus. Statt einem Kragen trägt er diese kleinen weißen Bändchen.

Als Lise ihm einen Toast anbietet, schüttelt er den Kopf. Aber einen Tee trinke ich gern.

Als Erstes will er wissen, wie es uns geht. Ich hoffe, es gibt keine Probleme, sagt er mit einem Blick auf Ror.

Ich nicke. Ror auch.

Dann erklärt er, wie das Ganze normalerweise abläuft

und was er sagen wird. Er schaut noch mal zu Ror rüber. Soll ich was Bestimmtes sagen?

Ror betrachtet ihn eingehend und überlegt. Kennen Sie den Himmel?

Pater Tom nickt und lächelt, als hätte sie gerade gefragt, ob er schon mal was von Old Trafford gehört hat.

Ich glaube, meine Mum ist schon da. Können Sie ihr was von mir ausrichten?

Er nickt wieder, ernst. Ich denke schon.

Da kommt Ror um den Tisch herumgeschlichen, flüstert ihm was ins Ohr, und er lächelt und streicht ihr über den Kopf. Ach, das kriegen wir hin, keine Sorge, sagt er.

Als er weg ist, setzt Mel mich im Lager ab, wegen der Ducati.

Ich wische einmal schnell über die Chromteile und rolle dann raus auf die Straße, dort lasse ich den Motor aufheulen. In dem Moment hält die Zeit an, und meine Brust ist auf einmal gespannt wie ’ne Trommel. Vor mir sitzt Carla, tief über die Lenkstange gebeugt, und legt sich in die Kurven. Ich spüre, wie die Heidelandschaft an uns vorbeizieht, und auf einmal ist Carla weg.

Ich liebe dich.

Wenn sie jetzt da wäre, würde ich sie eiskalt verdreschen. So was sagt man doch nicht einfach so und haut dann ab. Du blöde Kuh, murmle ich, und die Tränen steigen mir in die Augen. Was hast du dir bloß dabei gedacht?

Wenn schon, dann flenne ich lieber gleich, später brauche ich einen klaren Kopf. Zum Schluss schnappe ich mir noch ’ne kugelsichere Weste. Sicher ist sicher.

Gegen halb zehn stehen wir zu zwölft mit unseren Bikes vor dem Haus und warten auf den Leichenwagen, als ein brandneuer roter Ford Focus um die Ecke biegt. Ein junger Mann steigt aus, in 'nem schicken dunkelblauen Anzug. Irgendwie hat er was von Amir Khan, sieht jedenfalls richtig gut aus. Er kommt geradewegs auf mich zu und streckt mir die Hand entgegen. Sanjay, sagt er lächelnd, ich bin der Vater von Geeta.

Hinter ihm klettert Kaheesha aus dem Auto. Sie trägt eine dunkelblaue Seidenjacke mit passendem Rock und cremefarbene Lederpumps, in denen ihre Fesseln superschmal aussehen. Fünf Minuten auf dem Südfriedhof und die Dinger sind hinüber, garantiert. Sie hat einen fetten Blumenstrauß dabei, ganz viele rosa Blüten, total Carlas Ding. Sanjay legt ihr den Arm um die Taille, und als sie zu ihm hochlächelt, sackt auf einmal die Welt in sich zusammen, und ich weiß kurz nicht, was ich machen soll.

Aurora kann bei uns mitfahren, sagt sie zu mir. Im Auto.

Ich winke ab. Marie muss auch noch mit, Sonn nimmt einfach den Transporter.

Die zwei können auch noch zu uns ins Auto, sagt sie. Wir haben genug Platz.

Ich werfe einen Blick in Richtung Focus. Auf der Rückbank sind drei kleine Gestalten zu erkennen, natürlich wie aus dem Ei gepellt. Ich schüttle den Kopf. Nee, die ist besoffen und macht sich bestimmt zum Affen, das will ich Ihnen nicht zumuten.

Kaheesha lächelt nur. Wo ist sie denn?

Im Wohnzimmer, sage ich. Folgen Sie einfach dem Gekreische.

Zwei Minuten später taucht Marie in der Tür auf, Sanjay hat sie um die Taille gepackt und trägt sie praktisch die Treppe runter. Dahinter Kaheesha, den Arm um Rors Schultern gelegt.

Geeta springt aus dem Auto, läuft auf Ror zu und nimmt ihre Hand. Wir treffen uns dort, sagt Kaheesha im Vorbeigehen zu mir.

Ich sehe ihnen nach. Sieht aus wie ’ne richtige Familie.

Lise wirft mir einen spöttischen Blick zu. Netter Typ, oder?

Ich würde ihr am liebsten eine reinhauen. Tja, sage ich.

Als wir Carla raustragen, steht die halbe Nachbarschaft an der Straße Spalier und glotzt. Wir schieben den Sarg in den Leichenwagen, legen die Blumen drauf, und ich bin froh, dass Ror das alles nicht mit ansehen muss. Bleibt zusammen, sage ich zu den anderen, wir nehmen die Schnellstraße, am Westeingang rein, am Osteingang raus.

Zum Glück habe ich heute Morgen die Lage gepeilt. Auf dem Hinweg dürfte es keine Probleme geben, aber was danach passiert, steht auf einem anderen Blatt. Schadet jedenfalls nie, wenn man weiß, wo der Ausgang ist.

Halbe Stunde später eskortieren wir den Leichenwagen die Schnellstraße runter, zehn Meilen pro Stunde, Carla in der Mitte und ich an der Spitze auf der Ducati, ihrem ganzen Stolz. An jeder Ecke schließt sich uns irgendwer an. Bei der Abzweigung nach Didsbury erkenne ich die Girls von der XS Bar, dahinter die gesamte Manto-Belegschaft und die Buchhalterlesbe aus Chorlton in ihrem brandneuen Porsche.

In dem Moment zieht Patsy von der V-Bar auf ihrer Harley an mir vorbei und hebt das Kinn zum Gruß.

Zum letzten Mal gesehen habe ich Patsy bei der Wiedereröffnungsparty der V-Bar nach dem Brand, ungefähr vor einem Jahr, zusammen mit Carla und den anderen. Damals hatten die einen geilen MC und eine fiese Kante aus Salford namens Tricks an der Tür. Tricks ist angeblich 'ne Frau, aber keiner von uns kauft ihm das ab – der Typ sieht aus wie 'n Schrank mit Meckifrisur. Egal ob Mann oder Frau, die Salford-Crew gilt als ultrabrutal und fast schon übertrieben loyal, und früher standen die Wichser im Gay Village praktisch an jeder Tür.

An dem Abend in der V-Bar wollten wir jedenfalls nur unseren Spaß und waren überhaupt nicht auf Stress aus, vielleicht hätten wir sonst besser aufgepasst. Carla stand auf der Gästeliste, weil sie mal kurz was mit der neuen Besitzerin Patsy hatte, und kam deshalb sofort rein, keine Diskussion. Aber als die Reihe an mir und den Mädels war, hat Tricks sich vor uns aufgebaut und mir die Hand auf die Brust gelegt. Sorry, ist nicht.

Ich wusste, wenn ich die Sache nicht gleich kläre, spüre ich den Umriss dieser Hand garantiert noch 'n paar Tage auf der Haut. Wie unhöflich, sagte Lise hinter mir.

Ich schüttelte Tricks Griff ab. Finger weg, Süße. Oder Süßer? Und damit war die Sache gelaufen.

Nicht mal Carlas Charme konnte bei Tricks was ausrichten, obwohl die Gute kurzzeitig geschwankt hat, und wer kann's ihr verdenken? Also musste Carla am Schluss doch Pats holen gehen.

Während wir draußen auf sie warten, kommt plötzlich das Fußballteam aus Salford um die Ecke.

Fußballerinnen sind ein ganz eigener Schlag, und damit meine ich komplett wahnsinnig. Saufen wie die Löcher, ticken wegen jedem Scheiß aus und raufen und singen gern. Die meisten nerven ohne Ende, kein Vergleich mit den Rugby-Girls. Jedenfalls fanden sie's scheinbar sauwitzig, dass wir draußen warten mussten.

Einmal durch die Tür, steuern wir direkt auf die Bar zu. Im Vorbeigehen höre ich die Fußballmädels schadenfroh gackern.

Beachte sie gar nicht, sagt Car, die sind's nicht wert.

Als ich einen Blick über die Schulter werfe, steht die eine schon auf dem Tisch, Bierglas auf dem Kopf, und zieht sich das Shirt aus, während ihre Mitspielerinnen sie anfeuern. Das Letzte.

Da entdecken sie uns. Das Klatschen wird zum Jubelgeschrei, dann ertönen Buhrufe, und schließlich skandieren sie in unsere Richtung:

> Fick dich du dumme Sau. Fick dich du dumme Sau.
> Fick dich du Sau du dumme dumme Sau …

Ich meine, irgendwann reicht's. Und so schiebe ich Carla zur Seite, hechte in Richtung Tisch und greife nach dem Bein von der Alten. Mit einem ohrenbetäubenden Krach geht sie zu Boden, das Glas mit dem Bier, der Tisch mit den

Drinks, alles kippt um, und ich will ihr gerade die Fresse polieren, als es mir plötzlich den Boden unter den Füßen wegzieht. Tricks hat mich am Kragen gepackt, und ich hänge im ersten Moment einfach nur hilflos da, aber dann schalte ich um, drehe mich zur Seite, erwische sie am Kinn und verpasse ihr danach einen Tritt in die Eingeweide.

Im Kino sind die Leute nach so 'nem Schlag meistens k.o., aber manchmal hat man auch Pech. Mir ist so was jedenfalls noch nie passiert – bis jetzt.

Tricks nimmt mich in den Schwitzkasten, brät mir mit der Linken eins über und macht Anstalten, mich in Richtung Ausgang zu schleifen, da höre ich plötzlich über meinem Kopf ein Knacken, nicht wie bei 'ner Pistole, sondern dieses widerliche Geräusch, wenn ein Holzschläger einen Knochen spaltet.

In dem Moment lässt Tricks mich los. Ich kippe vornüber und sehe gerade noch, wie Carla die Alte von hinten anspringt und mit einer vollen Beck's-Flasche auf sie eindrischt, Kronkorken inklusive. Fuck, das tut bestimmt weh. An einem Schädel wie dem von Tricks prallt so 'ne Flasche zwar einfach ab, aber immerhin war sie benommen genug, um mich loszulassen.

Jetzt ist die Kacke natürlich am Dampfen, und unsere Girls machen sich ans Werk, Gläser und Flaschen gehen zu Bruch, Stühle fliegen durch die Gegend, es geht so richtig zur Sache. Lise steht am Rand und schwenkt die Arme und wackelt mit dem Kopf wie ein Dirigent beim Konzert. Vielleicht sollte ich erwähnen, dass Lise bei Schlägereien offiziell raus ist, und das wissen auch alle, und keiner sagt was.

Sie ist einfach vollkommen unbrauchbar, wenn's um ihre Hände geht, kann weder Zündkerzen wechseln noch ein Auto kurzschließen, und wenn ihr jemand blöd kommt, rollt sie sich auf dem Boden zusammen und schreit um Hilfe. Soll heißen, sie schreit nach mir.

Inzwischen hat halb Salford mitgekriegt, was bei uns abgeht, und von draußen kommen die Leute angerückt; der Eingang der V-Bar ist wie ein Trichter, durch den jetzt sämtliche Türsteher der Canal Street in den Club strömen. Auf einmal sehen die Fußballtussen nicht mehr ganz so frisch aus, und allein schon wegen ihren blöden Gesichtern hat sich die Schlägerei gelohnt.

Los, wir haun ab, sagt Carla und zieht Lise hinter sich her in Richtung Hinterausgang. Die dirigiert immer noch.

Ich stoße Sonn an. Komm, wir gehen.

Willst du mich verarschen?, gibt Sonn zurück. Das lass ich mir doch nicht entgehen! Damit stürzt sie sich auf eine Trulla mit Glatze.

Als wir endlich draußen stehen – Patsy hält uns die Tür auf –, können wir uns vor Lachen kaum halten. Oh Mann, sagt Carla, das war echt witzig gerade.

Dann ziehen wir ab und teilen uns auf, alle bis auf Carla und mich.

Ihr Blick wandert die Canal Street hinunter. Wo willst du hin? Wie wär's mit dem S&M-Club, in dem wir letztes Jahr Hausverbot hatten? Wir könnten ja noch 'n paar Tische umschmeißen.

Ich schaue sie an. Red keinen Scheiß, die lassen uns da nie rein.

Aber momentan steht doch keiner an der Tür, sagt Carla grinsend und wirft einen Blick zurück in Richtung V-Bar, wo vor dem Eingang gerade klirrend ein Glas zu Bruch geht.

Okay, dann los, sage ich.

Als der Leichenkonvoi an der Ampel hält, wandert mein Blick automatisch nach links und rechts. Die Macht der Gewohnheit. Immer mit der Ruhe, sage ich mir. Nicht wie Carla, die sich so über die rote Ampel an der Hyde Road aufgeregt hat, dass sie irgendwann Sparky bezahlt hat, damit er sie »richtet«. Einen ganzen Monat lang ist die Ampel von Gelb auf Grün und wieder zurückgesprungen, dann hat's den Behörden irgendwann gereicht. Damals gab's irgendwie immer was zu lachen. Wer mir in Zukunft wohl den Rücken frei hält und mich zum Lachen bringt?

Ich drehe mich zu den Girls um. Ihre Bikes stehen so dicht an dicht, dass jede Kurve aussieht wie eine einzige mächtige Welle und ich feuchte Augen kriege.

Nach dem Gottesdienst tragen wir ihren Sarg durch den Friedhof, Pater Tom vorneweg.

Über den anderen beiden Gräbern liegt eine Plastikplane und jetzt gähnt einem nur noch das von Carla entgegen, wie ein nasser, kalter Mund mit einem Häuflein Erde daneben. Das Herz schlägt mir bis zum Hals. Ich werfe einen Blick über den Rand, um abzuschätzen, wie tief das Wasser ist, dann verdränge ich den Gedanken schnell wieder.

An die Kinder denkt bei so was immer keiner, sonst

würde sich wohl niemand beerdigen lassen. Es ist jedenfalls schlimmer, als mit seinem Betreuer im Krematorium bei leiser Musik drauf zu warten, dass der rote Vorhang zugeht. Hätte ich mit ansehen müssen, wie meine Mum unter die Erde gebracht wird, während Horden von Leuten um mich rumstehen und glotzen, ich wäre bestimmt durchgedreht.

Pater Tom spricht ein paar Worte, sein Talar flattert, und der Wind fährt ihm an den wichtigen Stellen über den Mund. Dann schaut er zu Aurora rüber und zwinkert.

Wir singen jetzt ein Lied für Carla, sagt er.

Geht's noch? Das stand so jedenfalls nicht auf dem Ablaufplan, hoffentlich wird's nicht peinlich. Ror lächelt zurück und sieht aus, als wüsste sie, was gleich kommt.

Dann reckt Pater Tom sein Gesicht in den Regen und singt, so laut er kann, und die ganze Zeit lächelt er Ror dabei an, bis sie anfängt mitzusingen … *You are my sunshine*, das hat Carla ihr immer vorgesungen, um sie aufzumuntern, wenn Ror nicht schlafen konnte oder sich wehgetan hatte.

Die Leute schauen ihn an, als hätte er einen an der Klatsche, aber er macht einfach weiter. Ror strahlt und klatscht in die Hände, und irgendwann machen die Ersten mit, und auf einmal lächeln wir alle, und ich würde Pater Tom am liebsten in den Arm nehmen dafür, dass er sich derart zum Affen macht, nur um Ror wieder fröhlich zu sehen, aber ich weiß nicht, ob man einem Pfarrer so ohne Weiteres um den Hals fallen darf, und verkneife es mir lieber.

Danach ist alles einfacher, sogar der Teil mit Asche zu Asche und der Erde auf dem Sarg.

Hinterher warte ich, bis alle weg sind, Geetas Eltern nehmen Ror und Marie mit. Dann hole ich das Bike und steige auf.

Inzwischen bin ich wieder halbwegs entspannt. Irgendwie bereue ich, dass ich die Gürtelschnalle nicht behalten habe, zum Andenken. Dann fällt mir ein, wie Mina mich angeschaut hat, als die Erde ins Grab geworfen wurde. Als würde sie in meinem Gesicht nach irgendwas suchen. Und ich habe sie einfach ignoriert.

Plötzlich sehe ich Carla vor mir, wie sie lächelnd den Kopf schüttelt. *Ganz schön brutal.*

Meine Güte, sage ich, halt mal die Luft an! Ich kann nicht ständig an alles denken.

In dem Moment sehe ich aus dem Augenwinkel, wie sich zwischen den Bäumen was regt, und gehe in Deckung. Es ist Kim. Sie stapft zu dem frischen Erdhügel rüber und sinkt im Schlamm auf die Knie. Ich muss mich ganz still halten, keine Bewegung, kein Mucks. Am Ende hat sie noch Fatboy im Schlepptau.

Paar Minuten später steht sie langsam wieder auf und dreht sich um. Als sie mich sieht, fährt sie zusammen. Ich lege den Finger auf die Lippen.

Schon okay, ruft sie, ich bin allein.

Na dann. Ich wende mich ab, werfe den Motor an und will mich gerade auf die Socken machen, da steht sie plötzlich neben mir, das Gesicht tränenüberströmt und Wimperntusche überall.

Ich bin zu ihm zurück, schnieft sie. Wie du gesagt hast.

Dachte ich mir, sie hat nämlich zwei frische blaue Augen.

Man sieht's, sage ich. Und das interessiert mich, weil …?

Ich muss dir was erzählen, sagt sie. Ist wichtig.

Für heute bin ich echt bedient, also schüttle ich sie ab und will Gas geben. Doch sie hält mich am Ellbogen fest, und als ich deshalb beinahe das Gleichgewicht verliere, sehe ich rot und verpasse ihr einen Stoß gegen die Brust, nicht superheftig, aber sie stolpert und gibt einen kleinen, erbärmlichen Schrei von sich. Dann ziehe ich ab, an der Madonna vorbei und mit achtzig Sachen auf die Schnellstraße. Kackegal, ob mich irgendwer sieht, ich bin viel zu sauer.

Das kommt davon, wenn man Temperament hat und es mit einem durchgeht: Man baut fast immer Scheiße. Deshalb versuche ich normalerweise, mich zusammenzureißen, aber jetzt gerade bin ich dermaßen wütend, dass ich nicht drauf achte, ob mir jemand folgt. Ich könnte mich auch einfach mit verbundenen Augen und den Händen auf dem Rücken mitten im Ordsall Estate auf die Straße stellen und verkünden: He Jungs, ich hab eure Mütter gefickt.

Als ich in den Close einbiege, sehe ich nicht mal, dass die Karre hinter mir ausschert, ich spüre nur, wie mich irgendwas mit voller Wucht am Rücken trifft, und fliege kurz darauf in hohem Bogen von der Maschine. Mit einem lauten Knall kollidiert das Blech mit dem Asphalt, die Funken springen mir ins Gesicht, und dann sehe ich das Bike seitlich davonschlittern, während mein Sturzhelm den Bordstein rammt.

Ich muss kurz weg gewesen sein, weil, als ich wieder zu mir komme, kann ich mich nicht mehr bewegen. Ich kriege nicht mal Luft. Irgendwo in der Ferne höre ich Reifen quietschen, und ein Stück die Straße runter wendet ein Auto und kommt auf mich zugerast, bremst und bleibt nach einer Rutschpartie neben mir stehen. Mit einem Knall fällt die Autotür zu, und ich warte nur noch auf die Kugel, frage mich, wann ich Carla wiedersehe und was jetzt wohl mit Ror passiert.

Dann ertönt plötzlich von irgendwoher ein Schrei, hinter mir knattert eine Skorpion, tikka-tikka, jemand rennt davon, Autotüren fallen zu, und mit knirschenden Reifen braust die Karre davon. Meine Brust atmet wie von selber ein, und ich werde vor lauter Schmerzen fast ohnmächtig.

Über mir taucht Mels Gesicht auf. Donna! Hast du was abbekommen?

Ich kriege den Kopf nicht hoch, aber ein Lächeln zustande. Hatte 'ne Weste an, sage ich, tut aber scheiße weh. Wo kommst du überhaupt her?

Ich wollte nur schauen, wo du bleibst, Süße, sagt sie. Hab alles gesehen. Geht's wieder?

Sie zieht mich hoch, bis ich auf der Bordsteinkante sitze. Ein stechender Schmerz schießt mir in den Arm. Ich glaube, ich muss gleich kotzen.

Und, wer war's? Als ob ich's nicht längst wüsste.

Audi, sagt Mel. Gefälschtes Kennzeichen. Hab nicht gesehen, wer geschossen hat. Kannst du aufstehen?

Ich bin mir nicht sicher, also lehne ich mich erst mal zurück und hole ein paarmal tief Luft. Was ist mit dem Bike?

Zum Glück hat es scheinbar kaum was abgekriegt. Ich habe mir hier und da die Haut abgeschürft, alles halb so wild, aber jeder Atemzug tut saumäßig weh. Mel schüttelt den Kopf und tastet meinen Brustkorb ab Vielleicht ’ne Rippe gebrochen, sagt sie. Und bluten tust du auch.

Als sie mich an der Schulter berührt, sind ihre Finger danach ganz rot. Lass das lieber mal anschauen, sagt sie.

Ich versuche, mich aufzusetzen. In meinem Kopf dreht sich alles. Na klar, du Brain, ich geh einfach in die Notaufnahme und sag was genau …?

Dann bin ich scheinbar in Ohnmacht gefallen.

Auf mir liegt eine zentnerschwere Last. Im ersten Moment gehe ich fest davon aus, dass man mich bei lebendigem Leib begraben hat, und bekomme Panik, doch dann mache ich die Augen auf. Licht strömt durch die Fenster des Transporters, und ich höre den Motor surren. Als der Wagen über ein Hindernis rumpelt, schreie ich vor Schmerzen laut auf. Über mir erkenne ich schemenhaft Mel, hinter ihr ist noch irgendjemand. Ich versuche, ihnen klarzumachen, dass ich keine Luft kriege, aber es kommt kein Ton raus. Dann wird auf einmal wieder alles schwarz.

Wenn da draußen wirklich was wäre, hätte ich’s in dem Moment doch eigentlich sehen müssen, oder? Helles Licht und ’nen Tunnel oder so. Aber ich schwöre, da war nichts.

Weder Carla noch mein Dad, nichts. Nur schwarz.

Ich glaube, dann werde ich getragen, weil alles fühlt sich so schwerelos an, und ich komme mir vor, als würde ich schweben. Ab und an höre ich Stimmen. Dann liege ich offenbar wieder auf dem Rücken, weil plötzlich spüre ich einen stechenden Schmerz, erst in der Brust, dann in der

Schulter, alles brennt wie Feuer, und irgendwann zupft wer an meinem Hemd.

Ich greife nach den Händen und versuche vergeblich, den Kopf zu heben und wieder zu mir zu kommen.

Jemand blickt auf mich runter, und obwohl ich sein Gesicht nur verschwommen erkenne, weiß ich, dass ich diesen Menschen noch nie gesehen habe, und werde sauer. Fass mich noch einmal an, fauche ich.

Aus der Ferne ertönt Gelächter.

Du musst das Hemd aufschneiden, sagt schließlich jemand.

Als ich wieder aufwache, sind anscheinend mehrere Stunden vergangen, weil draußen ist es jetzt dunkel, und durch einen Schlitz im Vorhang fällt das Licht einer Straßenlaterne. Dann beugt sich plötzlich Mel über mich.

Wo bin ich?, frage ich.

Droylsden. Schön stillhalten, sagt sie.

Dann erscheint wieder das Gesicht von vorhin, nur diesmal ist es deutlich erkennbar, klein und spitz wie eine Maus und mit 'nem Ring in der Augenbraue. Das Mädel lehnt sich vor, und als sie mich anfasst, gehe ich beinahe durch die Decke. Tut jetzt gleich bisschen weh, sagt sie.

Das ist Sherry, sagt Mel. Sie ist Krankenschwester.

Später kommt raus, dass sie eigentlich Hebamme ist. Aber mehr war in der Kürze der Zeit wohl nicht drin, also mache ich keinen Aufstand.

Hinter Sherry und Mel stehen drei Frauen, eine davon ist Jen, und sie hat ein Handtuch dabei. Alle schauen mich an.

Was?

Du hast 'ne Kugel in der Schulter, sagt Sherry. War wohl 'n Querschläger, weil, ging nur bis zum Knochen.

Ich glaube, ich höre nicht recht. Soll das heißen, die Penner haben getroffen?

Die Kugel muss raus, sagt sie, sonst gibt's 'ne fette Entzündung.

Damit drückt sie mir 'ne Art Pfeife in die Hand. Das Mundstück steckt in einem Schlauch und am Ende ist eine längliche Flasche befestigt.

Was soll ich mit dem Scheiß?

Gas und Luft, sagt sie. Zieh einfach, das hilft. Dann wedelt sie mit einer Spritze. Pethidin für danach, sagt sie, wenn du willst.

Vergiss es, sage ich. Verpass mir einfach 'ne Runde K, dann krieg ich nichts mehr mit.

Sherry schüttelt den Kopf. Bei Ketamin kann ich die Dosis nicht einschätzen. Da wird die Herzfrequenz stark verlangsamt, zu viel, und du kommst nicht wieder.

Und ich dachte, du bist Krankenschwester, knurre ich mit vor Schmerz zusammengebissenen Zähnen. K ist doch 'n Betäubungsmittel, oder?

Ja, sagt die Spitzmaus. Für Pferde.

Ich werfe Mel einen Blick zu. Schmeiß sie raus und besorg mir 'n Tierarzt.

Doch die zwei lächeln einander nur zu, und ich weiß, dass ich keine Chance habe.

Ach fuck, dann mach aber hin. Ich drehe mich auf den Bauch und schnappe mir ein Kissen.

Jen tritt ans Bett und hält mich an den Schultern fest.

Ich hatte recht mit Grace Jones: Die Alte hat ganz schön Kraft.

Der Schmerz will einfach nicht nachlassen, während Sherry stochert und sticht, und jedes Mal, wenn sie das Pinzettendings bewegt, werde ich fast ohnmächtig. Just in dem Moment, als ich es kaum mehr aushalte, sagt sie: Gefunden! Sitzt direkt neben dem Knochen.

Dann hol das Ding gefälligst raus, brumme ich ins Kissen.

Danach muss ich noch mal weggetreten sein, denn im nächsten Augenblick fuchtelt Sherry mit der Pinzette vor meinem Gesicht rum und hält mir was entgegen. Sieht aus wie 'ne massive Stahlkugel, nur oben zusammengedrückt. Tu sie in meine Jacke, oberste Tasche, sage ich. Dann rammt mir jemand eine Nadel in die Hüfte, und alles wird auf einmal langsam und ist irgendwann ganz weit weg, und ich muss wohl 'ne Zeit lang eingenickt sein.

Als ich wieder zu mir komme, bin ich allein im Zimmer. An der Decke tanzen Schatten, aber die Umrisse kann ich nicht zuordnen. Dann fällt mein Blick auf die Kinderlampe neben dem Bett; lauter winzige blaue Feen mit Flügeln drauf, die die Arme nacheinander ausstrecken. Schon komisch, was für einen großen Schatten so was Kleines wirft, wenn man ein Licht dahinterstellt. Draußen hört man nur den Regen.

Wenn ich hier liegen bleibe, wird früher oder später die Luft dünn, so viel ist klar. Ich brauche einen Plan, und auf die Frage, wem ich vertrauen kann, lautet die Antwort stets: keinem außer uns.

Vorsichtig taste ich nach dem Wundverband. Meine Schulter tut immer noch weh, aber es ist nicht mehr so krass wie vorher. Kann natürlich auch am Pethidin liegen. Ich strecke die Finger aus und bewege meinen Arm. Das Anheben fällt mir schwer, aber fahren kann ich noch, glaube ich.

Dann setze ich mich auf, und es ist, als hätte mir jemand gegen den Brustkorb getreten. Die Stelle, wo die Kugel an der Weste abgeprallt ist, tut viel mehr weh als die angeschossene Schulter. Ich greife nach meinem Hemd, aber als ich es halb angezogen habe, wird mir schwindlig, und ich muss aufhören.

Als ich den zweiten Arm durch die Öffnung stecken will, fällt mir auf, dass das Hemd nur einen Ärmel hat. Geht's noch?

Welches Arschloch hat mein Fred-Perry-Hemd zerschnitten?, brülle ich. Habt ihr 'ne Ahnung, was so was kostet?

Da steckt Jen den Kopf zur Tür rein. Du bist ja schon wach, Sonnenschein!

Pass bloß auf, sage ich. Und besorg mir 'n neues Hemd.

15

Halbe Stunde später fahre ich durch Gorton, auf dem Weg in die Stadt und völlig neben der Spur wegen dem Pethidin, eine Hand am Lenker. Kurven meide ich, so gut es geht.

Die A577 führt stadtauswärts in Richtung Osten, durch Ardwick, Belle View und Gorton und wird dann zur A57(M), vorbei an Denton, Ashton, Stalybridge und Hyde und weiter in die Pennines und nach High Peak. Am Ende der vierspurigen Straße geht es rechts in Richtung Hattersley, davon würde ich allerdings abraten. Ricky Hatton stammt aus Hattersley, aber das war's dann auch schon. Wenn man links abbiegt, kommt man an Mottram Cut vorbei zum Glossop Woodhead Pass, aber bei uns heißt der nur »The Snake«. Bei schönem Wetter kann man die Straße weiterfahren bis Sheffield. Carla und ich haben die Strecke geliebt.

In Gorton ist man plötzlich ganz froh, aus der Moss Side zu kommen. Oder von sonst woher, Gorton ist nämlich ein Scheißkaff erster Güte. Fünfspurige Durchgangsstraße, leer stehende Läden, dahinter trostlose kleine Reihenhäuser, die im Regen vor sich hin rotten.

Dazwischen kommt immer wieder ein Fleck Gestrüpp

oder Schutt, da, wo nach einem Abriss vergessen wurde, wieder was hinzustellen. In diesen Breiten gibt's kein Gras und schon gar keine Gärten. Myra Hindley ist hier bei ihrer Nan aufgewachsen, und wenn man mal drüber nachdenkt, wundert einen das nicht.

Bei uns in der Gegend erinnert man sich an einen Ort anhand der Morde, die dort passiert sind, und davon gab's hier eine ganze Menge. East Manchester liest sich wie ein Reiseführer von Brady und Hindley, und für den Bekanntheitsgrad von Hyde – noch so 'n Drecksloch – ist Harold Shipman quasi im Alleingang verantwortlich. Irgendwie kennt hier jeder irgendwen, der irgendwen kannte, der mit diesen Wichsern zu tun hatte, und Keith Bennetts Mum Winnie, inzwischen ist die bestimmt über siebzig, geht seit vierzig Jahren jede Woche rund um die Straße durchs Moor auf die Suche. Macht an den Zaunpfählen im Wind kleine Blumensträuße fest.

Alle paar Jahre wird hier nach Keith gegraben, und immer machen Tausende mit. Letztes Mal hat Carla uns extra neue Spaten gekauft, und wir waren die ganze Nacht am Buddeln. Zu futtern hatten wir nur ein einziges Twix, und irgendwann kam der Nebel so dicht runter, dass man die Hand nicht mehr vor Augen gesehen hat. Echt gruselig. Natürlich kam auch diesmal bei der Aktion nichts herum, und als Winnie letztens beim *Granada Report* interviewt wurde, habe ich mich schon gefragt, warum sie unter der Last ihres Kummers noch nicht zusammengeklappt ist.

Gorton, Droylsden, Ashton, Stalybridge, Hattersley, Hyde – unsere Dörfer sind düster. Wir sind loyal, und uns macht keiner was vor, aber wer aus dieser Ecke stammt, dem haftet irgendwas an, 'ne Art Schandfleck, der sich einfach nicht abwaschen lässt, und deshalb sind wir auch so unberechenbar. Wer uns kennt, weiß, was ich meine. Am Ende kommen wir nämlich alle aus Manchester, deswegen sind wir auch so sentimental und hängen sogar an Sachen, die kein normaler Mensch wollen würde, eben weil man uns dauernd was wegnimmt. Und deshalb kann man im Süden auch ein Bild von Myra malen aus lauter Babyhänden, es in die Tate hängen und das Ganze Kunst nennen. Als wäre das alles vor langer Zeit eben einfach passiert. Als gäb's die arme Winnie gar nicht. In der Whitworth Gallery hätte der Maler in null Komma nix neben seinem Bild an der Wand gebaumelt.

Ich halte an der Ampel in Belle View, neben dem Multiplex, wo Carla manchmal mit Ror hin ist, wenn was Vernünftiges lief. Einmal sind wir auch alle zusammen ins Kino, *Avatar*, und Ror und ich haben heimlich unsere 3-D-Brillen eingesteckt und später im Wohnzimmer auf *Men in Black* gemacht, um Carla zum Lachen zu bringen.

In Ardwick biege ich beim Apollo ab. Wenn man freiwillig im Niemandsland wohnt, muss man sich oft blöde Sprüche anhören, aber ich fühle mich hier einfach sicherer. Die meisten Leute glauben sowieso, ich wohne bei Carla, und das ist ziemlich praktisch. Auf die Weise bin ich nicht so leicht aufzuspüren und habe immer 'ne Bleibe, wenn's brenzlig wird. In meiner Straße wohnen Kinder mit Kindern, Alkis und ein paar Studenten, die Mieter wechseln ständig, es ist ein Kommen und Gehen. Hier interessiert sich kein Mensch für mich, und das ist mir ehrlich gesagt ganz recht.

Ich stelle das Bike hinter den Garagen ab und gehe die Treppe rauf. Inzwischen könnte ich mich in den Arsch beißen, dass ich die Ducati genommen habe, das Ding leuchtet praktisch im Dunkeln. Carla musste natürlich die auffälligste Maschine von allen haben. Da kann ich mir auch gleich eine Zielscheibe auf die Stirn tätowieren lassen.

Die Wohnung ist dunkel, das Schloss unbeschädigt. Ist aber bestimmt nur 'ne Frage der Zeit.

Leise schließe ich auf und mache die Taschenlampe an. Irgendwie seltsam, mit 'ner Taschenlampe durch seine eigene Wohnung zu schleichen, aber ich kann's nicht riskieren, das Licht einzuschalten.

Im Schlafzimmer schnappe ich mir den kleinen Rucksack, hole Dads Uhr aus der Schublade und stecke sie in die Seitentasche. Nach kurzer Überlegung nehme ich sie wieder raus und lege sie an, nur zur Sicherheit. Das Teil ist nichts wert, eine alte Timex, bei der ein Zeiger fehlt und die schon vor Jahren den Dienst quittiert hat, aber sie ist alles, was ich noch von ihm habe.

Ich war zwölf, als Dad in den Knast musste – nicht zum ersten Mal, versteht sich. Damals bin ich allerdings ins Heim gekommen, Mum war ja tot. Nach ein paar Monaten durfte ich ihn mit einer Sozialarbeiterin in Walton besuchen. Du musst jetzt tapfer sein, hat Dad gesagt. Benimm dich, ich bin hier bald wieder raus. Dann hat er mich in den Arm genommen. Sei schön brav, hat er gesagt.

Danach durfte ich so alle drei Monate zu ihm, und das

auch nur, weil ich Stress gemacht habe. Er ist in Walton gestorben, kurz vor Ende seiner dreijährigen Haftstrafe, brutal erstochen, ich war noch keine sechzehn. Der Täter wurde nie gefasst, aber irgendwann kriege ich ihn, und he, dann wird's ihm leidtun.

Als ich aus dem Heim weg bin, hat mir mein Betreuer zum Abschied eine Plastiktüte überreicht, mit der Uhr und seinem Tabak, einem Bild von mir und zwei Pfund zwanzig in bar, sonst nichts. Mit Besitz hat er's nicht so gehabt, mein Dad. Er hat immer gelacht und sich mit zwei Fingern an den Kopf getippt. Hier ist alles drin, was zählt, mein Kind, und das kann dir keiner wegnehmen.

Als ich mich mit der Uhr aufs Bett setze, überkommt mich plötzlich ein Gefühl wie damals nach seinem Tod. Auf einmal bin ich ganz allein unter einem riesigen dunklen Firmament, der einzige Mensch auf der Welt.

In dem Moment höre ich wieder seine Stimme. Ach Kind, warum musst du immer gegen den Strom schwimmen?

Damals habe ich nur gelacht. So bleibt man fit, Dad.

In Wahrheit konnte ich einfach nicht anders, und ich habe nie ganz kapiert, was er mir eigentlich sagen wollte. Mein Blick fällt auf die alte Timex an meinem Handgelenk, dann atme ich tief durch und stopfe sie zurück in die Tasche.

Wenn das alles hier vorbei ist, suche ich mir vielleicht einen Golfstrom, Dad. Aber mach dir keine allzu großen Hoffnungen.

Bei Carla ist die Trauerfeier noch in vollem Gange; in einer Tour kommt irgendwer raus auf die Straße gestolpert, zu besoffen, um zu peilen, was vor sich geht. Das Wohnzimmer ist rappelvoll, alle sind hackenstramm und singen.

Unauffällig schleiche ich in Richtung Küche und mache die Tür auf. Lise, Sonn und Marta sitzen um eine Flasche Southern Comfort herum, daneben steht ein volles Glas für Carla.

Entgeistert starren sie mich an. Ich sollte vielleicht erklären, was es mit den Schrammen und der ramponierten Lederjacke auf sich hat. Alles klar bei euch?, sage ich fröhlich.

Lise wirft mir wütende Blicke zu. Sie ist weiß wie die Wand. Fuck, wo hast du gesteckt? Wir haben uns Sorgen gemacht.

Ich versuche, mit den Schultern zu zucken, aber es tut immer noch saumäßig weh. Kleiner Unfall, sage ich, halb so wild.

Langsam gehe ich die Treppe hinauf ins Schlafzimmer, schüttele Jacke und Weste ab und begutachte mich im Spiegel. Auf dem Rücken habe ich einen Bluterguss so groß wie ’ne Radkappe, und in der Mitte wird er schon dunkelblau. Dann zähle ich meine Rippen, bis mir einfällt, dass ich gar nicht weiß, wie viele es sein sollten. Ror wüsste so was bestimmt. Ich muss lächeln.

Schließlich löse ich den Wundverband. Das Einschussloch ist am Rand verkrustet und schwarz, und meine halbe Schulter ist geschwollen.

In dem Augenblick geht die Tür auf, und Lise steht im

Zimmer. Ihr Blick fällt auf das Loch. Zum Glück ist Ror nicht zu Hause, blafft sie. Und erzähl mir bloß keinen Scheiß von wegen Unfall, ich bin fast gestorben vor Angst.

Als wären wir verheiratet. Irgendwie cool.

Nachdem ich ihr alles erzählt habe, hilft sie mir beim Packen.

Was ist mit Ror?

Bei Sonn und dir ist sie sicher, euch haben die Wichser nicht im Visier. Denen geht's nur um mich. Deshalb muss ich auch so schnell wie möglich weg, sonst wird's für euch gefährlich.

Sie will wissen, wo ich hinfahre. Ich sage, ich weiß es noch nicht und dass sie den Betrieb am Laufen halten soll, das Lager, die Firma, alles. Tu so, als wäre nichts passiert.

Ror übernachtet heute bei Geeta, sagt sie.

Gut. Da soll sie ruhig bleiben, bis ich wieder da bin.

Damit gehe ich ins hintere Schlafzimmer, hebe die Dielenbretter an und hole die Neunmillimeter und eine Schachtel mit Patronen raus. Dann greife ich nach der Geldkassette auf dem obersten Regalbrett und schnappe mir ein paar Notenbündel. Als mir einfällt, dass Carla für Rors Kommunion gespart hatte, lege ich eins zurück.

Zum Schluss nehme ich Lise kurz in den Arm und verschwinde durch die Hintertür in den Hof.

Da taucht Sonn mit Rio im Türrahmen auf. Ich kann dich auch fahren, sagt sie.

Ich schüttele den Kopf. Kümmer dich lieber um die anderen, sage ich.

Im Lager ist alles still. Die Werkstatt hat keine Fenster, man sieht von außen also nicht, wenn jemand drinnen das Licht anmacht, aber ich bin zu nervös, um's drauf ankommen zu lassen. Stattdessen lehne ich die Taschenlampe gegen die Arbeitsbank, schiebe Carlas Bike durch den Hintereingang und mache mich daran, die Nummernschilder an der Moto Guzzi zu entfernen. Dann kommt mir eine bessere Idee.

Ich befördere die Ducati zurück in die Werkstatt, baue sie bis auf den Rahmen auseinander, sprühe die letzten paar roten Teile und die glänzenden Silberspeichen mit mattschwarzem Hammerite-Lack an und tausche die Kennzeichen aus. Mit der Bohrmaschine mache ich hinten einen alten Gepäckträger fest, und eine rostige Radkappe muss auch noch dran glauben. Dann reibe ich alles mit Motoröl ein, kratze die Erde zwischen den Steinplatten zusammen und beschmiere die komplette Maschine damit. Zum Schluss sieht sie absolut fies aus, vollkommen abgeranzt. So was wäre Carla nie im Leben gefahren. Sorry Babe, sage ich.

Als ich beinahe fertig bin, ertönt draußen in der Gasse plötzlich ein Geräusch, klingt wie Schritte, und dann kippt eine leere Dose um.

Blitzschnell knipse ich die Taschenlampe aus. Irgendwas kracht gegen die Tür.

Mit angehaltenem Atem mache ich einen Schritt auf die Bank zu. Dann fängt eine Frau in halbherzigem Protest an zu kichern, und im Hintergrund ist undeutlich eine Männerstimme zu vernehmen. Vergiss es, sagt sie, aber sogar mir ist klar, dass sie das nicht ernst meint. Zumindest hoffe ich es, für ’ne Privatkampagne gegen häusliche Gewalt habe ich heute Abend nämlich echt keine Zeit. Erneut prallt irgendwas lautstark gegen die Tür. Dann wird gelacht, und die Schritte entfernen sich, und alles ist wieder ruhig.

16

Als ich bei Fatboy ankomme, ist es acht und fast schon hell draußen. Mir ist megaschlecht. Die Betäubung lässt wohl langsam nach.

Ich parke das Bike hinter ein paar Büschen und gehe den Rest des Weges zu Fuß. Hier, mitten im Cheetah-Hoheitsgebiet, rechnet garantiert keiner mit mir, ich habe also wenig zu befürchten. An der Straßenecke beziehe ich Stellung hinter einer Hecke und warte.

Kurz darauf höre ich Fatboys Haustür zufallen. So 'ne Stahltür erkennt man am Klang; wenn sie korrekt montiert ist, klingt's wie bei 'nem Kühlschrank, nur lauter.

Kim kommt in meine Richtung gelaufen, die Kleine vor sich im Buggy, Dora the Explorer an der Hand, rosa Plastik-Lunchbox über der Schulter.

Ich warte, bis die drei an mir vorbei sind, dann folge ich ihnen.

Die Schule liegt nur 'n paar Straßen entfernt, und ich warte gegenüber, während Kim im Hof verschwindet. Fünf Minuten später sind sie und der Buggy wieder da, und Kim beugt sich runter und putzt der Kleinen mit einem Taschentuch das Gesicht ab.

Ich überquere die Straße und bleibe hinter ihr stehen. Hast du mir was zu sagen?

Sie fährt zusammen und stellt sich schützend vor den Kinderwagen. Ihr Blick huscht zu meinen Händen.

Ich halte sie ihr mit den Handflächen nach oben entgegen. Keine Angst, ich tu dir schon nichts.

Sie wirft mir einen langen, prüfenden Blick zu und deutet dann mit dem Kopf in Richtung Park.

In zehn Minuten auf der Bank bei den Schaukeln, sagt sie.

Ich fege die Nadeln von der Bank und setze mich hin, starre auf den Weg zu meinen Füßen und frage mich, ob ich gerade den Fehler meines Lebens begehe. Aber wenn nicht bald was passiert, bin ich so gut wie tot, also habe ich eigentlich nichts zu verlieren. Und irgendwas lag in ihren Augen, als sie mich gestern angeschaut hat da im Matsch – ich hätte ihr am liebsten eine gescheuert, und gleichzeitig wollte ich ihr so gern vertrauen.

Dunkelgrau und violett jagen die Wolken über den Himmel, dazwischen fallen Sonnenstrahlen auf die Betonsilos jenseits des Parks. Alles ist erleuchtet. Ein eisiger Wind wirbelt den Abfall durch die Luft. Bald bin ich völlig durchgefroren.

Vielleicht kommt sie ja gar nicht. Ich könnte mir durchaus Schlimmeres vorstellen. Viel Schlimmeres sogar.

Fröstelnd ziehe ich den Reißverschluss meiner Jacke hoch und schaue weiter den Wolken zu.

Dann sehe ich sie aus dem Augenwinkel mit dem Kinderwagen auf mich zukommen, ganz klein wirkt sie. Der Wind peitscht ihr die Haare ins Gesicht.

Und als sie sich neben mich setzt und mich anguckt, kann ich zum ersten Mal in Worte fassen, weshalb ich Kim jedes Mal wehtun will, wenn ich ihren Blick sehe. Es ist, als würde man in einen Spiegel schauen. Alles, was ich im Leben verloren habe, starrt mir daraus entgegen.

Ihre Augen bestehen aus Schatten, sind verquollen und dunkel umrandet, lila und blau, und rechts an der Stirn hat sie eine Beule. Ihre Hände liegen in ihrem Schoß, die Gelenke sind schmal und knochig wie bei einem Vogel.

Ich tue als Erstes genau das, was ich mir geschworen hatte, nicht zu tun.

Okay, wie lange ging das mit euch?

Zwei dicke Tränen kullern ihr aus den geschwollenen Augen, und am liebsten würde ich ihre Hand nehmen und ihr die Nägel ins Fleisch bohren, damit sie einen echten Grund hat zu heulen. Sie scheint meine Wut zu spüren, weil, plötzlich dreht sie den Kopf weg, greift nach dem Buggy und macht Anstalten aufzustehen.

Doch ich kriege sie am Handgelenk zu fassen, ihre Haut ist glatt unter meinen Fingern. Gut, ich hör dir zu. Kipp mir bloß nicht um.

Sie setzt sich wieder und fängt an zu erzählen, ganz leise, und eigentlich hätte ich mir auch selber denken können, wie die Sache gelaufen ist. Haben sich ein paar Monate lang heimlich getroffen, waren verliebt. Wollten zusammen abhauen, in die Sonne natürlich. Deshalb konnten wir auch keinem was sagen, schnieft sie.

Ich ertappe mich bei einem verächtlichen Grunzen und tue so, als müsste ich husten. Carla war zu 'ner Menge gestörtem Scheiß imstande, aber sie war kein Feigling, und wenn sie wirklich so verschossen gewesen wäre, hätte sie die Sache mit Kim nicht geheim gehalten. Aber das war immer schon Carlas Problem: Selbst wenn ihr ein Risiko bewusst war – was nicht oft vorkam –, hat sie drauf geschissen. Und es erst recht gemacht.

Am liebsten würde ich Kim erzählen, wie viel Mist ich mir über die Jahre schon geben musste, weil Carla weder ihr Mundwerk noch ihre Libido im Griff hatte, aber irgendwas lässt mich innehalten.

So was hätte sie mir nicht verheimlicht, nicht mir.

Okay, zugegeben, Carla hatte 'nen Haufen bescheuerte Träume, und manchmal haben wir auch rumgesponnen, wie cool es wäre auszuwandern, irgendwohin mit 'nem Pool und 'nem Grill, und dann macht sie halt 'ne Friseurlehre oder schippert die Touris rum. Die hübschesten reißen wir auf, und alle vierzehn Tage kommt Nachschub. Aber Carla hat sich einfach immer irgend'nen Scheiß ausgedacht, da war nix weiter dabei.

Ich liebe dich.

Und sie hätte mich nie einfach so im Stich gelassen, ich war doch alles, was sie hatte. Nicht wegen irgend so 'ner billigen Schlampe.

Das hat sie dir also erzählt, sage ich.

Kim redet weiter, kotzt sich so richtig aus, und währenddessen versuche ich, mir ein besseres Bild von der Alten zu machen.

Jetzt erzählt sie von dem Abend, als sie zurück nach Hause kam, wie Fats die Kinder ins Schlafzimmer gesperrt und Kim beinahe krankenhausreif geprügelt hat. Hat sie die Treppe raufgetreten und war oben am Absatz kurz davor, sie zu erdrosseln. Sie macht ihren Reißverschluss auf, zieht den Schal runter und zeigt mir die Spuren. Gott, sieht echt so aus, als hätte er versucht, sie zu strangulieren.

Ich muss ganz schön schockiert aus der Wäsche geschaut haben. Keine Angst, sagt sie, der bringt mich nicht um.

Dann wirft sie mir ein schmales kleines Lächeln zu. Es sei denn, ich verlasse ihn. Deswegen durfte auch keiner was von Carla und mir wissen.

Als wir endlich bei dem Thema sind, über das ich mit ihr reden wollte, hat der Himmel sich in eine einzige dunkle Wolke verwandelt, und es fängt an zu tröpfeln. Kim holt eine Regenhülle raus und zieht sie über den Buggy. Ein winziges Gesicht schaut darunter hervor, die runden Bäckchen rot vor Kälte. Erst jetzt fällt mir auf, dass die Kleine die Augen von ihrer Mum hat. Kim gibt ihr 'nen Schnuller, die Augen rollen nach hinten, und bevor Mama sich wieder hingesetzt hat, ist sie weggeknackt.

Du bist geliefert, sagt sie.

Ach was. Die Cheetahs können mir gar nix, sage ich.

Sie schüttelt den Kopf. Tony und Daz machen gemeinsame Sache. Hatten gestern frühmorgens ein Meeting mit Fats, bei uns zu Hause.

Es ist, als hätte sie mir gerade das letzte Puzzleteil in die Hand gedrückt. Auf einmal ergibt alles einen Sinn. Dass Fats Carla ungehindert in einem sicheren Darts-Club erschießen konnte, dass Lloyd ihn nicht gleich an der Tür abgewimmelt hat. Tony war nicht nur eingeweiht. Er hat den Befehl gegeben.

Ich sehe Dannys Gesicht vor mir. *Finn kommt heute nicht.*

Eine eiskalte Hand legt sich um meine Eingeweide, und mir wird wieder schlecht. War Danny auch dabei?, frage ich.

Nein.

Ich balle die Hände zur Faust, bis es wehtut. Und was springt für Daz dabei raus?

Tony hat ihm die Hälfte von eurem Gebiet versprochen, wenn er euch kaltstellt.

Dieses miese Stück Scheiße. Ging's bei dem Gespräch auch um Mike?

Mike ist erledigt, sagt sie nur.

Ich hole tief Luft. Okay, wer saß in dem Audi? Wer hat auf mich geschossen?

Ich hab nur mitgekriegt, dass das Ganze auf dem Rückweg von der Beerdigung über die Bühne gehen sollte. Wollte ich dir doch sagen!

Deshalb bist du mir hinterher? Um mich zu warnen?

Ich schaue sie prüfend an. Der Wind pustet ihr eine Haarsträhne ins Gesicht, sie streicht sie weg. Vielleicht sagt sie ja doch die Wahrheit. Prompt bereue ich, sie so mies behandelt zu haben.

Aber was, wenn das Ganze 'ne Falle ist? Mein Blick wandert in Richtung Ausgang. Warum erzählst du mir das alles?

Weil sie dich auch geliebt hat, sagt sie.

Ich liebe dich.

In dem Augenblick taucht Carlas Gesicht vor mir auf, und mein Herz macht einen Satz.

Sie hat immer gesagt, dass du ihre beste Freundin bist. Wie 'ne Schwester.

Diesmal sitzt der Schmerz richtig tief, wie ein Messer zwischen den Rippen. Jepp, sage ich, wie 'ne Schwester.

Eine Zeit lang ist es still. Als ich sie frage, was sie jetzt vorhat, zuckt sie mit den Schultern. Eigentlich sollte ich langsam mal abhauen, aber ich hab das Gefühl, ich schulde ihr noch was.

Es gibt was, wo du hinkannst, sage ich. Wenn du willst, geb ich dir 'ne Nummer.

Ihr Blick ist auf den Kinderwagen gerichtet. Mit einem traurigen kleinen Lächeln schüttelt sie den Kopf. Ich kann nirgendwohin, sagt sie.

Ich sehe ihr nach, wie sie davonstapft, die Schultern hat sie gegen die Kälte hochgezogen, und ihr Haar flattert im Wind.

Nicht mal, als sie um die Ecke biegt, dreht sie sich um.

17

In Warrington hat sich der Regen in Schneeregen verwandelt, und durch das angelaufene Visier ist kaum was zu erkennen. Vom IKEA bis zur Zubringerstraße staut sich der Verkehr. Ich schlängele mich zwischen den Autos durch.

Nach zehn Minuten auf der Umgehungsstraße bin ich in Collingwood Close, hier sind die Straßen breit und von Bäumen gesäumt.

Das Haus ist so ’ne alte viktorianische Villa, und wenn das Ding nicht kurz vorm Einstürzen stünde, wär’s hier eigentlich ganz schön. In den meisten Gebäuden im Ort wurden jahrelang Einzimmerwohnungen vermietet, bis die ganzen Ärzte und Anwälte sie billig gekauft und in komplette Wohnhäuser zurückverwandelt haben.

Ich schiebe das Bike die Auffahrt entlang über die Laubhaufen und hinters Haus. Das Seitentor ist total verrostet; als ich dagegentrete, fällt es fast aus den Angeln.

Durchs Tor in den Garten. Er ist umgeben von einer hohen, zugewucherten Hecke, wegen der Privatsphäre.

Am anderen Ende des Gartens stehen eine Schaukel aus Plastik und eine knallgelbe Rutsche, die vom vielen Regen schwarze Flecken hat.

In dem Moment stoße ich gegen ein Hindernis und verliere beinahe das Gleichgewicht. Fuck. Vor mir im Gras liegt ein Kipplaster von Fisher Price, an dem ein Rad fehlt.

Nachdem ich das Bike neben der Hintertür abgestellt habe, schließe ich auf. In der Küche ist es fast noch kälter als draußen. Ich schalte den Heizkessel an, aber nichts passiert. Na toll. Immerhin funktioniert die Beleuchtung, es gibt also Strom.

Im Waschbecken stehen ein vor sich hin schimmelnder Teller, ein paar dreckige Tassen und ein Kinderbecher. Sieht aus, als wäre hier seit Monaten keiner mehr gewesen.

Das hintere Wohnzimmer ist leer bis auf eine Matratze, aber der Kaminrost ist voll mit Asche. Irgendwer muss hier drin mal 'n Feuer gemacht haben.

Ich setze den Rucksack ab und schaue mich um.

Die Vorhänge sind speckig, aber nicht ausgefranst, hängen da wahrscheinlich schon 'ne halbe Ewigkeit. Ich gehe zum Fenster und schaue raus in den Garten. Die Holzrahmen sind morsch, und man spürt, wie überall die Kälte eindringt, aber man kann sie verriegeln, und das ist das Wichtigste.

Wenn ich den Kopf aus dem Fenster stecke, sehe ich links und rechts nur die Dächer; kein Nachbar kann einem ins Wohnzimmer glotzen, so groß ist der Garten. Wobei hier sowieso niemand rumschnüffelt. Das ist das Geniale an einer noblen Wohngegend, keinen juckt's, was nebenan vor sich geht. In so 'nem Viertel kann man sich Sachen leisten, die könnte man in Moss Side oder Gorton, wo jeder alles vom anderen weiß, nie bringen. Zum Beispiel seine Geliebte unter der Veranda verbuddeln – Ärger kriegt man hier höchstens, wenn die Erde auf dem Bürgersteig landet.

Trotzdem ziehe ich die Vorhänge zu, nur für den Fall.

Im Wohnzimmer gibt's eine alte Elektrosonne, an der Wand stehen drei zerschlissene Sofas und davor eine Spielzeugkiste. Sieht bisschen aus wie ein Wartezimmer, mit staubigem, fleckigem Teppichboden.

Oben riecht es nach alten Windeln. Im großen Schlafzimmer ganz vorne liegen drei nackte Matratzen, eine für zwei Personen, zwei für eine. Auf den beiden Einzelmatratzen prangen riesige Flecken, da kommt wahrscheinlich auch der Gestank her. Ich gehe zurück in Richtung Treppe und ziehe die Tür fest hinter mir zu. Nachdem ich einen Blick in die anderen vier Schlafzimmer geworfen habe, klettere ich die Wendeltreppe zum Dachboden rauf, der voll ist mit Matratzen und stapelweise Decken, leeren Kleiderschränken und einer alten, rot gebeizten Kommode.

Am Ende entscheide ich mich für das hintere Wohnzimmer im Erdgeschoss. Hier bin ich nicht sofort zu finden, und der Ausgang ist gleich nebenan.

Nicht, dass ich ernsthaft mit irgendwem rechne. Die Mädels aus Warrington passen ziemlich gut auf, was das Haus angeht, seit Jimmy Doyle 2003 ihre Kylie samt drei Monate altem Baby die Treppe runtergeschubst hat. Kylie ging zu Boden wie ein Stein, und das Kind hat sich an einer Stufe den Kopf angehauen und einen Arm gebrochen. Kaum war die Kleine aus dem Krankenhaus, hat das Jugendamt sie Kylie weggenommen, obwohl sie gegen Jimmy ausgesagt hat, öffentlich vor 'nem Richter und alles. Dabei wusste sie genau, dass sie am Arsch ist, wenn er sie findet. Die Sozialarbeiterin meinte nur, sie hätte ihn schon vor Jahren verlassen sollen. Als wäre sie selber schuld gewesen. Als hätte sie irgendwohin gekonnt. Als hätten die meisten Frauenhäuser nicht längst dichtgemacht, weil von der Regierung seit den Neunzigern keine Unterstützung mehr kommt. Und die Anlaufstellen, die noch existieren, sind längst nicht mehr geheim, die arbeiten Hand in Hand mit der Polizei und dem Sozialamt und der Bewährungsstelle. Da kann keine Frau hin, deren Leben, na ja, kompliziert ist.

Jedenfalls haben wir danach dringend was gebraucht, wo man wirklich untertauchen konnte, und so sind wir auf das Haus gekommen. Ein paar von Mels Bussi-Bussi-Rugbykontakten aus Cheshire, Juristinnen, Immobilienmaklerinnen, alle mit Geld wie Heu und entsprechend schlechtem Gewissen, haben uns das Ganze organisiert.

Dieses Lesbennetzwerk ist 'ne Art geschlossene Gesellschaft, in der es egal ist, wo jemand herkommt und ob man auf einmal mit Leuten zu tun hat, die man sonst mit dem Arsch nicht angeschaut hätte. Und seien wir mal ehrlich, davon profitieren beide Seiten.

Wir fragen nicht, wie die Mädels an das Haus gekommen sind und wem es gehört, im Gegenzug zahlen sie den Strom und die Nebenkosten und fragen nicht, wer hier gerade wohnt oder wie lange. Ist allen Beteiligten ganz recht so, glaube ich.

Im Erdgeschoss hole ich ein paar Decken aus dem Schrank, verstaue die Neunmillimeter unterm Kopfkissen und mache es mir auf der Matratze bequem. Eigentlich wollte ich noch

’n bisschen nachdenken, aber mein Arm meldet sich wieder, also strecke ich ihn aus und versuche, die Finger zusammenzudrücken.

Sekunden später bin ich eingeschlafen.

Noch im Halbschlaf höre ich, wie sich jemand am Haustürschloss zu schaffen macht. Geflüster.

Geistesgegenwärtig schnelle ich hoch, schnappe mir Jacke und Schuhe und hetze in Socken die Treppe rauf, zwei Stufen auf einmal. Fuck, das Bike steht draußen. Wie haben die Wichser mich gefunden?

Am Fuß der Dachbodentreppe kauere ich mich hin und lausche. Im Erdgeschoss ertönen Stimmen, auf die Entfernung lässt sich nicht ausmachen, ob Männer oder Frauen. Aber das ist mir in dem Moment auch egal.

Ich schleiche ins Schlafzimmer und schiebe das Fenster hoch. Der morsche Holzrahmen knarzt wie die Haustür bei den Munsters.

Ich schlüpfe durch die Öffnung nach draußen, beziehe auf dem Fenstersims Stellung und rüttele prüfend am Abflussrohr. Anders komme ich nicht runter, aber es wirkt relativ stabil.

Nach einem Stoßgebet verlagere ich das Gewicht auf den Arm, mit dem ich mich am Rohr festhalte. Dann springe ich und bekomme mit der anderen Hand das Rohr zu fassen, mein Gesicht zeigt jetzt in Richtung Wand. An einer Stelle, wo der Mörtel zwischen den Steinen hervorquillt, finde ich mit dem rechten Fuß Halt. Links habe ich weniger Glück.

Ich schaue nach unten. Zwischen meinen Füßen kann ich den Boden erkennen, feuchtes Gras, und Gott sei Dank hat's geregnet. Frage ist, lasse ich jetzt einfach los und riskiere ein gebrochenes Bein, oder versuche ich, das Rohr runterzuklettern, was wiederum einen Riesenlärm machen könnte, wenn es nicht hält.

In dem Moment gibt das Rohr ein lautes Knacken von sich, und ich lasse mich fallen.

Unten angekommen mache ich erst mal eine Rolle durchs Gras, dann stehe ich auf. Nichts gebrochen. Nur ein stechender Schmerz im Oberschenkel, ich bin wohl auf irgendwas Spitzem gelandet.

Mein Blick fällt auf den Boden, wo Hannah Montana in ihrer Armeekluft zu mir hochstarrt, die Arme nach vorne ausgestreckt. Kein Witz, ich habe mich fast an einer scheiß Puppe aufgespießt.

Gerade bin ich dabei, das Bike um die Ecke zu schieben, da geht neben mir die Küchentür auf. Ich ducke mich blitzschnell, aber es ist zu spät. Als ich das Tor aufstoße, ertönt hinter mir eine Frauenstimme.

Ah, unsere spurlos Verschwundene. Du kletterst nachts also immer noch gern bei wildfremden Frauen durchs Fenster?

Louise. Besser als Mad Daz oder Tony. Aber ausgerechnet Louise? Fuck, fuck, fuck.

Lou, hi, sorry, keine Zeit, sage ich.

Also alles wie immer, sagt sie. Keine Angst, ich bin nicht wegen dir da. Hab nur 'ne Frau aus Sale mit ihren Kindern hergebracht.

Du, ich muss echt los.

Klar, sagt sie spöttisch. Denk dir nichts, dein Mist geht mir total am Arsch vorbei.

18

Also, heute Abend gibt's Fish und Chips, sagt Geets Mum, und wahrscheinlich will sie mir damit 'ne Freude machen, sonst würden die anderen nicht so komisch gucken.

Schon okay, sage ich, ich ess auch Curry. Scharf macht mir nix, ich bin ja kein Vollspast.

Und als Geets Dad mich anlächelt, fühle ich mich sofort wie einer. Bei uns gibt's mittwochs immer Fish und Chips, sagt er.

Seit Geets Dad Nan gestern zum Auto getragen und ihr sein Taschentuch geliehen hat, obwohl sie voll am Rotzen war, mag ich ihn auf einmal doch ganz gern.

Geets Eltern sind supernett, aber irgendwie ist es bei ihnen trotzdem voll anstrengend. Immer muss irgendwas gehen, machen wir dies, machen wir das, he, spielen wir doch alle jetzt dieses Spiel. Mir reicht's langsam. Geet hat zu Hause nie ihre Ruhe, und ich frage mich echt, wie sie das aushält.

Ich wohne jetzt bei Geet, weil mich alle im Stich gelassen haben. Okay, Mum konnte nichts dafür, aber die anderen sind einfach so verschwunden. Donna kann auch nichts dafür, sagt Lise, weil sie immer so viel zu tun hat und Dinge regeln muss und so, aber mal ehrlich, irgendwie kann man doch fast immer was dafür, außer, man ist tot. Was Nan wohl gerade macht? Sie will, dass ich bei ihr einziehe, aber Donna hat gesagt, kommt nicht infrage, deine Nan ist nur scharf auf ’n billiges Dienstmädchen. Ich weiß ja nicht, wie sie drauf kommt, immerhin muss ich bei Geet den Tisch decken, und bei Nan musste ich so was nie.

Später mache ich Geet gerade alles nach, lege die Messer hin und die Gabeln und oben den kleinen Löffel, da greift sie auf einmal rüber, lacht und vertauscht das Besteck wieder. He du Spacko, bist du doof? In dem Moment taucht Kaheesha auf, schiebt Geets Hand weg und wirft ihr einen Blick zu, als könnte Geet sich gleich auf was gefasst machen, aber dann passiert doch nichts. So läuft das immer bei denen, keiner sagt was, es wird nur geguckt, und man muss andauernd raten, was gemeint sein könnte, weil nie jemand den Mund aufmacht. Echt stressig.

Also frage ich nach. Hab ich die Sachen auf die falsche Seite getan? Geets Mum schüttelt den Kopf. Macht nichts, gibt ja auch Linkshänder, sagt sie. Lass liegen, Geeta.

Ror ist keine Linkshänderin, sagt Geet, sie wirft immer mit rechts.

Ich schaue Kaheesha an. Liegen die Sachen falsch?

Nicht falsch, Süße, sagt sie. Die meisten Leute legen Besteck nur andersherum hin.

Also falsch.

Ich stoße ihre Hand weg und vertausche die Messer und Gabeln, bis alle so daliegen wie bei Geet. Dann schubse ich Geet zur Seite und gehe zur Treppe.

Macht euren Scheiß doch allein, mir egal.

Oben in ihrem Zimmer klettere ich in Geets Bett. Sie hat 'ne ganz tolle Decke, dick und mit kleinen rosa und weißen Blumen drauf. Wenn ich mich ganz schnell hinlege, bauscht sie sich rund um mich auf und fällt dann mit 'nem Flüstern langsam wieder in sich zusammen. Geet sagt, das ist wegen den Daunen.

Ich liege auf dem Rücken und starre an die Decke, dann hebe ich den Kopf und werfe mich ein paarmal aufs Kissen, aber das Ding ist immer noch da. Ich hole tief Luft und ramme den Kopf, so fest ich kann, ins Kissen, rauf und runter, rauf und runter, bis sich mein Hirn ganz bescheuert anfühlt und irgendwie leer. Ich mache immer schneller, so lange, bis mir schwindelig ist, dann atme ich einmal tief aus, und alles ringsum fängt an, sich zu bewegen. Das Zimmer schwebt an mir vorbei, und sonst ist da nichts, nur die Leere in meinem Kopf. Ich mache die Augen fest zu und sehe die Lichter herumwirbeln, alles funkelt und dreht sich. Voll schön.

Irgendwann bin ich wohl eingepennt, weil, plötzlich spüre ich eine Hand auf meiner Stirn. Als ich die Augen aufmache, ist es fast dunkel im Zimmer, und neben mir auf der Bettkante sitzt eine verschwommene Gestalt.

Mum?

Nein Süße, ich bin's.

Es ist Geets Mum. Sie sagt, ich habe geschlafen. Ihre Hand liegt immer noch warm auf meiner Stirn. Ich drehe mich weg, schüttele sie ab, kneife die Augen zu und hoffe, dass sie wieder geht. In dem Moment spüre ich, dass sie aufsteht, und dann macht sie ein leises Geräusch, klingt wie ein Seufzer. Das wird schon wieder, Süße, sagt sie. Du wirst sehen. Essen ist fast fertig.

Als sie weg ist, stehe ich auf, gehe rüber zu meinem eigenen Bett und ziehe mir die Decke über den Kopf. Eine halbe Ewigkeit liege ich so da, und als Geet kommt und das Licht anmacht, tue ich so, als würde ich schlafen.

Um sieben ist Geets Dad immer noch nicht zu Hause, und der Tisch ist schon seit Ewigkeiten gedeckt. Wir haben alle einen Mordskohldampf, aber gegessen wird immer zusammen, das heißt, es wird nicht gegessen, solange Geets Dad nicht da ist, weil, er ist hier praktisch der Einzige, der irgendwo hingeht, und falls er mal abgestochen oder über den Haufen gefahren wird, müssen wir wahrscheinlich verhungern. Ich bin jedenfalls echt erleichtert, als die Verandatür zufällt. Im nächsten Moment kommt er ins Wohnzimmer, mit einer großen Kiste und einer Riesentüte, auf der M&S steht, und stellt beide vor mir ab. Das gehört jetzt alles dir, sagt er.

In der Kiste liegt eine brandneue Bettdecke, groß, weiß, kuschelig. Ich nehme sie raus, und sie fühlt sich so weich an wie eine Wolke. In der Tüte sind ein Laken und Bettwäsche, hellblau mit winzigen weißen Blumen drauf, viel schöner als die von Geet. Darf ich die dann auch nach Hause mitnehmen?, frage ich. Ja mein Schatz, sagt er, natürlich.

Am nächsten Morgen fährt er uns in die Schule. Anschnallen, bitte. Geet verpasst mir unterm Sitz einen Tritt und zischt, jetzt darf ich garantiert nie wieder mit dem Bus fahren, und das alles nur wegen dir.

In der Schule geht Geets Dad mit mir zum Direktor. Hallo O-Rora, sagt Mr Grimley. Er steht hinter seinem großen, glänzenden Schreibtisch und schaut mich beim Reden nicht an. Es tut uns allen furchtbar leid, was mit deiner Mum passiert ist.

Ich weiß nicht, was man auf so was antwortet, also sage ich gar nichts.

Er labert weiter.

Im Bücherregal steht eine Figur, ein kleines Mädchen mit orangem Kopftuch. Sie hat einen Korb in der Hand und füttert gerade ein paar Küken, weiß auch nicht, warum mir das noch nie aufgefallen ist. Im Hintergrund höre ich dumpf Mr Grimleys Stimme und dann die von Geets Dad, klingt, als wäre eine Wand zwischen uns. Auch wenn ich sie anschaue, wird es nicht besser, ich verstehe einfach nicht, was die beiden sagen. Also schaue ich wieder das Mädchen an. Sie sieht einsam aus.

Irgendwann hört Mr Grimley auf zu reden und wir gehen raus auf den Gang. Rufen Sie mich bitte an, wenn irgendwas ist, sagt Geets Dad und streckt die Hand aus.

Als wir ins Klassenzimmer kommen, drehen sich alle zu mir um und sind plötzlich ganz still, so wie Donna und Mum, wenn ich sie bei 'nem Gespräch unter vier Augen gestört habe. Die blöde Hexe legt mir die Hand auf die Schulter, ihre Fingernägel sind pink lackiert und schimmern wie kleine Muscheln. Sie hat eine lange blaue Strickjacke mit Gürtel an und einen geblümten Rock und durch die Strumpfhose sieht man die Haare auf ihren Beinen. Mum hat sich ihre immer im Bad abrasiert und jetzt weiß ich auch, warum. Sieht echt ekelhaft aus.

Ich kümmere mich schon um sie, sagt die Hexe.

Geets Dad antwortet irgendwas, aber ich verstehe ihn nur halb und dann ist er weg. Komm mein Kind, du darfst wieder neben Geeta sitzen, sagt die Hexe und tätschelt mir die Schulter. Am liebsten würde ich ihre Hand abschütteln, aber ich habe keinen Nerv, also bleibe ich einfach stehen.

Mir egal wo Sie mich hinsetzen, sage ich, hier bleib ich eh nicht.

Später hat Mrs West Pausenaufsicht, aber ich sehe die Hexe aus dem Lehrerzimmer auf den Hof runtergaffen. Neugierige Kuh. Ich bin irgendwie müde und suche mir an der Mauer eine Stelle ohne Schnee, wo ich mich auf den Boden setze. Geet kommt angelaufen und hält mir den Ball hin. Du darfst ins Tor, wenn du willst.

Ich will nicht, also zieht sie wieder ab und stellt Marvin ins Tor.

Dann kommt Mrs West rüber – Westies Oma, wenn sie nicht gerade Aufsicht macht.

Alles in Ordnung, Aurora? Willst du lieber reingehen? Du holst dir noch den Tod, wenn du so in der Kälte rumhockst. Und dann, o Gott, entschuldige Liebes, so war das nicht gemeint. Komm, wir gehen rein.

Ich schüttle den Kopf. Zum Aufstehen fehlt mir die Kraft. Alles okay, Mrs West, danke.

Als der Gong läutet, stellen sich die anderen an. Ich drücke mich an der Wand lang, keiner schaut her. Am Tor schlüpfe ich nach draußen und gehe einfach weiter.

19

Nans Tür ist nicht abgeschlossen, und als ich drin bin, schiebe ich den Riegel vor, nur für alle Fälle. Nan liegt immer noch im Bett und schnarcht, sie hört mich nicht mal reinkommen. Immerhin ist sie nicht zugrundegegangen. Ich ziehe die Schuhe aus und setze mich zu ihr aufs Bett, während sie vor sich hin brabbelt. Ihr Mund ist vor lauter Sabber ganz feucht.

Ich bin's, Nana.

Sie ist viel zu hinüber, um mich zu hören, also hebe ich die Decke hoch und kuschele mich neben sie. Ruckartig fährt ihr Kopf hoch, und sie macht ein Auge auf. Nnhhh?

Dann wischt sie sich mit einer Hand die Spucke weg und zieht mich an sich. Komm her, mein Schatz, sagt sie.

In meinem Kopf pocht es. Voll verschwitzt wache ich auf, werfe die Decke von mir und merke erst jetzt, dass ich noch meine Jacke anhabe.

Inzwischen pocht es nicht mehr in meinem Kopf, sondern an der Tür.

Ich bleibe erst mal liegen und höre zu.

Aurora, ruft Geets Dad durch den Briefschlitz, bist du da?

Kurz darauf hört das Pochen auf, ein Auto springt an, und dann bin ich wohl wieder eingepennt.

Als es draußen dunkel wird, habe ich soweit klar Schiff gemacht; Tassen im Schrank, Aschenbecher gespült, Dosen im Müll, und zum Schluss gehe ich noch mal mit dem Staubsauger drüber. Das Complan steht unangetastet auf dem Tisch, der Kühlschrank ist leer.

Ich hole Nans Geldbörse aus der Schublade und zähle die Münzen. Für 'n Brot und 'ne Dose Bohnen müsste es reichen, Milch brauchen wir auch noch.

In dem Moment, als ich die Tür aufmachen will, klopft plötzlich jemand, zackig, rappa-tap-tap.

Ich drücke mich flach mit dem Rücken an die Wand und warte. Niemand, den ich kenne, klopft so. Höchstens der Typ von der Miete, aber die geht eigentlich direkt ans Amt wegen Nans Invalidenrente, das kann's also nicht sein.

Da ertönen draußen auf einmal Stimmen, klingt wie zwei Frauen. Eine kleine weiße Karte wird durch den Briefschlitz geschoben und trudelt zu Boden. Ich höre Schritte, dann ein Auto, und danach ist es wieder ruhig. *Christine Walker, Sozialarbeiterin* steht auf der Karte.

Auf die Rückseite hat jemand mit Kuli eine Handynummer geschrieben.

Ich stecke die Karte ein, gehe wieder ins Schlafzimmer und rüttele Nan an der Schulter. Nan, hör zu. Ich bin kurz was einkaufen, geh nicht an die Tür, ich bin gleich wieder da.

Nan nickt, ohne die Augen aufzumachen, und schläft wieder ein.

Bei Shah's würde Nizam mich bestimmt anschreiben lassen, aber da traue ich mich nicht hin. Stattdessen klettere ich hinterm Haus über den Zaun und gehe den Umweg durch die Gasse zum Co-op.

Im Laden ist es warm, und alles glitzert, neben der Kasse stapeln sich die Schokonikoläuse. Ich stelle meinen Korb auf das Kassenband und schaue mich um. An der Kasse nebenan steht eine Frau in dickem Mantel mit Pelzkragen und Gürtel, könnte Model sein oder so, im Einkaufswagen lauter Keksdosen, Quality Street, alles Mögliche. Auf einmal büxt das kleine Mädchen neben ihr aus, Nikolaus in der Hand, aber der Frau fällt das überhaupt nicht auf. Als die Kleine an mir vorbeitapst, will ich sie aufhalten, damit sie sich nicht verläuft, und in dem Moment lässt sie den Nikolaus fallen.

In Windeseile hat die Frau in dem Mantel mich an den Schultern gepackt.

He! Was fällt dir ein?

Bevor ich irgendwas sagen kann, greift sie nach dem Nikolaus und feuert ihn in den Wagen, dann zieht sie die Kleine hinter sich her zur Kasse, und jetzt glotzt natürlich der halbe Laden. Ich will alles erklären, aber ich kriege kein Wort raus, also lasse ich meine Sachen auf dem Band liegen und mache mich aus dem Staub.

Draußen ist es arschkalt, der Schneeregen fällt wie winzige Nadeln auf mein Gesicht und meine Knie. In dem Moment kommt plötzlich das Ding in mir hoch, und wenn ich die Alte je wiedersehe, werde ich ihr wehtun müssen, und zwar so richtig. Ich hoffe, ihre Kleine wird entführt und muss in einem Schuppen wohnen wie das Kind aus den Nachrichten. Geschieht der Trulla nur recht.

Wenigstens habe ich das Geld noch, also gehe ich in den 7/11 in der Ship Street und kaufe da alles.

Auf dem Heimweg kommt mir auf der anderen Straßenseite die alte Mrs Watson entgegen, und ich senke den Kopf und gehe zügig weiter.

Als ich bei Nan um die Ecke biege, sehe ich die Autos. Ein hässlicher kleiner Micra – Donna sagt immer, freiwillig kauft sich so was kein Mensch – und daneben ein grünweißes. Die Bullen.

Vor Nans Tür stehen zwei Frauen, eine mit Aktenkoffer, und drei Polizisten, zwei Männer, eine Frau. Die Polizistin hämmert gegen die Tür.

Mit einem Blick über die Schulter in ihre Richtung flitze ich über die Straße und verschwinde in einer Gasse. Keiner hat mich gesehen. Hoffentlich denkt Nan daran, dass sie nicht an die Tür gehen soll. Einmal um die Ecke, ein Stück die Straße runter, und ich habe wieder freie Sicht auf die Tür. Nicht aufmachen, Nan, bitte, bitte.

Sie muss mich gehört haben, denn paar Minuten später steigen alle in ihre Autos und machen sich vom Acker, und ich sprinte über die Straße zu Nan.

Inzwischen sind meine Hände ganz taub vor Kälte, und ich lasse beim Aufsperren den Schlüssel fallen. Dann hauche ich meine Finger an, aber die sind irgendwie schwer, als würden sie gar nicht zu mir gehören. So fühlt es sich wahrscheinlich an, wenn man tot ist, nichts bewegt sich, obwohl es soll.

Wenn man stirbt, steckt man vielleicht immer noch in seinem Körper drin, aber es ist wie im Gefängnis; man kann seine eigenen Hände nicht spüren und weiß nicht, wie man da je wieder rauskommt. Bei dem Gedanken fängt mein Herz an zu rasen.

Da fällt mir ein, was Donna über Mum gesagt hat, dass sie im Himmel ist und ihren Körper einfach dagelassen hat, und mir geht's gleich ein bisschen besser.

Irgendwann kriege ich den Schlüssel ins Schloss und drehe.

Drinnen ist es dunkel. Ich stelle die Tüte in der Küche ab und gehe ins Schlafzimmer. Nan schläft immer noch tief und fest. Ich traue mich nicht, das Licht anzumachen, falls die Micra-Frauen zurückkommen, also krieche ich neben ihr ins Bett und kuschele mich an sie. Nan dreht sich um, nnggg, und ich rücke vor an die warme Stelle.

Als ich wieder aufwache, kommt nur das Licht von der Straßenlampe durch die Vorhangspalten, und die Zeiger des Weckers leuchten grün im Dunkeln. Nan liegt auf dem Rücken und schnarcht, und ich schaue zu, wie sich die Decke mit jedem Atemzug hebt und senkt.

Dann stehe ich auf und gehe in die Küche. In den Häusern gegenüber brennt überall Licht, deshalb ist es gar nicht so finster, wenn sich die Augen erst daran gewöhnt haben.

Ich setze Wasser auf, hole die Milch raus und will das Gas für die Bohnen anstellen. Nichts.

Im Schlafzimmer stelle ich die Tassen ab und stupse Nan kurz an. Wach auf, Nan, ich hab dir 'n Tee gemacht.

Nnggg? Sie setzt sich auf und grinst mich schief an. Hab ich wieder gesabbert, mein Herz?

Ich muss lachen. Jepp. Gibt kein Gas mehr, Nan, wo hast du die Wertmarken?

Sie greift unter ihre Matratze, zieht zwei Karten hervor, gibt mir eine und nickt. Da schauen die scheiß Einbrecher nie.

Soweit ich weiß, ist bei Nan noch nie eingebrochen worden, aber sie redet trotzdem andauernd davon. Ich gehe zum Zähler rüber und stecke die Karte rein. Dich raubt schon keiner aus, Nan.

Alles nur 'ne Frage der Zeit, sagt sie. Geh mir doch schnell noch 'n Bier holen, ja?

Aber ich traue mich nicht raus, also erzähle ich ihr von den Micra-Frauen, der Visitenkarte im Briefschlitz und von der Polizei.

Sie sagt erst mal nichts, sondern nickt nur. Ich hab noch 'n Tia Maria von deiner Mum, steht da im Schrank, hol mir den mal, sagt sie.

Als ich nach der Flasche greife, ist sie leer.

Da zieht Nan ihre Jeans über die Jogginghose und steigt ohne Socken in ihre Schuhe. Unter der dünnen Haut sieht man blau ihre Adern. Bleib schön da und sperr hinter mir ab, sagt sie.

Als sie zurückkommt, hält sie mir ein Twix und eine Cola hin und holt einen halben Liter Wodka und ein Sixpack Bier aus der Tüte.

Wir machen ein Picknick im Bett, sagt sie. Stell schon mal die Bohnen auf den Herd.

Als ich mit den Bohnen und der Hälfte vom Twix fertig

bin, macht Nan sich gerade ihre zweite Dose auf und kommt langsam in Stimmung.

Geh mal zum Schrank, sagt sie, und bring mir die grüne Schuhschachtel von ganz unten.

Ich hole die Schachtel und krieche wieder unter die Decke.

Da sind Fotos drin, sagt sie, von deiner Mum.

Die Schachtel ist bis oben hin voll mit altem Zeug. Fotos, Schleifen, Plastikteile, Papierkram. Nan fängt an, darin rumzuwühlen, dann faltet sie ein Stück Papier auseinander.

Schau, das ist dein Onkel, sagt sie.

Langsam glaube ich, Nan läuft nicht mehr ganz auf der Spur, ich habe nämlich keinen Onkel, jedenfalls keinen echten. Und auch keinen ausgedachten. Wenn einer sagt, du sollst ihn Onkel nennen, gibst du mir sofort Bescheid, hat Mum immer gesagt.

Aber Nan hebt nur die Augenbrauen, als wüsste sie was, das ich nicht weiß, und drückt mir das Papier in die Hand.

Es ist mit Schreibmaschine beschrieben, wie 'ne offizielle Nachricht oder so.

27. Januar 1979. Baby Robertson. Totgeburt. Männlicher Fötus. Termingerechte Entbindung. Geburtsgewicht 7,8 Pfund. Dann noch ein paar Worte, die ich nicht verstehe.

Ich schaue Nan an. Männlicher was?

Damals war ich selber noch 'n Kind, sagt sie. Hab null Ahnung gehabt.

Ich kapier's immer noch nicht. Was heißt termingerecht?

Das heißt, es war alles okay, solange er in mir drin war. Aber als er rauskam, war er tot. Einfach so.

Du hast vor Mum schon mal ein Baby gekriegt. und es kam tot aus dir raus?

Sie nickt.

Wie sah's denn aus?

Weiß nicht, hab ihn nie gesehen, sagt Nan.

Was, nicht mal bei der Beerdigung?

Langsam schüttelt sie den Kopf. Die haben ihn mir einfach weggenommen, keine Beerdigung, nix. Hatte nicht mal 'n Namen.

Sie streicht das Papier glatt.

Allmählich glaube ich echt, Donna hat recht und der Alk ist Nan zu Kopf gestiegen. Rosie Shadbolts kleiner Bruder Cam kam nämlich auch tot zur Welt, weil er zu früh dran war, aber bei Rosie im Wohnzimmer stehen Bilder von ihm. Rosie durfte ihn sogar sehen, und Mum und Donna waren auf der Beerdigung. Und bei Rosie und ihrer Mum gibt's jedes Jahr an seinem Geburtstag Kuchen, als wäre er ein richtiger Mensch.

Ich schüttele den Kopf. Keine Beerdigung? Red doch keinen Scheiß. Wo ist denn sein Grab?

Keine Ahnung, sagt sie.

Aber er muss doch irgendwo liegen, Nan. Überleg halt mal.

Sie starrt auf das Stück Papier. Damals hat man so was nicht aufgeschrieben, mein Schatz. Die haben mir nur gesagt, dass er mit irgendwem zusammen begraben wurde, unten drunter, irgendwann. Deshalb weiß auch keiner, wo.

Aber warum denn, Nan? Kam er zu früh wegen dem Alkohol?

Da schaut Nan mich an, und wenn ich nicht wüsste, dass sie schon zwei Dosen Bier und einen Schnaps intus hat, würde ich meinen, sie wäre von jetzt auf gleich wieder stocknüchtern geworden. Hör mal gut zu, sagt sie, damals habe ich keinen Tropfen angerührt.

Damit streicht sie übers Papier, faltet es wieder zusammen und macht sich die nächste Dose auf. Bist ganz schön vorlaut, Missy.

Danach sitzen wir stundenlang auf dem Bett, und sie zeigt mir ihre Papierbilder. Die meisten sind unscharf und zerknittert, aber man kann Nan ganz gut erkennen, lächelnd und die Haare schön, mit Mum auf dem Arm, als sie noch klein war. Ja, sagt Nan, sie war immer schon 'ne Hübsche.

Auf einem anderen Foto lehnt ein großer Mann an einem komischen Auto, mit Hosen, die unten weit auseinandergehen, und so 'nem Strickoberteil ohne Ärmel. Das ist dein Opa, sagt sie. Totaler Autonarr.

Ganz unten in der Schachtel liegt ein winzig kleines, durchsichtiges Armband aus Plastik.

Wofür ist das?

Dreh's um, sagt sie.

Tatsache, auf der Innenseite steht was geschrieben. Baby Robertson, St. Mary's Hospital.

Das hatte deine Mum nach der Geburt an. Hab ich aufgehoben, sagt sie und greift nach dem Armband. Plötzlich fängt sie an zu weinen. Wo ist die Flasche, sagt sie.

Nach kurzem Stöbern in der Tüte finde ich den Wodka und gebe ihn ihr rüber. Sie schaut noch mal alle Fotos durch und summt dabei immer wieder leise, *Daaah da dah dah pahrampah pam pam.*

Ich schnappe mir unauffällig das Bild von Mum in dem weißen Kleid bei ihrer Kommunion, lege es mir unters Kopfkissen und kuschele mich ins Bett. Jetzt ist nur noch das Kissen zwischen uns, Wange an Wange. In dem Moment schaut Nan hoch, sieht sich im Schlafzimmer um und nickt. Wir müssen dringend mal alles in Ordnung bringen, sagt sie und klingt dabei irgendwie abwesend.

Sie meint wahrscheinlich das Chaos.

Schon okay, Nana, sage ich, geh ruhig schlafen. Ich räum morgen auf.

20

Gegen halb elf bin ich endlich in Warrington. Im Jilly's ist es so voll, dass ich mich zur Bar regelrecht durchkämpfen muss.

Mel und Jen sind schon da, mit einer Nachricht von Lise. Aurora ist verschwunden, sagt Mel.

Prompt rutscht mir das Herz in die Hose. War schon jemand bei ihrer Oma?

Nee. Ein Gefühl der Erleichterung überkommt mich. Okay, dann ist sie bestimmt dort, sage ich. Lise soll einfach die Tür eintreten, wenn's sein muss. Marie kann sich auf was gefasst machen.

In der Bar sieht's aus wie immer. Deena steht hinterm Tresen am Zapfhahn, am Tisch in der Ecke hockt die laut gackernde Truppe aus Crewe, und Harj liegt mal wieder mit irgend'ner Schnecke im Clinch. Sie nickt mir zu, und ich nicke zurück, lasse die Tür aber nicht aus den Augen.

Wir gehen nach hinten zu den Loungesofas, wo drei Mädels gerade kichernd ihren Sekt schlürfen; die mit dem brünetten Bob in dem weißen Ledermini ist ganz süß.

Nachdem wir die Damen samt Sektflasche verscheucht haben, setze ich mich hin, gegenüber von Jen und Mel, zwischen uns der Couchtisch. Die Girls aus Crewe ziehen sich Stühle heran.

Ich bin nur ganz kurz abgelenkt, da packt mich jemand von hinten und hält mir die Augen zu. Geistesgegenwärtig kriege ich eine Haarsträhne zu fassen und ziehe kräftig daran; im selben Moment segelt ein dunkelhaariges Etwas über meine Schulter und kracht mit voller Wucht erst in den Couchtisch und dann auf den Boden. Überall liegen Glasscherben, und mein Knie drückt der Trulla die Luft ab.

Aus dem Augenwinkel sehe ich, dass die Crewe-Girls aufgesprungen sind, ready to party.

Aber es ist nur Bambi, und ich lasse los.

Meine Güte, Donna. Mühsam steht sie wieder auf und fegt sich die Glassplitter von der Weste. Hast mir auch gefehlt, Süße.

Bambi und ich haben schon viel zusammen erlebt, aber manche Dinge lässt man lieber unerwähnt, und mehr sage ich dazu nicht. Man kann sich jedenfalls hundertpro auf sie verlassen, und das ist echt was wert.

Gibt Ärger, sage ich, quasi als Entschuldigung.

Sie quetscht sich neben mich aufs Sofa und wirft einen Blick in die Runde, dann schaut sie mich mit hochgezogenen Augenbrauen an.

Ich winke ab. Nee, die sind cool.

Als alle wieder sitzen, bringe ich das Gespräch auf die Boys.

Das Problem sind nicht nur Fats und Mad Daz, sage ich. Tony steckt knietief in der Sache mit drin, und zwar nicht erst seit gestern. Die wollen uns loswerden und unser Einzugsgebiet untereinander aufteilen.

Wir müssen ihn also irgendwie kaltstellen, fahre ich fort, aber es muss echt aussehen. Ein richtig fetter Deal, zu dem er nicht Nein sagen kann. Er soll die Ware irgendwo in der Pampa abholen, und da warten wir dann auf ihn. Aber – er darf auf gar keinen Fall auf den Trichter kommen, dass ich was damit zu tun hab. Und das wird er garantiert vorher abchecken, füge ich hinzu, der Typ hat nämlich einen Verfolgungswahn, wie er im Buche steht.

Izzie und die Girls aus Morecambe sollen uns da was organisieren, sagt Jen. Die haben paar Direktkontakte im Süden, in Jerez geht alles über die Grenze und über Paris nach San Sebastian, da holen wir's dann ab. Danach mit dem Schiff rauf nach Bindle Cove und dann auf der M6 wieder runter. Solide Route, gab bisher keine Probleme, das weiß Tony bestimmt auch.

Klingt zu einfach, gibt Sonn zu bedenken.

Das Ganze muss schon was hermachen, sage ich, damit er das Gefühl hat, dass es sich lohnt.

Mel bringt die neuen Elektroschockpistolen ins Spiel. Kriegt man in Bangkok schon für 'n Hunni das Stück, sagt sie, ganz ohne Schein.

Und in Zukunft gibt's nie wieder lebenslänglich wegen bewaffnetem Raubüberfall, sagt Jen. Gar nicht so blöd.

Oder Maschinengewehre, sagt Mel, Skorpions zum Beispiel. Die sind mit Gold nicht aufzuwiegen, Munition ist billiger als bei der MAC, und seit die Brummies die Lieferkette kontrollieren, kommt man bei uns kaum noch ran an die Dinger. Bedarf ist also da. Sie zuckt mit den Schultern. Auch wenn die Einbrecher jetzt alle auf Elektroschocker umsteigen, ab und an muss man doch noch jemanden abknallen, oder?

Guter Punkt.

Ich würde mich, was die Ware betrifft, ganz auf Izzie verlassen, sagt Jen. Die sorgt schon dafür, dass Tony keinen Verdacht schöpft.

Bleiben noch Fats und Mad Daz, sagt Mel.

Wenn der Angriff von zwei Seiten gleichzeitig kommt, braucht man 'nen verdammt guten Schlachtplan. Man will sich ja nicht unnötig Stress machen; wozu drauflospreschen, wenn man sich auch vorbeischleichen kann? Kriegsentscheidend ist, dass du weißt, was deine Feinde gemeinsam haben – und vor allem, was nicht.

Ich hab 'ne Idee, sage ich, ist aber ziemlich riskant. Sowohl die Darts als auch die Cheetahs wollen uns aus dem Weg räumen, wissen aber nicht, ob sie einander trauen können.

Also spielen wir sie gegeneinander aus, sagt Sonn.

Dann sind sie viel zu sehr miteinander beschäftigt, um auf uns zu achten, ergänzt Mel.

Ich nehme noch einen Zug aus meiner Colaflasche. Wie würde Tony wohl reagieren, wenn er wüsste, dass Mad Daz ihn verarscht hat?

Alle lachen.

Kann Tony sich ja in Zukunft um die Cheetahs kümmern, sagt Mel.

Und umgekehrt, sagt Sonn.

Klingt gut, sage ich. Gesetzt den Fall, wir sind dann alle noch am Leben.

Ein paar Stunden später, und der Plan steht.

So, die Aufgaben sind verteilt, meldet euch, wenn ihr so weit seid, sage ich. Und jetzt brauch ich erst mal ’nen Drink.

Als Jen zurückkommt, hat sie einen Pitcher Margarita in der Hand und ein paar Frauen im Schlepptau.

Suzy hier will dich unbedingt kennenlernen. Aus ihrem Mund klingt Suuuzyyy wie ein Kuss. Dann lächelt sie, als würde sie mir gerade was Süßes vorsetzen.

Suzy schwebt zu mir rüber. Knallrote Lippen, perfekter Amorbogen, Jessie J auf LSD. An ’nem anderen Abend hätte ich vielleicht mitgespielt, aber heute kann ich mich einfach nicht aufraffen. Der Stress macht sich langsam echt bemerkbar. Ich ringe mir ein Hallo ab, damit ich nicht unhöflich rüberkomme, aber man merkt mir wohl an, dass ich nicht bei der Sache bin. Nach ein paar Minuten zuckt Suzy jedenfalls mit den Achseln, flüstert Jen was ins Ohr und rauscht ab.

Noch ’ne Runde Margaritas. Bei dem süß-salzigen Geschmack muss ich an Carla denken. Was hat sie immer gesagt, eines Tages sitzen wir auf der Ladefläche von so ’nem Pick-up und fahren durch Mexiko, trinken Tequila Gold und schauen zu, wie hinter uns der Staub aufwirbelt, während die Sonne wie eine Blutorange über den Sanddünen hängt. Keine Ahnung, in welchem Film sie das gesehen hat.

Mel hält mir eine Benson hin. Bleibst du über Nacht?

Ich komme wieder zu mir. Logisch, trinken wir auf den Plan, sage ich und greife nach der Margarita.

Um drei Uhr früh sind wir beim dritten Pitcher, und vor Deena am Tresen warten schon die Shotgläser mit Tequila.

Plötzlich steht Suzy neben mir, und irgendwie sieht sie auf einmal viel besser aus als vorher, oder vielleicht bin ich auch einfach nur näher dran. Egal.

Ihr Mund bewegt sich, der rote Amorbogen wandert auf und ab, und ich lächele, obwohl ich bei der lauten Musik kein Wort verstehe. Dann nehme ich ein Shotglas und proste Mel zu, Auf das Ende.

Als Mel die Stirn runzelt, muss ich grinsen. Ihr Ende, Püppi, nicht unseres.

Als ich aufwache, ist es neun. In meinem Kopf dröhnt es, in meiner Schulter pocht es, mein Mund stinkt wie ein Frettchenkäfig, und neben mir im Bett besticht Suzy mit der gelungenen Imitation einer Tuberkulosepatientin im Endstadium. Unter uns macht sich jemand lautstark in einer Küche zu schaffen.

Ich ziehe meinen gesunden Arm unter Suzy hervor, rolle zur Bettkante und warte, bis das Schwindelgefühl nachlässt, dann stehe ich auf. Und muss mich gleich wieder setzen. Am Ende habe ich mir ’n Muskel gezerrt.

Carla grinst. *Weniger Akrobatik, mehr Liebe*, sagt sie.

Ich humpele zum Fenster, hebe das Fliegengitter hoch und werfe einen Blick nach draußen. Die Scheibe beschlägt geisterhaft von meinem Atem, und ich wische mit der Faust drüber.

Von hier oben kann man über die Höfe und die Gasse hinter den Grundstücken bis zu den Reihenhäusern in der Parallelstraße sehen. Ein Haus jenseits der Gasse hat Bretter an den Fenstern und ein Gitter vor der Tür, alles ein Werk der Stadt. Ein Sprayer hat sich auf den unteren Brettern ausgetobt, ein großes Herz in Trafalgar-Rot und quer darüber steht »Fuck Love«.

Daneben klebt grauer Schnee auf dem Dach von 'nem Schuppen, zwischen dem Stacheldraht und den Glasscherben, die hier überall die Mauern krönen.

In dem Moment fällt mein Blick auf ein Fenster drei Häuser weiter, wo ein kleiner Soldat, nicht älter als sechs, in Batman-Unterhosen auf dem Sims steht und mich beobachtet. Ein Schritt zu weit und er liegt unten im Hof. Wo ist denn seine Mutter? Hat er überhaupt eine? Da zeigt er mir den Stinkefinger.

Hinter mir dreht Suzy sich geräuschvoll um.

Ich lasse das Gitter sinken und greife nach meinen Klamotten. Zeit, sich vom Acker zu machen.

21

Ein Tritt auf den Kickstarter und ich bin wieder auf der A57.

Mein Arm fühlt sich komisch an, meine Hand kribbelt wie verrückt, und bestimmt fällt bald irgendwem auf, dass ich nach wie vor munter meine Runden drehe. Muss mich nur jemand im Jilly's oder in Warrington sichten, und dann dauert's nicht mehr lange, und Tony oder Daz wissen Bescheid.

Die Leute haben alle ein Brett vorm Kopf, hat Dad immer gesagt, je näher man rangeht, desto weniger sieht man. Deshalb kommt auch keiner drauf, am erstbesten Ort zu suchen, und spätestens als ich bei Mina vorfahre, weiß ich, was er damit gemeint hat.

Ich schleiche mich durch die Gasse in den Hof. Mina ist in der Küche, und ich stoße einen leisen Pfiff aus, damit sie weiß, dass ich's bin und sie keine Angst zu haben braucht. Nachdem sie mich reingelassen hat, sperrt sie hinter mir ab.

Dann umarmt sie mich, und ihr Haar duftet warm und hell, irgendwie nach Zitrone. Hätte nicht gedacht, dass ich mich bei ihr so sicher fühle.

Du bist ja ganz verschwitzt, sagt sie.

Sofort schiebe ich sie von mir, unsanfter als beabsichtigt, und setze mich an den Tisch.

Danach erzähle ich ihr alles bis auf die Geschichte mit Suzy, weil das hatte nix zu bedeuten und selbst wenn, geht es Mina nichts an. Außerdem will ich ihr nicht wehtun, wenn sie gekränkt sind, können die meisten Leute nämlich nicht mehr klar denken.

Ich zieh erst mal ins Lager, runter in den Keller, sage ich. So bin ich in der Nähe und verlier nicht den Überblick.

Gute Idee, sagt sie. Auf den Keller kommen die nie.

Die Ducati werde ich bei ihr im Schuppen verstecken, unter ein paar alten Umzugskisten. Dann soll sie überall verbreiten, dass ich mich auf Carlas neuem Bike abgesetzt habe. Allein beim Gedanken, dass diese Vollhonks sich wochenlang auf der Suche nach einer brandneuen roten Ducati mit Kennzeichen CAR 1 im Kreis drehen, muss ich grinsen.

Irgendwann, und ich weiß gar nicht genau, warum, erzähle ich Mina von Kim, aber sie muss mir versprechen dichtzuhalten. Sie nickt, und obwohl der Schmerz dumpf in ihren Augen aufflackert, sagt sie: Tut mir leid für sie.

Inzwischen fühle ich mich komisch, gleichzeitig heiß und kalt, am Ende kriege ich 'ne Grippe. Scheiße.

Mina sagt, ich soll die Jacke ausziehen, holt mir ein frisches Sweatshirt und fragt, ob ich ein Bier will.

Hast du Whisky? Oder Schmerzmittel?

Dann setze ich Wasser auf. Mina geht nach oben, kommt mit einem Blister Codein zurück und drückt mir zwei Tabletten in die Hand. Steck den Rest ein, sagt sie, ich besorg mir einfach neue. Danach holt sie eine halbe Flasche Grouse unter der Spüle hervor.

Ich mache einen Becher halb voll mit Whisky, gieße heißes Wasser drauf, tue drei Stück Zucker rein, um den Geschmack zu übertünchen, und nehme das Codein. Ich glaub, muss mich kurz hinlegen, sage ich.

Oben angekommen ist der Schmerz in meiner Schulter nur mehr ein Pochen, aber Schweißausbrüche habe ich immer noch. Als ich im Bad in den Spiegel schaue, glotzt mir ein käsiges graues Gesicht entgegen. Ich hebe die Arme, um mein T-Shirt auszuziehen, aber plötzlich wird mir schwindelig, und der Raum fängt an, sich zu drehen. Hätte wohl nicht auf nüchternen Magen Codein einwerfen sollen, vom Whisky mal abgesehen. Oder die Grippe hat mich inzwischen so richtig im Griff.

Ich halte mich am Waschbecken fest und begutachte meine Schulter im Spiegel. Die Haut rund um den Verband ist knallrot, sie spannt, glänzt und wirkt geschwollen.

Wenn ich draufdrücke, brennt es und ich muss beinahe kotzen. Angestrengt überlege ich, wo ich als Nächstes hinwollte, mit wem ich was ausgemacht hatte, aber irgendwie ist es an den Rändern auf einmal dunkel und klebrig, als bekäme ich keine Luft mehr.

Plötzlich stößt was gegen meine Füße und ich höre Minas Stimme. Jemand versucht, die Tür aufzumachen, aber ich stecke kopfüber zwischen Klo und Waschbecken fest, meine Fußsohlen drücken gegen die Tür. Inzwischen ist der Schmerz von meiner Schulter in Richtung Kopf gewandert und zehnfach schlimmer geworden.

Ich winkle die Beine an und gebe die Tür frei. Im nächsten Moment beugt sich Mina über mich, Meine Güte Donna, was ist denn passiert?

Ich ziehe mich am Waschbecken hoch. Mein Kopf fühlt sich an, als hätte mir jemand eins mit der Machete übergezogen.

Shit, keine Ahnung, sage ich.

Mina streicht mir die Haare aus der Stirn. Du hast dir auf dem Weg nach unten den Kopf angehauen, Süße, das gibt 'n hübsches Veilchen.

Ich werfe einen Blick in den Spiegel. Von meinem linken Auge ist nur noch 'n Schlitz zu sehen und über der Braue wölbt sich ein fettes Ei. Vorsichtig taste ich mein Gesicht ab, der Wangenknochen links glüht wie Feuer.

Fassungslos schüttle ich den Kopf. Erst in Ohnmacht gekippt und sich dann an der Kloschüssel den Rest gegeben. So was muss man erst mal hinkriegen.

Da ertönt hinter mir ein Geräusch, irgendwas zwischen Grunzen und Katze, der man auf den Schwanz getreten ist.

Ich werfe einen Blick über die Schulter. Minas Augen glänzen, und ihre Schultern zucken. Ich greife mir mit einer Hand ans Gesicht. Fuck, ich will nicht lachen, das tut weh, jaule ich.

Doch es ist längst zu spät. Ich halte mich an meinem Kinn und dem Waschbecken fest, sie hat die Beine überkreuzt und die Faust zwischen den Schenkeln, und wir kichern wie zwei Kids bei 'nem Furzwettbewerb. Alles, was fehlt, sind die Streichhölzer.

Nachdem wir uns beruhigt haben, zieht sie mich hoch, und wir setzen uns im Schlafzimmer aufs Bett. Hilf mir mal mit dem Sweatshirt, sage ich, ich kann nicht hierbleiben.

Auf einmal bin ich todmüde und lasse mich in die Kissen zurücksinken, Füße immer noch auf dem Boden. Sie tut es mir gleich, nimmt meine Hand, und wir starren an die Decke. Alles klar bei dir?, fragt sie.

Halbe Stunde später kommt sie mit dem Transporter wieder, parkt ihn in der Gasse hinterm Haus und hilft mir auf den Rücksitz. Das Codein zeigt langsam Wirkung, und von meinem Gesicht mal abgesehen bin ich fast wieder die Alte.

Göttin sei Dank haben wir getönte Scheiben, sagt sie.

Äh hallo, sage ich, die hab ich selber getönt. Was hat die Göttin damit zu tun?

Prompt geht das Gegacker wieder los, und Mina wird derart von einem Lachanfall geschüttelt, dass sie sich 'ne Decke überwirft. Wenn jetzt wer um die Ecke käme, wir wären geliefert.

Im Lager angekommen hilft sie mir aus dem Wagen und fängt an, die Kisten auszuladen. Ich ziehe derweil die Falltür hoch und lasse mit meiner gesunden Hand die Leiter runter, dann transportieren wir mit dem Flaschenzug die Kisten nach unten.

Im Versteck ist es kalt und still. Ich packe den Campingkocher aus und stelle ihn auf den Munitionskasten, dann breite ich auf der Steinbank den Schlafsack aus.

Da kannst du nicht drauf schlafen, sagt Mina. Die Bank ist so hart, du tust dir noch weh.

Sie hat recht.

Na dann komm her, sage ich, und lenk mich ab.

22

Ich bin schon früh wach und höre Nan eine Zeit lang beim Schnarchen zu. Dann stehe ich auf, ziehe mich an, bringe die Tassen in die Küche und hole ihre Geldbörse aus der Schublade. Bis auf ein Stück Geschenkband und zwei Busfahrscheine ist sie leer.

Ich gehe wieder nach hinten und setze mich aufs Bett.

Aufwachen, Nan.

Nan macht die Augen auf. Sie sind ganz geschwollen. Ja, mein Schatz? Was' los? Wie viel Uhr haben wir?

Neun. Du musst langsam mal aufstehen.

Mein Gott, ist ja noch mitten in der Nacht, brummt sie.

Hol dein Geld, Nan, wir müssen was einkaufen.

Einkaufen? Sie stützt sich auf die Ellbogen. Zwischen ihren Wimpern kleben Krümel. Warum bist du nicht in der Schule?

Ich gehe nicht mehr in die Schule, ich bin untergetaucht, sage ich.

Untergetaucht? Wo, im Planschbecken? Sie kichert.

Steh auf, Nan, sage ich, ich lass dir 'n Bad ein.

Dann gehe ich ins Bad und drehe die Hähne auf, finde aber nirgendwo was zum Reinkippen. Kurzerhand schnappe ich mir das Geschirrspülmittel aus der Küche, Apfel und

Himbeerblatt, und schnuppere daran. Riecht gut. Ich tue ein paar Spritzer ins Badewasser, und es fängt an zu schäumen, wie Magie. Dann mache ich im Wohnzimmer den Ofen an. In dem Moment ruft Nan aus dem Bad: Wo hast du denn das Schaumbad aufgetrieben? Riecht ja toll!

Im Schlafzimmer hebe ich die Klamotten vom Boden auf und ziehe ein frisches Paar Jeans und ein Sweatshirt aus dem Stapel neben dem Schrank, wo Mum alles sauber zusammengefaltet hat. So wie sie heute Morgen gemüffelt hat, ist Nan seit 'ner Woche nicht an den Sachen gewesen. Ich lege die frischen Klamotten aufs Bett und checke das Laken. Trocken.

Probeweise schnuppere ich kurz an meinem eigenen Ärmel. Ich habe keine Extrasachen mit, und wenn ich nicht riechen will wie Nan, muss ich heute noch waschen. Also ziehe ich alles aus, schlüpfe in eins von Nans sauberen T-Shirts und ziehe eine Strickjacke über, die mir bis zu den Knien geht.

Dann stopfe ich die dreckigen Sachen in die Maschine und gehe das Waschpulver suchen, aber die Schränke sind alle leer, bis auf das Complan. Also tue ich ein paar Spritzer Spülmittel ins Schubfach und schalte die Maschine an.

Im Wohnzimmer ziehe ich mir das T-Shirt über die Knie, weil es ist arschkalt, und schreibe Nan einen Einkaufszettel.

Mister Muscle
Bleiche
Waschpulver (das billigste)

Stromwertmarken
Brot
Milch
Tee
Eier
Würstchen

Nach kurzem Nachdenken schreibe ich noch Schokokekse dazu, aber ganz zum Schluss, falls das Geld nicht reicht. Dann radiere ich sie wieder aus, weil irgendwie wäre das egoistisch, Nan mag nämlich gar keine Kekse.

Während sie beim Einkaufen ist, räume ich die Küche auf und wische die Arbeitsflächen ab, alles, was Mum sonst gemacht hätte. Das Fenster geht auf den Hinterhof raus, wo Mrs Watsons gestreifte Katze gerade federleicht von der Mauer aufs Fenstersims gesprungen ist und mich jetzt durch die Scheibe anschaut. Ihre Augen sind braungelb und lieb, und ich muss an Sappho denken.

Aus der Waschmaschine duftet es. Als ich mich zu ihr umdrehe, bleibt mir fast das Herz stehen.

Hinter dem Sichtfenster ist alles weiß, und von den Klamotten ist nichts mehr zu sehen. Stattdessen sabbert aus dem Teil, wo der Schubkasten drinsteckt, der Schaum und tropft in dicken Flocken auf den Boden. Ich versuche, die Sauerei mit dem Geschirrtuch aufzuwischen, aber es kommt immer mehr.

Also ziehe ich den Stecker, mache einen Schritt zurück und überlege. Hilft nix, muss ich halt in der Spüle waschen. Als ich die Maschinentür aufmache, kommt mir ein Schwall entgegen, Wasser und Schaum, auf meine Füße, auf den Boden, überall. Wieso schäumt das so, ich habe doch nur einen winzig kleinen Spritzer reingemacht? Sollten die vorher mal auf die Packung schreiben.

Ich schleppe die Klamotten rüber zur Spüle, während das Wasser mir die Arme runterläuft und zwischen meinen Zehnen quietscht, dann hole ich ein Handtuch und lege es auf den durchweichten Teppichboden. Als ich fertig bin, sind meine Klamotten klitschnass.

Ich bin immer noch am Aufwischen, als sich Nans Schlüssel im Schloss dreht. Ich gehe ihr entgegen. Lieber sage ich ihr gleich, was passiert ist, bevor sie reinkommt und alles sieht. Sie steht mit ihren Einkaufstüten im Türrahmen. Neben ihr die zwei Micra-Frauen und ein Polizist in Uniform mit knisterndem Funkgerät.

Ach Nan, sage ich, was machst du denn?

Sorry mein Herz, die haben mir aufgelauert, sagt sie.

Die Micra-Frauen starren mich an, und ich muss echt daneben aussehen, in Nans altem T-Shirt und ihrer Strickjacke, patschnass und ohne Schuhe.

Setzen wir uns doch, sagt die Dicke mit einem Blick zu Nan. Sind Sie so nett und machen uns in der Zwischenzeit eine Tasse Tee, Mrs Robertson?

Nan geht in Richtung Küche, und ich kneife die Augen zu. Wenn sie die Waschmaschine und den Berg nasse Sachen in der Spüle und das ganze Wasser auf dem Boden sieht, kriegt sie bestimmt die Krise. Aber sie macht keinen Mucks. Man hört nur, wie sie das Wasser aufsetzt.

Die Micra-Frauen schauen mich immer noch an. Die

Alte hat kurze graue Haare, und erst denke ich, sie muss ja viel älter sein als Nan, aber ihre Haut ist so glatt und rosa und weich, vielleicht stimmt das ja gar nicht. Sie hat 'ne viereckige Ledertasche dabei, bisschen wie ein Aktenkoffer, und stellt sie neben sich auf den Boden. Ihre Schnürschuhe glänzen wie frisch poliert. Die andere ist so jung wie Mum, aber 'n ganz schöner Brummer und wirkt ziemlich nervös. Sie hat die Augen überall und sieht irgendwie fies aus.

Die Dicke steht auf und geht Nan in die Küche hinterher. Okay, die Sache ist gelaufen.

Ich lächele die Alte an. Sie lächelt zurück. Du bist ja ganz nass. Willst du dir nicht was anderes anziehen?

Ich kann schlecht zugeben, dass ich keine Klamotten habe, weil ich sie waschen wollte und Scheiße gebaut habe, oder? Passt schon, sage ich.

Die Alte sagt, sie heißt Christine. Ich nicke, aber so einfach mache ich's ihr nicht. Donna sagt immer, das ist ein uralter Trick, auf freundlich machen und seinen Namen sagen, damit der andere seinen sagt, ohne nachzudenken. Also presse ich die Lippen fest zusammen, damit bloß nichts rauskommt. Sie fragt mich noch mehr, aber ich antworte nicht, und irgendwann schaut sie sich nur noch im Wohnzimmer um und schreibt was in ihr Notizbuch.

Da kommt Nan mit der fetten Kuh aus der Küche, die das Schlafzimmer sehen will.

Nan schaut sie verdattert an. Wozu?

Und plötzlich kommt alles raus. Christine sagt, dass ich nicht zur Schule gehe und dass Nan das auch noch unterstützt. Dann guckt sie zu mir rüber.

Sie ist nicht mal angezogen! Was hast du heute gefrühstückt?, fragt sie mich.

Ich denke an das beste Frühstück, das ich je hatte. Damals war ich mit Nan und Mum und Harry, der nicht mehr bei Nan wohnt, in Blackpool. Wir haben da irgendwo übernachtet, und die Frau, der das Haus gehört hat, hatte winzige Haare am Kinn, und es gab dicke rosa Handtücher, aber Nan wollte, dass wir das mitgebrachte benutzen, damit wir nichts dreckig machen.

Würstchen, Eier und Speck, Tee und Toast, antworte ich. Vom Orangensaft sage ich nichts, das kommt sonst noch übertrieben.

Sie hat nichts zu essen im Haus, nur Alkohol, sagt die fette Kuh mit einem boshaften Grinsen, ich hab in der Küche nachgeschaut.

Mein Herz rast. Zeig doch mal, was du vorhin eingekauft hast, Nan, sage ich, die Würstchen und so. Aber Nan weicht meinem Blick aus, und ich habe plötzlich das Gefühl, in meinem Magen liegt ein Stein.

Ich gehe in die Küche. Die Einkaufstüte von heute Morgen steht auf dem Tisch, darin ein neues Sixpack Stella, eine Halbliterflasche Wodka, zwanzig Bensons und ein Twix. Nicht mal Milch.

Du kannst leider nicht hierbleiben, Aurora, sagt Christine. Pack deine Sachen, und dann bringen wir dich woandershin. Da bist du in Sicherheit.

Ich bin hier in Sicherheit, sage ich. Nan hat bestimmt nur den Einkaufszettel verloren. Hast du den Zettel verloren, Nan? Ist schon okay, sag's ruhig.

Nan schaut die beiden bloß an. Dann fängt sie an zu kreischen. Ich lass mir meine Kleine nicht wegnehmen!

Ich stelle mich vor sie. Ich geh nirgendwohin, sie braucht mich, sage ich.

Christine gibt dem Polizisten ein Zeichen. Er steht auf, holt ein Stück Papier aus seiner obersten Uniformtasche und liest vor. Irgendwas mit 'nem Befehl, Polizeischutz oder so. Ich fürchte, Aurora muss mitkommen, sagt er am Schluss zu Nan. Je weniger Aufhebens Sie machen, desto besser für das Kind.

Jetzt reicht's. Ich habe das Gefühl, ich muss langsam mal 'ne Ansage machen.

Nee danke, ich bleibe hier bei Nan. Von mir aus geh ich sogar wieder in die Schule. Nan kann sich locker um mich kümmern. Oder, Nan?

Vor lauter Geschluchze zittert Nan jetzt am ganzen Körper, aber sie nickt.

Ich will nicht zu Geetas Eltern, sage ich, da gefällt's mir nicht. Ich will hierbleiben.

Danach geht alles superschnell. Christine schnappt sich die Decke von Nans Sessel, wickelt sie mir um wie 'nen Mantel und sagt, ich soll meine Schuhe anziehen. In dem Moment dreht Nan durch und will der fetten Kuch eine reinhauen, doch der Polizist packt sie und schubst sie zu Boden. Da sehe ich rot und springe ihn von hinten an.

Hände überall. Ich trete wild um mich und erwische irgendwen am Bein.

Am Ende kriegt die Dicke mich zu fassen, und ich werde strampelnd zur Tür rausgeschleift.

Hinter mir höre ich Nan weiter kreischen, und im Haus gegenüber steht Mrs Watson im Türrahmen und glotzt. Ich versuche, Nan was zuzurufen, Keine Sorge, Nan, ich ruf dich gleich von Geeta aus an, aber es kommt nur ein Krächzen, und ich weiß nicht, ob sie mich gehört hat. Dann muss ich mit der Dicken auf die Rückbank, und wir fahren davon.

Im Auto legt die fette Kuh mir die Hand auf den Arm und will irgendwas sagen, da reiße ich den Mund auf und beiße so fest zu, wie ich kann. Sie schreit los, aber ich lasse nicht locker. Erst als sie mir einen Faustschlag verpasst, höre ich auf. Tut weh, aber hat sich gelohnt. Man kann die roten Zahnabdrücke deutlich auf ihrem Handrücken erkennen. Das gibt 'n Bluterguss.

Im großen Büro in der Sardinia Street fahren wir direkt in die Tiefgarage, und Christine hält neben uns in dem Micra. Ich klammere mich am Sitzgurt fest und steige nicht aus.

Okay, Geets Dad soll mich holen kommen, sage ich schließlich.

Die Dicke massiert sich immer noch die Hand. Während der Polizist versucht, meine Finger vom Gurt zu lösen und mich aus dem Auto zu zerren, funkelt sie mich an. Keine Angst, du kommst nicht zurück zu Geeta, sagt sie giftig.

Oben muss ich mich neben Christines Schreibtisch auf einen Stuhl setzen. Willst du was trinken?

Wo die fette Kuh mir eins übergezogen hat, tut's immer noch weh. Ich gebe ein verächtliches Schnalzen von mir.

Sie lächelt nur. Clever, Aurora. Wo hast du das denn her?

Bald kommt Geets Dad mich holen, und dann wird's euch noch leidtun, sage ich.

In dem Augenblick walzt die Dicke ins Zimmer und setzt sich hin. Sie wirft Christine einen Blick zu, dann schauen die beiden mich an.

Hör zu, Aurora, sagt Christine, du kannst leider nicht mehr zu Geeta. Wir müssen dich woanders unterbringen.

Mein Herz fängt wie wild an zu pochen, und ich habe das Gefühl, ich muss mich übergeben. War nicht so gemeint, sage ich schnell. Als ich gesagt habe, dass es mir bei Geet nicht gefällt. Ist echt voll okay da.

Tut mir leid, aber wir haben Angst, dass du wieder abhaust, wenn du dort wohnst. Und das können wir nicht riskieren.

Abhaust? Seit wann hat ein Besuch bei der Oma was mit Abhauen zu tun? Ich bin zu meiner Nan, weil mich sonst keiner wollte und sie die Einzige ist, die Mum genauso vermisst wie ich, das ist doch nicht dasselbe wie abhauen. Aber immerhin weiß ich jetzt, dass ich von Anfang an recht hatte. Hätte ich mal lieber die Klappe gehalten.

Ihr könnt mich alle am Arsch lecken, sage ich.

Danach hocke ich stundenlang da, während die beiden rumtelefonieren und mit irgendwelchen Leuten reden, die ich nicht kenne. Nein, gut, kein Problem. Ja, auf jeden Fall außerhalb. Nein. Gut, trotzdem danke.

Zwischendurch bringt eine Frau mir ein Sandwich mit Schinken und Gurke, eine Tüte Smoky-Bacon-Chips und eine Dose Lift. Ich rühre nichts an, könnte ja vergiftet sein.

Irgendwann werde ich müde und lege mich in der Ecke neben der Spielzeugkiste auf den Boden, werfe mir Nans Decke über und mache die Augen zu. Dann fällt mir ein, dass meine Füße ganz dreckig sind, weil ich doch keine Schuhe anhabe. Also ziehe ich die Beine an, sonst meinen die noch, ich bin ’ne Ranzratte.

Beim Einschlafen denke ich an Mum, an ihr weiches Gesicht beim Gutenachtkuss. Ich versuche, es mir vorzustellen, ihr Gesicht, aber irgendwie sehe ich es nicht im Ganzen, immer nur so winzige Teile, und je mehr ich mich anstrenge, desto weniger klappt’s. Auf einmal riecht es im Zimmer, als wäre sie da, und ich kriege plötzlich nasse Augen.

Als ich wieder aufwache, fühlt sich alles irgendwie taub an, und der Arm, auf dem ich gelegen habe, ist ganz steif. Christine hat sich über mich gebeugt und zuckt zurück, als ich die Augen aufmache. Ich hebe den Kopf.

Sie deutet auf einen Stapel asselige Klamotten auf dem Stuhl. Welche Schuhgröße hast du, fragt sie mit Blick auf meine Füße.

Ich soll die Sachen anziehen. Dann geht sie raus und kommt kurz darauf wieder zurück, aber nur, um ihre Handtasche zu holen.

Wo haben die die Klamotten eigentlich her? Riechen muffig, wie aus dem Macmillan-Laden in der Stadt, wo Mum manchmal rein ist, falls sie paar nette Sachen hatten. Sachen von toten Leuten, sagt Donna.

Vielleicht musste mal ’n anderes Mädchen hier aufs Amt und ist vor Schreck gestorben, und jetzt ziehe ich ihre Sachen an. Vielleicht hat sie ja das vergiftete Sandwich gegessen.

Die Jogginghose ist viel zu lang, ich muss also krempeln.

Das T-Shirt ist ausgebeult und voll ätzend. Ich will kein Shirt von 'nem toten Kind, deshalb lasse ich es zusammengefaltet auf dem Stuhl liegen und ziehe das Sweatshirt an, das war bestimmt nicht auf der Haut von dem toten Kind. Zum Schluss kommen dicke blaue, kratzende Socken.

Dann setze ich mich wieder auf den Stuhl und warte.

Christine kommt mit schwarzen Turnschuhen in der Hand zur Tür rein, von Gola – geht's noch? Kann nur hoffen, dass mich in denen keiner sieht.

Wenn du erst mal angekommen bist, kriegst du neue Sachen, sagt sie und reicht mir eine gammelige Winterjacke.

Im Micra muss ich wie ein Kleinkind auf den Rücksitz neben die fette Kuh, obwohl vorne gar keiner sitzt. Wir nehmen die Schnellstraße und fahren dann auf die M61. Da kommt ein Schild nach Stockport, beim Arndale fährt ein Bus nach Stockport! Aber als ich kurz davor bin, aus dem Auto zu springen, zieht rechts ein Laster vorbei und spritzt alles voll. Ich warte lieber noch 'n bisschen.

Inzwischen ist es fast dunkel, und wir fahren in Richtung Sale, Christine sitzt am Steuer. Ich war mal mit Donna in Sale, weil ihre reiche Freundin da 'n Rugbymatch hatte, arschkalt war's, und auf dem Matsch lag überall Eis. Danach waren wir in der Umkleidekabine, und ich habe von allen die Bobbel gesehen.

Unauffällig schiele ich in Richtung Tür. Der Knopf unter dem Fenster ist nicht runtergedrückt. Welcher Vollspast haut im Auto nicht mal die Kindersicherung rein?

Neben mir holt die Dicke ihr Handy raus, die ist also erst mal abgelenkt. Kann von Glück sagen, dass sie noch eins hat, meins haben sie mir ja gleich weggenommen, Diebstahl ist das. Sie merkt nicht, wie ich den Sitzgurt öffne. Loser.

Die nächste Ampel ist grün, und ich fange an zu beten. Mach, mach, mach.

In dem Moment schaltet die Ampel auf Rot, und mein Herz fängt an zu klopfen. Eine halbe Ewigkeit später wird das Auto endlich langsamer und kommt hinter dem Laster vor uns zum Stehen.

Ich kriege beinahe keine Luft mehr. Überall um uns rum sind Autos; wenn man einfach so rausspringt, fahren die einen glatt über den Haufen. Ich hole Luft. Wer nicht wagt, der nicht gewinnt, sagt Donna immer, und irgendwann habe ich sie mal gefragt, was das heißt. Das heißt, sei kein Hasenfuß, hat sie gesagt, mir einen Knuff verpasst und Mum zugelächelt, so was ist nämlich Ausgesprochen Unattraktiv.

Ich hole noch mal tief Luft und ziehe am Griff, trete die Tür auf, und raus bin ich, zwischen den Autos durch quer über alle Spuren auf die andere Seite der Straße. Dann sprinte ich los.

Donna wäre stolz auf mich.

23

Lautlos huschen wir über die Gleise. Beim Darts-Lager angekommen, kauern wir uns hin.

Izzie steckt ein Paar Kopfhörer in ihr Handy und reicht mir einen der Stöpsel. Dann tippt sie die Nummer ein.

Am anderen Ende wird abgehoben.

He, sagt Izzie ins Telefon, ich bin's wieder.

Hi, antwortet Tony. Okay, worum geht's?

Izzie zwinkert mir zu. Zwei Dutzend Kisten Feuerwerk. Zwanzig Wunderkerzen und zwei Raketen. Dreißig Böller sind auch noch drin, wenn du willst. Alles Eins-a-Ware.

Stille.

Im Hintergrund ertönt ein Geräusch, als würde eine Tür zuschlagen. Wart kurz, sagt Tony. Dann ist eine zweite Stimme zu hören, klingt nach Danny, aber wer weiß.

He, liegt ganz bei dir, sagt Izzie. Hab noch 'n anderen Abnehmer bei euch in der Nähe, falls du kein Interesse mehr hast.

Mit einem Mal klingt Tony frostig. Wer? Bingo.

Na ja, sagt Lizzie, ich muss schon diskret bleiben. Der Typ meinte jedenfalls, bei euch in der Gegend steigt demnächst 'ne Riesenfete, und da könnt's Engpässe geben. Ich bin scheinbar nicht die Einzige, bei der er war. Aber kein Stress, ich hab ihm gesagt, die Sachen sind reserviert.

Tausend extra und der Typ hat ’n Namen.

Izzie zieht hörbar die Luft ein. Keine Namen. Aber nur so viel – ihr kennt einander. Zweitausend, und ich weiß, wo er wohnt. Willst du das Zeug jetzt haben, oder was?

Man könnte eine Stecknadel fallen hören.

Okay, zweitausend für die Adresse, und wir haben ’nen Deal, sagt er.

Sweet, sagt Izzie. In ein paar Tagen weißt du Bescheid, wo und wann. Cash bei Lieferung. Preis wie gehabt. Frohes Knallen.

Die Adresse, sagt Tony.

Ach ja, sagt Izz. Und dann gibt sie ihm Dąz’ Adresse.

Nachdem sie aufgelegt hat, treffen sich unsere Blicke, und sie grinst. Entweder sind wir bald sehr reich oder sehr tot.

Ich persönlich zocke ja ganz gern mal, so bleibt’s immer spannend.

Wer nicht wagt, der nicht gewinnt, sage ich.

24

Nur damit eins klar ist: Angst habe ich nicht.

Als ich endlich wieder daheim im Viertel bin, ist es schon spät und keiner ist mehr unterwegs. Jenseits vom Park sieht man die hell erleuchtete Unterführung. In den Eingängen der Wohnblocks und hinter allen Fenstern brennt Licht. Draußen scheinen die Straßenlampen auf den Rasen und malen im Schneeregen verschwommene Kreise.

Ich habe den Verdacht, langsam kriege ich 'ne Blase am Fuß, weil die Turnschuhe zu groß sind und reiben. In einem Hauseingang setze ich mich hin und schaue nach. An der Ferse habe ich 'nen dicken Blutfleck, und am kleinen Zeh ist die Socke auch schon rot. Aber rumheulen bringt nix, also ziehe ich den Schuh wieder an.

Zu Nan oder Geeta traue ich mich nicht, weil da suchen die mich bestimmt als Erstes. Also gehe ich in Richtung Unterführung, mal schauen, wer da ist.

Von Tools oder Space ist weit und breit nichts zu sehen, dafür hängen an der Ecke rund um ein Auto 'n paar Jungs rum, die ich nicht kenne. Alle haben Kapuzen auf, und ich gehe mit gesenktem Kopf so schnell wie möglich an der Gruppe vorbei.

Ein Typ auf 'nem Fahrrad nickt mir zu, Alles klar?

Ich schaue auf den Boden. Klatschnass und um die Zeit noch unterwegs, sehe ich so aus, als wäre alles klar?

Das sage ich natürlich nicht laut, ich bin ja nicht bescheuert. Stattdessen gehe ich weiter.

Ein zweiter so: He Kiddo, wo willst du hin? Sollen wir dich mitnehmen?

Ich glaube, jetzt sollte ich mich langsam mal vom Acker machen, also renne ich los.

Ich nehme eine Abkürzung und rutsche auf dem Weg nach unten auf dem Gras aus. Hinter mir höre ich meine Verfolger, klatsch, patsch hallt es durch die Dunkelheit, bis ich kapiere, dass die Schritte zu mir gehören.

Am anderen Ende der Unterführung lehne ich mich zum Verschnaufen gegen eine Mauer. Draußen auf der Straße fährt langsam ein Streifenwagen vorbei, und ich gehe hinter einem Poller in Deckung, bis er wieder weg ist.

In dem Moment höre ich hinter mir ein Fahrrad bremsen. Irgend so 'n Bubi kommt neben dem Poller ins Schlingern und kippt fast um.

Ich stehe auf und will gerade wieder losrennen, nur sicherheitshalber, da schiebt der Typ seine Kapuze zurück, und ich sehe seinen Schal. Darts-Farben, aber ein Schal hat nichts zu bedeuten, sagt Donna.

Seine Augen sind dunkel und ernst. Bist du nicht die Kleine von Carla? Die suchen alle nach dir.

Vor lauter Erleichterung fange ich fast an zu heulen. Ja, weißt du, wo Donna ist?

Ich bring dich hin, sagt er.

Gemeinsam gehen wir zurück durch den Tunnel. Er schiebt sein Bike neben mir her. Wo ist sie denn?, frage ich.

Er gibt seinen Freunden am anderen Ende der Unterführung mit der Hand ein Zeichen. Keine Sorge, wir bringen dich schon zu ihr, sagt er.

Meine Ferse tut inzwischen so richtig weh. Ich muss joggen, um mit dem Typ Schritt zu halten, und der Turnschuh reibt dabei immer schlimmer. Ich frage, ob er zufällig ein Pflaster hat, aber ich habe den Eindruck, er hört mich gar nicht.

Im Auto setze ich mich nach hinten zwischen die anderen.

Der mit dem Rad bleibt draußen und steckt den Kopf zum Fenster rein. Hat wer 'n Pflaster?, fragt er und deutet mit dem Kinn auf mich. Sie blutet am Fuß.

Alle lachen auf einmal so komisch, und mir schnürt es plötzlich die Kehle zu, und mein Herz fängt an zu rasen. Da macht es klick, und die Zentralverriegelung ist drin.

Ich hab's mir anders überlegt, sage ich und strecke die Hand nach dem Türgriff aus, ich kann auch laufen.

Der Typ neben mir legt den Arm quer über meinen Schoß wie einen Sitzgurt und packt mich am Handgelenk.

Laufen? Doch nicht um die Uhrzeit, sagt er. Ist viel zu gefährlich.

Ich kriege kaum Luft, mit dem Kopf zwischen den Knien und einer Hand im Nacken, die mich festhält. Auf dem Boden des Autos liegen eine leere Chipstüte, Cheese and Onion, und eine Sandwichhülle aus Plastik. Von dem Geruch wird mir schlecht.

Eckenzählen bringt nichts, weil ich immer wieder durcheinanderkomme, und jedes Mal, wenn wir abbiegen, habe ich Angst, ich muss kotzen.

Eine halbe Ewigkeit später halten wir an, und ich darf den Kopf heben, aber bevor ich mich richtig umsehen kann, stülpt mir jemand ein Stück Stoff drüber. Stinkt nach Schweiß, wie 'n T-Shirt, das mal in die Wäsche müsste.

Dann werde ich aus dem Auto gezerrt und schlage mir an der Tür das Knie auf. Wenn ich das Donna erzähle, flippt sie garantiert aus. Die Typen tun mir jetzt schon leid.

Draußen stolpere ich erst mal, weil ich sehe ja nichts, wahrscheinlich der Bordstein. Einer von den Typen hat mich unterm Kinn gepackt und hält mir mit einer Hand den Mund zu. Er stinkt nach Aftershave.

Dann verliere ich einen Turnschuh.

Lass, sagt eine Stimme.

Spinnst du, eine andere.

Inzwischen ist der Untergrund eben und glatt, wie ein Weg. Vor mir geht eine Tür auf und plötzlich ist es warm, wir sind also drinnen. Ich werde eine Treppe hochgeschubst, und dann spüre ich so was wie Teppich unter meinen Füßen.

Plötzlich verpasst mir jemand einen Stoß nach vorne, und ich fliege beinahe auf die Fresse. Mit einem lauten Knall fällt hinter mir eine Tür zu, und ich höre, wie der Riegel vorgeschoben wird und jemand die Treppe runtergeht. Dann ist alles ruhig.

Ich bleibe erst mal stehen und warte ab.

Vielleicht soll das Ganze ja 'ne Überraschung sein, wie am Geburtstag, und wenn ich die Augenbinde abnehme, stehen alle da, mit Ballons und Torte und so. Dann verpetze ich den mit dem Aftershave auch nicht.

Unten ertönen Stimmen.

Ich ziehe mir das Stoffding vom Kopf und schaue mich um. Im Zimmer ist es fast dunkel, nur durch einen Spalt zwischen den Vorhängen und die Ritze unter der Tür kommt ein bisschen Licht.

Als ich an der Tür rüttle, ist sie natürlich abgeschlossen. Auf der anderen Seite wackelt der Riegel hin und her. Ich schiebe den Lichtschalter hoch, aber nichts passiert.

Also gehe ich zum Fenster und ziehe den Vorhang zurück. Der Mond ist rund und hell; dunkle Fetzen ziehen dran vorbei, müssen Wolken sein. Der Himmel ist pechschwarz, und überall funkeln kleine Sterne.

Innen vor dem Fenster ist so 'ne Art Netz mit kleinen Löchern im Draht, wie winzige Dreiecke. Als ich den Finger draufhalte, bleibt ein Abdruck. Der Schnee im Hof sieht matschig und grau aus, dahinter ist ein Sportplatz. In der Ferne kann man die Hinterhöfe von den Häusern auf der anderen Seite erkennen, und dazwischen machen Straßenlampen helle Pfützen in den Schnee.

Könnte überall sein.

Nach ein paar Minuten sehe ich besser, außerdem scheint der Mond ins Zimmer. Auf dem Boden liegt eine Matratze, komplett bezogen und mit *Peter Pan*-Bettdecke. Wendy, wie sie lachend rumfliegt und John mit seinem Zylinder.

Daneben auf dem Teppich liegen ein Malbuch und paar Stifte, für Kinder. Prüfend halte ich die Hand vor die Heizung. Sie ist an, und obwohl das Zimmer praktisch leer ist, komme ich mir vor wie in einem richtigen Haus, halt nur ohne Möbel.

Ich muss langsam mal aufs Klo und hämmere gegen die Tür. Keiner kommt.

Also setze ich mich auf die Matratze und ziehe den Turnschuh aus. Die andere Socke ist klitschnass vom Schnee, runter damit. Dann lege ich mich hin und ziehe mir Wendy bis ans Kinn. Obwohl es eigentlich nicht kalt ist, bin ich am Frösteln. Ist mir wohl in die Knochen gefahren, oder was Nan da immer sagt.

Ich weiß ja nicht, wem die Spielsachen gehören, aber er oder sie ist bestimmt bald wieder da und sagt mir dann, was hier los ist. Um mich abzulenken, denke ich an Wendy, wie sie mit John an der Hand durch die Gegend fliegt, am zweiten Stern links und dann immer geradeaus nach Nimmerland. Wie sie alles aufgegeben hat wegen Peter, sogar ihre Mum. Und dann schießt er sie mit dem Pfeil ab, und sie liebt ihn immer noch. Krass.

Plötzlich fällt mir alles wieder ein. Der Co-op. Dass ich mir gewünscht habe, die Kleine säße in 'nem Schuppen, nur weil ich sauer auf ihre Mutter war. Auf einmal weiß ich, warum ich hier bin, und ich bin selber dran schuld.

25

Als ich aufwache, bin ich total verschwitzt. An der Stelle, wo ich hingemacht habe, ist das Laken nass.

Da geht die Tür einen Spalt auf, und jemand kommt reingeschlichen. Im Licht aus dem Flur ist die Gestalt nicht richtig zu erkennen, und ich halte den Atem an. Man schleicht sich nicht in fremde Zimmer, sagt die Hexe immer, und wer so was macht, Führt Nichts Gutes Im Schilde. Mein Herz klopft so laut, als wäre ’ne Trommel drin.

Ich kneife die Augen zu, und in meinem Kopf singt der Little Drummer Boy, *Daaah da dah dah pahrumpah pum pum …*

Alles klar, mein Schatz? Frauenstimme, irgendwie hauchig.

Als ich eine Hand auf meiner Schulter spüre, ziehe ich die Decke noch fester um mich und robbe davon.

Daaah da dah dah pahrampah pam pam …

Sie stellt was neben mir ab.

Ich heiße Shantelle, sagt sie. Wenn du schön brav bist, darfst du bald wieder raus. Du brauchst keine Angst haben. Dann trägt sie was in die Ecke. Wenn du Pipi musst, benutz bitte das.

Als sie weg ist, mache ich die Augen auf. Neben dem Bett steht eine Dose Fanta und in der Ecke eine rote Plastikwanne. Will die mich verarschen?

Ich schlage das Malbuch auf. Ist echt was für Babys, das Kind, das vorher hier war, muss viel jünger gewesen sein als ich. Wofür es wohl eingesperrt war? Was kann ein so kleines Kind denn schon Schlimmes gemacht haben? Und wo ist es jetzt? Wie lange war es wohl da?

Auf einer Seite ist Dumbo abgebildet und ich muss an den Film denken, den Mum und ich letztes Weihnachten geschaut haben, On Demand, wie er um seine Mum geweint hat und ich selber ganz traurig geworden bin, obwohl ich damals gar nicht wusste, wie es ist, wenn deine Mum tot ist. Jetzt, wo ich älter bin, weiß ich, dass Traurigsein nichts mit Heulen zu tun hat, es kann auch einfach ein großes schwarzes Loch in einem drin sein, und vielleicht wäre Heulen sogar besser. Ich verstehe dich jedenfalls, Dumbo.

Wahrscheinlich muss ich hierbleiben, bis ich so richtig gebüßt habe, aber ehrlich gesagt weiß ich nicht, wie lange so was dauert. Ich denke an die ganzen schlimmen Sachen, die ich gemacht habe, aber es sind einfach zu viele, und wenn ich die letzten in meinen Kopf reingestopft habe, fallen die ersten schon wieder raus und ich muss von vorne anfangen. Außerdem weiß ich gar nicht, was inzwischen überhaupt noch als schlimm gilt. Wie auch, wenn ich noch nicht mal zur Beichte darf, obwohl sich seit zehn Jahren so viel Schlechtes in mir angestaut hat, dass ich bald platze?

Also fange ich mit was Einfachem an. Zum Beispiel habe ich Mum wegen dem Zehner und Mr Lowski angelogen.

Ich weiß aber nicht, ob das jetzt schlecht war, weil ich gelogen habe, oder gut, weil ich Space nicht verpfiffen habe, und sogar doppelt gut, weil Mum sich keine Sorgen machen musste. Wobei, danach hat sie sich wegen Mr Lowski Sorgen gemacht, also fällt das vielleicht doch wieder unter schlecht. Bleiben einmal gut und zweimal schlecht. Eigentlich fällt mir nur eine Sache ein, die wirklich von vorne bis hinten schlecht war – dass ich mir gewünscht habe, ein kleines Kind wäre in einem Schuppen eingesperrt. Pater Tom sagt: Man erntet, was man sät, außer, man geht beichten. Mum sagt, das ist wahrscheinlich Quatsch, manchmal kriegt man einfach die Quittung, aber man weiß vorher nie, wofür, alles Schicksal, deshalb schadet beichten auf gar keinen Fall. Lise redet immer was von Karma und fackelt Räucherstäbchen ab und Donna sagt, das ist alles bloß leeres Geschwätz und heißt am Ende nur, dass jeder kriegt, was er verdient. Deshalb bin ich jetzt wohl auch hier gelandet.

Die Beichte zählt aber nur, wenn man getauft ist. Ich wünschte, ich hätte das Kärtchen dabei, wo Pater Tom immer reinschreibt, wenn ich sonntags zur Kommunionstunde gehe. Vielleicht ist es dann nicht so wichtig, dass ich noch keine Taufe hatte.

Trotzdem weiß das Jesuskind bestimmt, wo ich gerade bin, weil Pater Tom sagt: Jesus sieht dich immer, egal wie gut du dich versteckst, deshalb muss ich's wenigstens mal bei ihm versuchen.

Ich nehme einen Stift. Hinten im Malbuch ist eine fast leere Seite, nur 'n paar Zeilen ganz unten, die reiße ich raus.

Liebes Jesuskind,
tut mir leid, dass ich mir gewünscht hab, dass das Mädchen in einen Schuppen kommt.
Bitte lass mich wieder nach Hause.
Viele Grüße, Aurora Grace

Grace ist mein Spezialname, den kriege ich von Pater Tom an meinem Ehrentag, aber das Jesuskind kennt den bestimmt schon. Ich finde ihn ziemlich doof, aber immer noch besser als Magdalena, so kann man nämlich auch heißen.

Dann falte ich den Brief zusammen und schiebe ihn unter die Matratze. Wenn Jesus alles sieht, kann er ja bestimmt auch durch eine siffige alte Matratze schauen.

Irgendwann höre ich jemanden die Treppe runterstampfen und danach ein Kratzen wie Metall auf Beton. Dann knallt eine Haustür zu, und wieder scharrt irgendwas Schweres aus Metall über den Boden. Jetzt kommen Schritte die Treppe rauf und ich flitze zurück zum Bett und drücke mich mit dem Rücken an die Wand.

Die Tür geht auf. Die Frau kommt auf mich zu.

Komischen Gang hat sie, sieht aus, als würde sie humpeln. Ich rolle mich zusammen.

Da bleibt sie stehen. Keine Angst, sagt sie. Ich bin's nur, Shantelle. Ich tu dir nichts. Hast du Hunger?

Ich schüttele den Kopf.

Willst du mit runterkommen, bisschen fernsehen?

Ich nicke.

Sie lächelt, und man sieht, dass sie hübsch ist, auch wenn sie humpelt.

An der Tür dreht sie sich um und streichelt mir übern Kopf. Na komm, sagt sie.

Ich gehe hinter ihr die Treppe runter. Die Haustür ist oben und unten verriegelt, dicke, fette Stahlkeile von links nach rechts.

Im Wohnzimmer schaut sie erst nach, ob die Vorhänge zu sind, dann deutet sie auf die Couch, Setz dich da hin.

Der Fernseher ist an, aber ohne Ton.

Sie gibt mir die Sky-Fernbedienung. Weißt du, wie die funktioniert?

Ich nicke.

Na, dann mach. Wir können schauen, was du willst.

Sie lächelt, ihre Augen sind nett. Auf Sky Plus läuft gerade *Crimewatch*, wenn du Lust hast.

Ehrlich gesagt habe ich keine, weil *Crimewatch* habe ich immer mit Mum und Donna geschaut, und jedes Mal, wenn irgendein Kinderschänder oder Vergewaltiger drankam, hat Mum die Glotze angekeift. Schau gut hin, Ror, hat sie gesagt und auf das Fahndungsfoto gezeigt, so sieht 'ne echte Drecksau aus. Bei solchen Typen musst du aufpassen.

Tja, leider lag sie da ziemlich falsch. Wenn der Typ mit dem Aftershave auch nur 'n bisschen geschielt oder 'n krummes Bein gehabt hätte oder fettige Haare und schlechte Zähne, ich hätte ihn sofort als Drecksau abgespeichert. Dann wäre ich jetzt nicht hier, sondern hätte mich sofort aus dem Staub gemacht.

Shantelle nimmt mir die Fernbedienung wieder ab und zappt durch die Kanäle. Wir könnten paar alte Folgen von *Skins* anschauen. Kennst du das?

Natürlich kenne ich das. Habt ihr nicht irgendwas mit 'ner guten Geschichte?, frage ich.

Am Ende bleibe ich bei *Law & Order* hängen.

Wenn er wiederkommt, musst du ganz schnell wieder rauf in dein Zimmer, sagt sie, sonst kriege ich Ärger.

Ich nicke.

Kurz darauf hört man draußen ein Auto, und Shantelle flitzt zum Fenster. Ich steuere in Richtung Treppe.

Keine Zeit, sagt sie und rückt die Couch vor. Versteck dich dahinter. Sei still. Er ist meistens ganz schnell wieder weg.

Ich krieche zwischen Couch und Wand und höre sie durch den Flur gehen. Dann dreht sich der Schlüssel von außen im Schloss, und die Tür geht auf.

Ich erkenne die Stimme sofort. Sei so lieb und mach uns 'nen Tee, sagt Daz. Drei Zucker für Tony, oder, Mann?

Ich muss gleich wieder weg, sagt dieser Tony, aber habt ihr 'n paar Kekse für mich?

Durch eine Spalte sehe ich Shantelle in die Küche gehen.

Fats nimmt nur einen Zucker, ruft Daz ihr hinterher. Setzt euch, Jungs.

Einer der Jungs lässt sich auf die Couch fallen. Er ist so schwer, dass ich kaum Luft bekomme. Mein Gesicht klebt an der Wand, ich habe Raufasertapete an der Backe und versuche, keine Panik zu kriegen.

In der Küche pfeift der Kessel.

Alles klar so weit? Wieder dieser Tony.

Ich bin dabei, sagt Daz.

Okay, dann ziehen wir die Sache gemeinsam durch und teilen uns Kosten und Lieferung. Aber nur du und Fats. Ich will nicht in Truppenstärke da anrücken und die Jungs vor Ort aufschrecken. Ich nehm Danny mit.

Nur ich und Fats, sagt Daz, kein Stress.

Sorry, alles bisschen kurzfristig. Kriegt ihr die Kohle zusammen?

Keine Sorge, sagt Daz, ich kümmere mich drum.

Kurz ist es still. Dann kommt Shantelle mit dem Tee aus der Küche.

Mit der Kleinen alles okay?, fragt Tony.

Ich halte vor Schreck den Atem an. Heiliger Strohsack, die meinen mich. Das Herz pocht mir in den Ohren, und meine Brust tut weh.

Shantelle setzt sich auf die Sofalehne und zieht die Füße an, bis die Spalte vor meinem Gesicht komplett verdeckt ist. Ich schaue mir ihre Schuhe an. Eine Sohle ist viel dicker als die andere und geformt wie bei ’nem Stiefel. Hat wohl wirklich was am Bein.

Läuft, sagt Daz. Haben sie nach Preston zu Tinys Frau und den Kids gebracht, wie du gesagt hast. Da ist sie in guten Händen.

Mir wird schlecht.

Tiny soll aufpassen, dass sie nicht abhaut, sagt Tony. Dauert nicht mehr lange, dann haben wir die Schlampe. Habt ihr was gehört?

Nee. Aber die Jungs sind dran, sagt Daz. Die finden wir schon.

Plötzlich bewegt sich das Sofa. Ich kriege endlich wieder Luft und kann den Kopf drehen.

Okay, bin dann mal weg, bis später, sagt Tony. Danke für die Kekse, Shantelle, ich nehm welche mit.

Ich schau mir noch mal das Auto an, damit am Sonntag auch alles funzt, sagt Daz. Komm, Fats.

Die Eingangstür geht auf und wieder zu. Dann taucht in der Spalte zwischen Sofa und Wand Shantelles Gesicht auf. Sie ist kreidebleich.

Okay Fräulein, ab auf dein Zimmer, bevor er zurückkommt.

Was haben die da vorhin gemeint?, frage ich sie. Nach wem suchen die?

Geht dich nichts an. Los, rauf mit dir, hopp hopp!

26

Als ich die Augen aufmache, fällt mein Blick als Erstes auf Sonn, die auf der Munitionskiste sitzt und mich schweigend beobachtet. Daneben steht Lise. Als ich mich auf die Ellbogen stützen will, zucke ich vor Schmerzen zusammen. Mein Kopf fühlt sich noch ganz benommen an vom Träumen. Ich beiße die Zähne zusammen und schwinge die Beine von der Bank, dann ziehe ich die Stiefel an. Ey, könnt ihr mich nicht einmal ausschlafen lassen?

Lise senkt den Blick. Rio verzieht sich in eine Ecke, Schwanz zwischen den Beinen – ein sicheres Zeichen, dass irgendwas nicht stimmt.

Was?

Die haben Ror, sagt Sonn.

Meine Eingeweide machen einen Satz. Wer?

Das Amt. Sie darf nicht mehr zu Geeta. Kaheesha haben sie auch nicht zu ihr gelassen.

Rio hat sich zusammengerollt und winselt die Wand an.

Der Hund soll die Schnauze halten, Sonn. Wo ist sie untergebracht?

Wir haben überall Bescheid gesagt. Irgendwer hört bestimmt bald was, sagt Sonn.

Wenigstens ist sie da in Sicherheit, gibt Lise zu bedenken.

Lise ist als Einzige von uns nie im Heim gewesen, und so ein Heim ist wie 'ne lahme Anekdote, über die man nur lachen kann, wenn man dabei war.

Sonn und ich schauen sie an. In Sicherheit, wiederhole ich. Im Heim? Auf welchem Planeten lebst du, Dorothy?

Findet raus, wo sie steckt, und fahrt hin, sage ich zu den beiden. Sie soll erst mal den Ball flach halten, wir holen sie da schon raus.

Und wie sollen wir das machen?

Auf einmal wird es eng in meiner Brust, und ich habe das Gefühl, gleich zu explodieren. Stattdessen schmeiße ich den Stiefel an die Wand. Fuck, was hast du dir dabei nur gedacht, Lise? Du solltest sie doch bei Marie abholen!

Lise sieht aus, als würde sie gleich in Tränen ausbrechen, und jetzt verliere ich endgültig den letzten Rest von Beherrschung. Geh mir aus den Augen, sonst fotz ich dir eine.

Als sie weg ist, setze ich mich hin und schüttele den Kopf, um wieder klarzukommen. Egal wie stark die Schmerzen sind, dieses Zeug nehme ich nicht mehr.

Geh mal 'n bisschen vom Gas bei ihr, sagt Sonn.

Pass du besser auf sie auf, grunze ich. Vor allem, wenn's um den Stoff geht. Lise im Skiurlaub, das hat uns gerade noch gefehlt.

Sonn greift in ihre Jackentasche und hält mir grinsend einen Schlüssel vor die Nase. Alles weggesperrt, sagt sie.

Sieh zu, dass die Geschichte die Runde macht. Ich will wissen, wo Ror ist, sage ich.

Jess, die Türsteherin vom Bluebird, schuldet mir noch was, sagt Sonn. Ihre Mum arbeitet in Miles Platting im Altersheim. Die kennt bestimmt wen, der was weiß.

Da bin ich mir nicht so sicher.

Wir brauchen mehr Leute in den Heimen und Ämtern, sage ich. Und zwar weiter oben, nicht bei den Bettpfannen. Man kann inzwischen nicht mehr einfach so für Infos bezahlen. Ist zu gefährlich. So was muss komplett durchorganisiert sein. Wenn einem heutzutage jemand die Scheiße wegräumen soll, kann man nicht riskieren, dass er seine eigene Schaufel mitbringt.

So 'ne Ausbildung kostet Geld, sagt sie.

Wenn die gute Jess sich bewährt, können wir ja mal darüber nachdenken, aber im Moment fällt mir niemand ein, den ich so sehr hasse, dass ich ihn zur Sozialarbeit nötigen würde, also lasse ich das Thema fallen.

Erzähl mir nicht, was wir alles brauchen, sage ich. Unternimm lieber was. Wir müssen Ror finden, bevor sie irgendwer in die Finger kriegt.

Dann ziehe ich mir die Schutzweste an.

Du kannst da nicht raus, sagt Sonn. Die warten doch nur auf dich.

Ich hebe den Deckel der Munitionskiste an und lade die Glock, dann stopfe ich mir noch ein Ersatzmagazin in die Tasche.

Egal was ich Lise oder Sonn alles vorwerfe, insgeheim weiß ich, dass die Schuld diesmal bei mir liegt. Ich hätte da sein sollen, ich hätte mir was überlegen müssen, ich hätte mich darum kümmern sollen, was mit Ror passiert. Aber

Fehlanzeige. Genau wie damals, als es auch kein Schwein interessiert hat, was aus Carla und mir wird. Am Ende geht alles immer wieder von vorne los, und man steht machtlos daneben und schaut zu.

Ich stiefele zur Tür. Aus dem Weg, schnauze ich Sonn an.

27

Bei unserer ersten Begegnung hatte Carlas Scheißbetreuer sie gerade im Schwitzkasten; sie mit dem Gesicht im Teppich, er mit einem Knie in ihrem Rücken. He, he! Halt still, halt still.

Sie wollte ihn anspucken, aber er hat ihren Kopf so brutal in den ätzenden braunen Flor gedrückt, dass ihr die Spucke aus dem Mundwinkel gelaufen ist und sie praktisch drin liegen musste. Trotzdem hat sie unbeirrt weitergemacht, und in dem Moment wusste ich, dass ich sie mögen würde.

Klingt übel, aber wir waren's damals nicht anders gewohnt. Wenn die Wichser einen endlich aufs Kreuz gelegt hatten, wurde man in ein leeres Zimmer gesperrt, ohne Decken und nur mit 'ner Matratze auf dem Boden, und durfte erst wieder raus, wenn sie sich beruhigt hatten, was manchmal ewig gedauert hat oder zumindest lange. Besonders kritisch war's am Ende einer doppelten Wochenendschicht, und wir haben immer gewettet, wer diesmal dran glauben muss. Keine Ahnung, was die damit erreichen wollten.

Jedenfalls liegt Carla gerade mit dem Gesicht nach unten auf dem Teppich, ihre Augen blitzen, sie tritt und spuckt um sich und windet sich wie ein Frettchen. Das wandelnde Herpesbläschen sitzt fluchend auf ihr und ruft verzweifelt nach Unterstützung aus dem Büro, während wir auf der Treppe hocken und uns die Show geben. Carla hatte schon damals irgendwas an sich … jedenfalls hätte ich mich in dem Moment am liebsten ohne Vorwarnung auf das Arschloch gestürzt und ihm von hinten eins übergebraten. Ich seh's immer noch vor mir, wie sie den Kopf zurückwirft und versucht, ihm eine Nuss zu verpassen, und ihre dicken dunklen Locken wippen so wild auf und ab, dass ich sie wie gebannt anstarre.

Inzwischen sitze ich auf der untersten Stufe, umringt von mindestens zehn anderen Kindern, die alle grölen, Hau ihn, hau ihn. Sie lässt es natürlich drauf ankommen, und er krümmt sich zur Seite, um ihr auszuweichen.

Dann steht er plötzlich hinter ihr, hat sie am Hals gepackt und zieht sie hoch. Ihr Kopf kippt nach hinten, und sie fängt an zu würgen.

Auf einmal ist sie nicht mehr am Spucken, sondern eher am Lallen, fängt an zu schielen, und ihr Mund klappt auf, während sie hilflos vor sich hin strampelt.

Also springe ich ihn von hinten an.

Mit einem Arm halte ich mich an seinem Hals fest und strecke die Finger nach seinen Augen aus, meine freie Hand bohre ich ihm, so tief es geht, ins Ohr, und die Beine habe ich um seine Hüfte geschlungen, damit er mich nicht abwerfen kann. Wahrscheinlich hat er nur vor Schreck losgelassen und deshalb noch beide Augen. Carla fällt jedenfalls nach vorne auf die Knie, und er torkelt rückwärts, mich immer noch auf dem Rücken. An die Wand denke ich erst, als ich vom Aufprall fast ohnmächtig werde, auf den Boden rutsche und mich frage, wo ich gerade bin, während irgendwas tonnenschwer auf meiner Brust landet. Ich versuche, Luft zu holen, aber es geht nicht; da packt mich jemand am Arm und zieht mich hoch, und im selben Moment nehme ich den besten Atemzug meines Lebens.

Komm, sagt Carla, wir haun ab.

Als wir endlich zum Kanal kommen, sind wir patschnass. Unter der Brücke lasse ich mich neben ihr auf den Boden fallen. Wir sind beide wie von Sinnen, aus unseren Mündern dampft es, und wir schnauben wie Wildpferde in dieser kalten, dunklen Nacht.

Dann legt sie sich auf den Rücken und schaut zu mir hoch.

Ihre Augen sind mir als Erstes aufgefallen, dunkle Karamellbonbons mit goldenen Sprenkeln, so wie der Stein, den Dad mir mal von ’ner Reise mitgebracht hat. Tigerauge, hat er gesagt und ihn zwischen den Fingern hin und her gedreht. Hast du schon mal so was Schönes gesehen?

Hatte ich nicht, aber dann kam Carla.

Jedenfalls musste ich damals unter der Brücke an das Tigerauge und meinen Dad denken und habe sie deshalb wahrscheinlich angestarrt wie der letzte Honk, weil, auf einmal hat sie gelächelt, und dabei ging ihre Lippe nach oben, und man konnte ihre Vorderzähne sehen. War mehr so ’n faules Grinsen, aber ultrasexy. Ein Zahn an der Seite saß leicht schief, und sie hat immer gesagt, wenn ich mal Geld habe, lass ich mir den machen, aber ich fand, dadurch sah der Rest nur noch perfekter aus. Wie's eben manchmal so ist.

Dieses Gesicht sehe ich jetzt vor mir, zarte Haut mit tiefschwarzen Sommersprossen – so niedlich, dass man sie zählen möchte. Irgendwas flackert in dem immer dunkler werdenden Raum zwischen uns auf und zieht mich nach Hause.

He, fahren wir doch nach Blackpool, sagt sie, Lichter gucken.

Ich schaue sie an. Sorry, sage ich, aber wie sollen wir da hinkommen?

Wieder dieses Lächeln. Ich schwöre, in unserer ganzen gemeinsamen Zeit hat Carla nicht gewusst, was *Wie* bedeutet.

Dir fällt schon was ein, hat sie nur gesagt.

Und so war's danach immer zwischen uns. Sie wollte was oder wollte was loswerden, und ich habe mir überlegt, wie. Ich hab's erledigt. Aber diesmal, Carla, weiß sogar ich nicht recht weiter.

Ist ein Kind mal im Heim, kann man's im Grunde genommen vergessen. Gegen die Leute in den Büros kommt man einfach nicht an. Und wenn man zum Schlag ausholt, drehen sie dir aus deinen eigenen Händen 'nen Strick, und je fester man draufhaut, desto schneller zieht sich die Schlinge zu. Das Amt hat für alles seine eigenen Geschichten, und man verheddert sich wahnsinnig leicht darin, und alles, was man sagt, gibt dem Ganzen noch Futter, bis man drin feststeckt wie in Zement und keinen Schritt mehr vorankommt. Der Scheiß kann einen schon zermürben, hat Dad immer gesagt.

Am Ende stehe ich doch vor Geetas Haustür. Manchmal könnte ich mich echt in den Arsch beißen, so berechenbar bin ich. Das stammt nicht von mir, hat Carla nur immer gesagt, wenn ich mich vor ’ner Spritztour auf Hochglanz gebracht habe. Sie hat sofort gewusst, wenn ich irgendwen im Visier hatte. Dabei habe ich mir immer eingebildet, ich wäre so mordskompliziert und unergründlich. Berechenbar?

Das heißt, du bist leicht zu durchschauen, hat sie gesagt.

Ist klar.

Kaheesha geht an die Tür. Als ich ihren Umriss durch das Bleiglas auf mich zukommen sehe, fängt mein Herz wie wild an zu pochen. Ey, was soll ich ihr eigentlich sagen? Dann macht sie auf, sieht mich da stehen und kriegt knallrote Bäckchen. Ich hab’s doch gewusst. Alles nur ’ne Frage der Zeit.

Sie führt mich den Gang runter, vorbei an einem Tisch mit gekrümmten Beinen und Spiegel und einem Stuhl, der viel zu niedrig aussieht zum Sitzen. Auf der einen Seite vom Spiegel stehen mehrere Fotos in dunklen Holzrahmen.

Alles hier ist aus Holz, aber he, kein Billokram. Die Sachen sind glatt und dunkel und glänzend, und ich würde am liebsten mit dem Finger drüberfahren.

Ich gehe Kaheesha hinterher, an zwei geschlossenen Türen vorbei. Die Holzböden sind frisch gebohnert, und das Licht, das durch die Bleiglastür fällt, spiegelt sich darin.

Am Ende des Ganges macht sie eine Tür auf, und dann ist auf einmal alles hell. Vor mir liegt ein riesiges Zimmer, und gegenüber, da, wo die Außenwand hingehört, ist nur Glas, von einer Seite zur anderen. Dahinter sieht man eine Terrasse, und dann kommt der Rasen mit ein paar Bäumen am Rand und einem coolen Klettergerüst in Blau und Orange daneben. Mitten im Garten steht eine Statue, drei halb angezogene Frauen, die eine Vogelschale hochhalten. Ich muss an Tony und seine Alte denken, unter der Fußgängerbrücke im Beton. Nett, wenn man sich so was in den Garten stellen kann.

Kaheesha macht den Kühlschrank auf, ein Monsterding, und holt die Milch raus. Dann stellt sie zwei Becher auf die Frühstückstheke. Kaffee?

Ich ziehe mir einen Hocker ran und setze mich. Auf der Arbeitsfläche liegen ein paar Blatt Papier, sie rafft sie zusammen und legt den Stapel zur Seite. Nur Arbeit, sagt sie. Ich nicke und schaue mich um.

Der ganze Raum ist L-förmig gebaut, die Küche an einem Ende, Sofa, Stühle und Bücherregale am anderen, und am Fenster steht ein fetter Tisch mit Kerzen und Blick in den Garten. An dem hätte das ganze Sale-Rugbyteam Platz.

Ich hab dem Sozialamt gesagt, dass sie bei uns wohnen kann, sagt sie mit dem Rücken zu mir und holt was aus dem Schrank. Wenn es sein muss, für immer. Das klärt sich bestimmt bald alles auf.

Ich nicke. Man merkt, sie hat keine Erfahrung mit ausweglosen Situationen.

Schweigend sehe ich zu, wie sie den Kaffee aus der Tüte in eine Stempelkanne kippt, ganz ohne Löffel. Als sie den

Glasbehälter in Richtung Fenster hält, um die Menge zu checken, schillern ihre Augen im Licht.

Sind die grün?

Sie gießt kochendes Wasser auf. Wie bitte?

Deine Augen. Schon eher ungewöhnlich, oder?

Ey, geht's noch? Was labere ich da eigentlich für 'n Scheiß? Habe echt nachgelassen.

Sie lacht, nicht laut, eher ein kurzes Hm-hm. Für jemanden mit brauner Haut, meinst du?

Ich beobachte sie genau und zucke dann mit den Schultern, Ja, schon.

Na ja, da wo meine Familie herkommt, gibt's das häufiger. Meine Großeltern sind aus Nordpakistan, an der Grenze zu Afghanistan. Aber denk dir nichts, du bist nicht die Erste, die fragt.

Und wo kommt Sanjay her? Meine Stimme klingt betont teilnahmslos, als ich seinen Namen sage.

Sie lächelt. Er ist Engländer, genau wie ich. Wir sind beide hier geboren. Sans Familie stammt aus Indien, ursprünglich kommt sie aus Karatschi. Wir haben uns in London an der Uni kennengelernt und sind wegen Sans Job hier raufgezogen.

Passt irgendwie zu ihr, dass sie Uni sagt und nicht Universität oder Studium. Wie lange seid ihr schon verheiratet?, frage ich.

Wir sind nicht verheiratet. Sie lächelt. Kann ich sonst noch mit Auskünften dienen?

Ich glaube, ihr höre nicht recht. Ihr seid nicht verheiratet?

Ist kompliziert, wir haben nicht die gleiche Religion. Außerdem muss man nicht unbedingt heiraten, finde ich.

So was habe ich ja noch nie gehört, und im ersten Moment weiß ich nicht, wie ich drauf klarkommen soll. Irgendwie ist mir das alles 'ne Spur zu hoch. Wenn Sanjay sie lieben würde, hätte er sie doch längst geheiratet! Hallo, *ich* würde die Alte heiraten, und das will was heißen.

Ihr hättet doch einfach im Standesamt heiraten können, sage ich und warte auf ihre Reaktion.

Diesmal lacht sie so richtig laut los.

Aber es hat nichts zu bedeuten, wenn man nicht dran glaubt, sagt sie. Ich meine, klar, als Christ träumt man natürlich von einer kirchlichen Hochzeit, oder als Moslem oder Hindu oder Sikh. Oder man geht aufs Standesamt, wenn einem wichtig ist, dass jemand über einen verfügt. Aber für alle anderen ist die Ehe doch vollkommen witzlos. Die Liebe wird dadurch ja nicht größer.

So habe ich das noch nie gesehen. Der Sinn des Ganzen war irgendwie nie ein Thema, geschweige denn, ob's überhaupt einen gibt. Dann wird mir klar, dass die Frau vielleicht einfach mehr weiß als ich. Und dann denke ich, so ein Scheiß, ich würde supergern über sie verfügen, und wenn sie nicht verheiratet ist, habe ich vielleicht sogar 'ne Chance.

Du glaubst also nicht an Gott?

Sagen wir so – ich halte nichts von religiösen Dogmen.

Ich weiß zwar nicht, was damit gemeint ist, aber es klingt toll. Ehrlich gesagt klingt alles, was aus ihrem Mund kommt, toll. Ich spiele kurz mit dem Gedanken, mich über die

Theke zu beugen und sie auf den Mund zu küssen, verkneife es mir aber und rühre stattdessen in meinem Kaffee. Wenn ich Ror da rausholen will, brauche ich deine Hilfe, sage ich.

In dem Moment klingelt das Telefon, und wir zucken beide zusammen. Kaheesha nimmt den Hörer ab und kehrt mir den Rücken zu. Wahrscheinlich Sanjay.

Im nächsten Moment dreht sie sich um, kreidebleich. Das Sozialamt ist dran. Ror ist abgehauen, und keiner weiß, wo sie steckt.

Ich versuche, ihr den Hörer abzunehmen, aber sie hebt die Hand und gibt mir ein Zeichen, still zu sein. Dann schaltet sie den Lautsprecher an und legt das Telefon zwischen uns auf die Theke.

Eine Männerstimme sagt, dass Ror auf dem Weg ins Kinderheim an einer Ampel aus dem Auto gesprungen ist. Hätte böse ausgehen können. Nein, nein, soweit wir wissen, ist sie unverletzt. Die Polizei ist eingeschaltet, und ob Kaheesha sich bitte melden würde, wenn Ror bei ihr auftaucht?

Ja natürlich, sagt sie.

Nachdem der Mann aufgelegt hat, stützt sie sich auf die Ellbogen und fährt sich entnervt durchs Gesicht. Ich würde mich am liebsten rüberbeugen, ihre Hände nehmen und mein Gesicht an ihres schmiegen. Meinen ganzen Körper an sie schmiegen.

Das ist doch ein Witz, seufzt sie. Welchem Sozialamt kommt bitte schön ein zehnjähriges Kind abhanden?

Sie hebt den Blick. Von wegen *In loco parentis*.

Ich starre sie an.

In loco parentis heißt an Eltern statt. Das ist Aufgabe der kommunalen Behörden, wenn ein Kind in ihrer Obhut ist. Die Eltern zu ersetzen.

Der war gut. Ganz ehrlich, ich kenne ein paar echt beschissene Eltern, aber alles ist besser als das Heim. Carla hätte sich gar nicht mehr eingekriegt. Ich muss jedenfalls ziemlich belämmert dreingeschaut haben, denn plötzlich fangen wir beide an zu lachen. Kaheesha hält sich dabei so süß die Hand vor den Mund, als wär's ihr peinlich, sich zu amüsieren, und ich habe sofort wieder weiche Knie.

Sie wird als Erste wieder ernst und schaut mich an. Ihre Wangen sind immer noch rot vom Lachen.

Jetzt mal im Ernst, Donna, wo könnte sie sein? Zu Hause? Bei Marie? Auf dem Weg hierher?

Sie hat gerade zum ersten Mal meinen Namen gesagt, und ich kann ihr nicht in die Augen schauen. Stattdessen schüttele ich den Kopf. Keine Sorge, Ror ist nicht blöd. Sie ist bestimmt auf der Suche nach mir.

Da klingelt plötzlich eins meiner Handys.

Sonn ist dran. Lass ich mich in Ruhe, sage ich, ganz Business. Ey, ich könnte überall sein.

Ich weiß genau, wo du bist, sagt Sonn mit einem Grinsen in der Stimme. Hör auf, mit deiner Muschi zu denken, und beweg deinen Arsch rüber. Du wirst hier gebraucht.

Ich werfe Kaheesha einen Blick zu, aber ich glaube, sie hat nichts gehört.

Danke auch, sage ich zu Sonn.

Damit würge ich sie ab und stecke das Handy ein. Sie hat

natürlich recht, jeden Moment könnte ein Streifenwagen vor der Tür stehen.

Also stehe ich auf. Ich muss los, sage ich. Keine Angst, ich find selber raus.

Sag Bescheid, wenn ich helfen kann, antwortet sie.

28

Seit ich denken kann, schleppe ich diese Finsternis mit mir rum. Ich glaube, das liegt bei meiner Mum in der Familie, aber sicher bin ich mir nicht. Manchmal spüre ich sie unter mir, als würde ich auf einem Drahtseil balancieren, und darunter ist nur ein kalter, düsterer Raum, ein Abgrund ohne Anfang und Ende; ein falscher Schritt und ich falle rein und bin weg. Manchmal liege ich deswegen nachts wach und höre die Gedanken sich anschleichen wie dunkle Schatten, während um mich rum alles schläft und draußen höchstens mal eine Katze aufjault oder ein Auto im Regen vorbeizischt. Deshalb muss ich ab und zu auch allein am Fluss unter der Brücke sitzen, während der Rest sich in der Canal Street die Kante gibt, aber ich habe dazu manchmal einfach keinen Nerv. Das ist doch nicht normal, hat Carla immer gesagt.

Also habe ich sie mal gefragt, Was ist denn normal?

Sie hat mich komisch angeschaut und mit den Schultern gezuckt.

Wenn man nicht fragen muss, was normal ist, hat sie gesagt.

Im Dusty's ist schon gut was los, überall Schwarz und Rot mit weißen Ledersofas dazwischen und einer PVC-Bar, aus den Sechzigern oder so, irgendwas mit Geschichte halt.

Trotzdem ist es um die Uhrzeit noch relativ ruhig. Gerade habe ich's mir mit einem Red Stripe und einem Tequila-Shot gemütlich gemacht, da rammt mir plötzlich jemand seinen knochigen Ellbogen in die Rippen. He Donna, alles klar?

Maeve. Ein Strich in der Landschaft, Abtropfgewicht keine vierzig Kilo. Auf den ersten Blick sieht sie aus, als würde die nächste Windböe sie umpusten, aber die Kleine ist fit wie 'n Fleischerhund und locker dreimal so schnell. Wenn wir abends unterwegs sind, geht sie jedes Mal ab wie 'n Flummi, und ihre Rechte ist gefürchtet. Letzten Sommer hat sie beim Great North Run mitgemacht, und ich bin mit Carla und noch 'n paar anderen extra rüber nach Hexham gefahren, zwei Autos und ein Transporter, nur um dabei zu sein, wie Maeve über die Ziellinie keucht. Rippen wie Trittbretter und flach wie 'ne Flunder, bis auf die Stellen, wo die Knochen rausstehen. Unter uns, attraktiv ist das nicht.

Da schau, hat Carla damals mit spöttischem Blick gesagt, der lebende Beweis, dass Laufen dem Menschen nicht guttut.

Der einzige Sport, für den Carla sich erwärmen konnte, war Tanzen. Oder Sex. Und ab und an konnte sie ganz schön fies sein.

Um sich still und leise zu verdrücken, ist es zu spät. Wie geht's dir, Maeve, sage ich. Ganz ehrlich, mein Interesse hält sich in Grenzen.

Maeve hat beim Training scheinbar irgend'ne Studentin aufgerissen, die jetzt beim Eingang steht und auf Action aus ist. Aus reiner Höflichkeit werfe ich einen Blick in Richtung Tür, wo ein hübsches kleines Ding mit blondem Wuschelkopf an der Wand lehnt. Puppenfrisur, Puppenkleidchen, Puppenlächeln und an den Füßen Jimmy Choos. Ich muss sie nur anschauen, und mir reicht's.

Beim Thema Schuhe kenne ich mich aus, weil Lise immer damit ankommt. Ständig schneidet sie Bilder aus der *Heat* aus und hält sie mir unter die Nase, um mich dran zu erinnern, dass sie bald Geburtstag hat. Vielleicht kaufe ich ihr nächstes Jahr mal ein Paar. Die blonde Puppe tut jedenfalls gerade so, als würde sie was in ihrer Tasche suchen, aber man merkt, dass sie uns beobachtet. Und sie ist auf jeden Fall hetero. Ich gebe Shauna hinter der Bar unauffällig ein Zeichen, noch ein Shot, aber diesmal 'n großen.

Lass mal, Maeve, sage ich, ich hab keinen Bock auf Stress. Außerdem trauere ich.

Maeve schaut mich an, als hätte ich nicht mehr alle Tassen im Schrank, und da werde ich ungehalten. Heute nicht, okay?

Sache ist die, manche Heteroweiber machen mich einfach wahnsinnig. Gehen automatisch davon aus, dass wir auf sie abfahren, nur weil wir Lesben sind und sie zufällig Frauen. Ich weiß oft gar nicht, ob ich mich geschmeichelt fühlen soll oder angegriffen. Wenn wir nur halb so viele Mädels abgreifen würden, wie uns immer unterstellt wird, wäre die Menschheit wahrscheinlich längst ausgestorben. Es ist echt zum Kotzen. Wobei, als Hete ist man auch nicht gerade zu beneiden. Heutzutage einen Mann zu finden muss in etwa so sein, als müsste man aus 'nem Eimer Scheiße mit den Zähnen einen Diamanten fischen.

Das eine sind die, die nur hetero waren, weil sie nicht wussten, dass es auch anders geht. Eines Tages steht es dann vor ihnen, das Andere, und sie wissen gar nicht, wie ihnen geschieht, und fangen von heute auf morgen ein neues Leben an. Gegen die habe ich nichts. Nein, was mich aufregt, sind diese College-Tussis, die in einer Tour nur über ihre Se-xu-ali-tät nachdenken und einem weismachen wollen, dass sie einfach noch nie die Gelegenheit hatten, okay, bis auf das eine Mal im Internat, I kissed a girl and I liked it. Und wow, jetzt lerne ich auf einmal Dich kennen. Bei denen zieht man am besten gleich die Notbremse.

Problem ist, die zwei Typen sind auf den ersten Blick nicht zu unterscheiden, und während man noch am Grübeln ist, wird man schon gnadenlos angebaggert, egal wie heftig man abblockt. Ich schwöre, selten so was Ungeniertes erlebt wie 'ne Heterofrau, die auf ein Abenteuer aus ist. Irgendwann gibt man dann nach, weil inzwischen kann man sowieso nicht mehr klar denken, und he, ich bin auch nur 'n Mensch. Und wenn der Punkt erreicht ist, an dem es kein Zurück mehr gibt, ist die Alte plötzlich auf und davon, Schweinsgalopp-Style, und man sieht in der Ferne bloß noch den Staub aufwirbeln. Es liegt nicht an dir … Ich glaub, ich kann das einfach nicht … Ach? Echt nicht? Warum sagst du das denn nicht vorher? Irgendwie fühlt man sich danach so benutzt. Schmutzig. Die Geschichte muss natürlich beim nächsten Elsenabend herhalten oder noch schlimmer, sie wird irgend 'nem Pisser gepresst, um ihn heißzumachen. Ja weißt du, ich hab's fast mal mit 'ner Frau gemacht und es war echt cooool. Hör mal zu Schwester, nur unter Babylesben und zahlenden Mitgliedern im Klub der Grenzdebilen gilt eine wie du als Herausforderung. Also, Lektion Nummer eins im ultimativen Ratgeber für intelligente Lesben: keine Heten.

In dem Moment taucht Kaheeshas Gesicht vor mir auf, und ich habe endgültig zu viel. Verpiss dich einfach, sage ich zu Maeve.

Dann kippe ich den Shot und schaue zu, wie das Licht sanfte Schatten an die Wand wirft und Mädels mit Cocktails in Glitzerminis auf der Tanzfläche die Hüften schwingen. Dabei stelle ich mir vor, wie ich Tonys Fresse zu Brei schlage; das Blut spritzt nur so durch die Gegend, und ich fühle mich prompt besser.

Inzwischen geht im Dusty's die Post ab, an der Bar gibt's die ersten Tumulte, und man hört kaum was von seinen eigenen Gedanken. Mel bemerke ich erst, als sie schon vor mir steht mit ihren eins fünfundachtzig und Augen, die tanzen wie Kornblumen in der Sonne.

Pass besser auf, Süße, sagt sie grinsend. Ich hätte sonst wer sein können.

Ich verpasse ihr einen Knuff. Nach dir habe ich gesucht, sage ich.

Gegen elf bin ich wieder im Lager. Gerade will ich mich auf die Bank legen und mir die Decke übern Kopf ziehen, da ertönt von oben ein krachendes Geräusch, und dann geht die Lagertür auf. Diesmal sind Stimmen zu hören, und ich weiß sofort, zu wem sie gehören.

Mit einem Satz bin ich auf den Beinen, stelle die Leiter weg von der Falltür und hetze rüber in den Bunker, dann ziehe ich die Stahltür hinter mir zu und sperre ab. Woher wussten die, dass ich hier bin?

Ich schnappe mir eine Handvoll Munition aus der Kiste, krieche durch die Luke nach oben in Richtung Kanal und schließe wieder ab, dann geht's durch die Zwischendecke und ab in den Tunnel.

Hoch über mir wölbt sich das Gemäuer wie in einer Höhle, und ich muss an die Blue-John-Minen denken. Neben mir an der Wand verläuft ein Sockel, vielleicht zwei Mauerziegel breit, der zu einem schmalen Pfad führt. Einen Fuß vor den anderen taste ich mich daran vorwärts, unter mir fast schwarz das Wasser, keine Ahnung, wie tief. Als der Pfad erreicht ist, renne ich los, meine Schritte hallen durch die Dunkelheit.

Irgendwann komme ich zu einer eisernen Wartungsleiter und klettere in Windeseile daran hoch. Als ich oben an der Türklinke rüttele, ist sie von außen abgesperrt. Fuck, fuck, fuck. Also wieder runter; keine zweihundert Meter weiter kommt neben einem Kanaldeckel eine zweite Leiter.

Ich klettere bis ganz nach oben und halte mich an einer Sprosse fest. Dann ziehe ich an dem eisernen Griff über meinem Kopf, der Kanaldeckel löst sich, und ich drücke mit aller Kraft dagegen. Das Ding ist tonnenschwer, aber nach ein paar Minuten habe ich's geschafft, und der Deckel lässt sich ein Stück weit verrücken. Ich zwänge die Hände durch den Spalt und schiebe weiter. Irgendwann bin ich draußen.

Ich wuchte den Kanaldeckel zurück an seinen Platz und mache ihn fest.

Da ertönt ein Geräusch, und ich blicke auf. Ein paar Meter weiter schwankt ein Penner mit 'ner Dose Foster's wie ein Rohr im Wind.

Er winkt mit der Dose. Alles klar?

Ich hebe die Hand, senke den Kopf und versuche, mich im Schritttempo davonzumachen, am besten ohne verdächtig laut zu schnaufen.

An der nächsten Hausecke nehme ich die Beine in die Hand.

29

In der Sacred-Heart-Kirche ist es totenstill und nicht viel wärmer als draußen, aber immerhin bin ich im Trockenen. Die Laternen an der Decke tauchen den Mittelgang in ein dumpfes, dämmriges Licht.

Aus dem Augenwinkel sehe ich eine Frau mit einer Decke, die an ihr aussieht wie ein Umhang, wild mit den Armen rudern und sich in einer Art Zeichensprache mit einem Bleiglasfenster unterhalten. Jesus schaut auf sie runter, auf dem Schoß lauter kleine Kinder. Ringsum an der Wand liegen oder lehnen in Decken gewickelte Gestalten.

Pater Tom steht am Altar, einen Parka über der Lederjacke und die Mütze tief ins Gesicht gezogen, und fummelt an der Teemaschine rum. Auf dem Weg nach vorne stolpere ich über ein Lumpenbündel und ernte ein wütendes Grunzen.

Pater Tom hebt den Blick und lächelt. Ah, Donna.

Er hebt den Deckel von einem Blechbehälter an. Pakora, nimm dir ruhig, sollten noch warm sein.

Dann widmet er sich wieder der Teemaschine. Der Scheißhahn lässt sich einfach nicht aufdrehen. Kannst du's mal versuchen?

Der Hahn sitzt ziemlich fest, aber er bewegt sich. Im nächsten Moment kommt mir zischend eine Dampfwolke entgegen, und ich drehe ihn behutsam wieder zu.

Pater Tom wischt sich die Finger an der Jeans ab und schüttelt den Kopf. Du hast eben magische Hände, sagt er und grinst. Willst du ’n Tässchen?

Hinter mir regt sich auf einmal was, und ich werfe einen Blick über die Schulter. Die schemenhaften Lumpenhaufen haben sich ratzfatz in eine schweigende Menschenschlange verwandelt, und es stinkt bestialisch.

Nachdem alle was zu essen und zu trinken haben, wird es ruhig, und Pater Tom macht sich wieder an der Teemaschine zu schaffen. Carla sagt, so läuft das bei ihm, man kann ihm praktisch alles erzählen, und er nimmt’s gelassen, aber direkt fragen tut er einen nie. So hat man immer das Gefühl, dass man die Sache selber in der Hand hat, und gerät nicht unter Druck. Er setzt sich auf die unterste Stufe der Kanzel und klopft auf den Platz neben sich. Ich quetsche mich mit meinem Tee dazu.

Freundin von mir muss vielleicht eine Nacht hierbleiben, sage ich. Im Mittelgang dreht sich die Frau mit dem Umhang mit ausgestreckten Armen im Kreis.

Er pustet auf seinen Tee und nickt. Ist ’ne Kirche, sagt er. Unsere Tür steht immer offen.

Danke, werd ich ihr sagen.

Er lächelt und deutet in eine Ecke. Da hinten liegen Decken und Jacken.

Mit einem Knall fällt in der Finsternis die Tür zu, und ich fahre zusammen. Aber ist nur ’n Penner.

Pater Tom schaut mich mit zusammengekniffenen Augen an. In der Sakristei wär's für deine Freundin vielleicht sicherer, sagt er. Hier sind manchmal die seltsamsten Leute unterwegs.

Auf ein Zeichen folge ich ihm nach hinten. Ich kann Ihnen aber nicht sagen, was los ist, sage ich.

Er wirft mir 'ne Decke zu und rollt mit den Augen. Gott ist genügsam, grinst er.

Die Wände der Sakristei sind holzgetäfelt, es riecht nach neuem Teppich und altem Holz, irgendwie muffig. In der Mitte steht ein fetter Schreibtisch, dahinter ein Sessel und ringsherum an der Wand lauter Bücherregale. Mein Blick fällt auf den Einbauschrank und das winziges Waschbecken in der Ecke; danach auf eine zweite Tür mit Schloss gegenüber. Pater Tom greift nach den dicken, viereckigen Polstern auf dem Sessel und legt sie nebeneinander hinter dem Tisch auf den Boden. Dann nimmt er mir die Decke ab und wirft sie darüber.

Er deutet auf die Tür. Da geht's in Richtung Küche. Wenn du verschwinden musst, geh den Gang runter und dann links durch den Gemeindesaal.

Als er weg ist, werfe ich einen Blick in den Schrank. Kistenweise Faltblätter, Regenmantel und Schirm, ein schwarzer Umhang auf einem Kleiderbügel und ein dreckverkrustetes Paar alte Bikerboots. In einem schwarzen Döschen liegen zwei weiße Stehkrägen, gestärkt und gebügelt. Auf einem Bord steht ein Teekessel, daneben eine Büchse mit Instantkaffee und vier Tassen, Zucker und ein leeres Milchkännchen.

Ich rolle den Regenmantel zum Kissen zusammen und mache das Licht aus. Es ist stockfinster. Langsam taste ich mich durch den Raum, sinke auf mein Polsterlager und ziehe mir die Decke ans Kinn.

Plötzlich spüre ich eine Hand auf meinem Schienbein. Wie vom Blitz getroffen, fahre ich hoch und schicke meinen Besucher beinahe auf die Matte. Jesus Maria!

Diesmal nicht, sagt Pater Tom. Ich bin's nur.

Obwohl er direkt vor mir kniet, kann ich seine Umrisse in der Dunkelheit kaum erkennen. Entschuldigung.

Er macht das Licht an. Ich hatte vorhin Besuch, sagt er.

In Sekundenschnelle bin ich auf den Beinen. Mein Herz rast. Von wem?

Drei Männer Mitte zwanzig, vielleicht auch dreißig, alle weiß. Der, der geredet hat, klang wie einer von hier. Wollten wissen, ob ich dich gesehen hab.

Mein Herz macht einen Satz. Und was haben Sie gesagt?

Dass ich dich gestern gesehen hab, stimmt ja auch. Keine Angst, die wissen nicht, dass du hier bist – danach haben sie nämlich nicht gefragt. Dachte nur, ich sag dir Bescheid.

Ich mache mich daran, meinen Kram zusammenzusuchen. Danke. Ich hau lieber ab.

Heute Nacht kommen die bestimmt nicht wieder. Trink lieber in aller Ruhe 'ne Tasse Tee mit mir. Schlimmer geht's immer.

Ich schaue ihn an, aber er meint das scheinbar ernst.

Später hocken wir auf den Stufen zur Kanzel und warten,

dass die Teemaschine aufheizt. Bis auf die schlafenden Lumpenhaufen unter den Bleiglasfenstern und an den Seitenwänden ist die Kirche wie ausgestorben. Nicht mal die tanzende Frau ist mehr wach.

Nervt Sie das nicht manchmal? Ich deute in Richtung der schnarchenden Bündel auf dem Boden. Ich meine, das stinkt doch wahnsinnig. Wie halten Sie das aus?

Er zieht ein kleines grün-blaues Töpfchen aus der Jackentasche und hält es mir hin.

Wick Vaporub. Tupf ich mir unter die Nasenlöcher, wirkt Wunder. Ich riech jedenfalls nix mehr. War ein Tipp von Manny Berman aus Gorton. Du weißt schon, der Bestattungsunternehmer.

Beim Gedanken an den kalten, sterilen Geruch aus dem Sarg dreht sich mir der Magen um.

Er reicht mir den Tee.

Ein paar Minuten sitzen wir schweigend da, dann hole ich tief Luft. Ich muss langsam mal los.

Er schaut zur Tür. Wie sieht's da draußen im Moment so aus?

Finster, sage ich. Und es stürmt ziemlich, fürchte ich.

Er holt einen Flachmann aus seiner Brusttasche und deutet auf meine Tasse. In so 'ner Nacht kann ich dich nicht schutzlos da rauslassen.

Damit kippt er erst mir und dann sich eine klare Flüssigkeit in den Tee. Die Milch gerinnt, aber beim ersten Schluck wird mir warm, meine Augen fangen an zu tränen, und ich ringe nach Atem. Leck mich, was ist *das* denn?

Weihwasser.

Ich werfe einen Blick in den Becher. Ohne Scheiß, das ist doch kein Weihwasser.

Er macht eine Handgeste über meinem Becher und grinst. Jetzt schon.

Seit wann haben Sie Humor?, frage ich.

Ach, ich weiß auch nicht. Seit Manchester allseits als Kulturmetropole gilt?

Er prostet mir zu. Auf den Moss Side Moonshine oder Longsight Liquor oder wie das Zeug heutzutage heißt, sagt er, und wir stoßen mit unseren Plastikbechern an.

Dann ist es erst mal still. Was macht Aurora?, fragt er schließlich.

Ob er was gehört hat? Ganz gut, antworte ich. Wir kommen schon klar.

Ich zähle die Sitzreihen bis nach vorne und nippe an meinem Tee. Die Blumen in der Vase auf dem Altar sind braun und verwelkt.

Und was ist mit dir?

Mein Blick wandert in Richtung Tür. Was soll mit mir sein?

Ist immer schwer, wenn man einen geliebten Menschen verliert, sagt er.

Haben Sie mal jemanden geliebt?, frage ich.

Er lächelt. Na klar.

Ich meine nicht Ihre Mutter oder Gott oder so, sage ich, ich meine *jemanden*. Sie wissen schon.

Er nickt, wirkt null angefressen. Natürlich.

Ich dachte, Pfarrer dürfen so was nicht?

Pfarrer dürfen nicht heiraten. Aber gegen die Liebe sind

wir alle machtlos, Donna. Die Liebe macht uns erst zu Menschen. Er lächelt leise und zuckt mit den Schultern. Irgendwann wird die Kirche da auch noch draufkommen.

Im Mittelgang regt sich in der Dunkelheit etwas, und man hört ein Stöhnen. Pater Tom sieht traurig aus, und auf einmal tut er mir leid.

Ich hab's ihr nie gesagt. Das muss als Erklärung reichen.

Vielleicht kannst du's ihr ja irgendwie zeigen?

Er hat recht, das kann ich. Ich werde sie alle vernichten, Tony und Fats und Daz und so weiter, und wenn es bis an mein Lebensende dauert. Die Wichser sind fällig. Wie denn?, frage ich. Sie ist doch tot.

Gibt immer einen Weg, sagt er, man muss ihn nur finden.

Ich schüttele den Kopf. Und dann ist es, als könnte er Gedanken lesen.

Weißt du, Donna, sagt er, manche Menschen werden sehr alt und haben trotzdem nie wirklich geliebt. Liebe ist ein Geschenk. Sie darf nicht in Hass umschlagen.

Ich greife nach meiner Jacke und stehe auf. Jetzt klingen Sie wie 'n Pfarrer, sage ich. Immer diese Moralpredigten.

Du kannst jederzeit mit mir reden, Donna, sagt er. Komm einfach vorbei.

Ich hebe die Hand, als würde ich ihn segnen. Vergelt's Gott, Pater Tom.

Er schüttelt den Kopf und grinst. Freches Aas.

30

Ich bin scheinbar eine Versicherungspolice. Keine Ahnung, was das sein soll.

Jedenfalls sind die beiden in einer Tour nur am Brüllen und Streiten. Billy Chan aus der Vierten sagt, so ist das, wenn man zwei Eltern hat, ständig macht irgendwer irgendwas falsch, muss echt ’n Albtraum sein.

Ich meine, Mum kann auch ganz von allein übelst ausrasten, und manchmal kriegt sie von jetzt auf gleich ’nen richtigen Anfall, aber das ist immer schnell wieder vorbei. Die beiden hingegen zoffen sich von morgens bis abends. Aber Billy hatte recht, auf die Weise kriegt man ganz schön viel mit.

Ich schleiche mich zur Tür und lausche.

Shantelle klingt, als hätte sie mal wieder geheult. Ich kann nicht mehr, fiept sie. Du hast gesagt, ihr bringt sie nach Preston zu Tinys Kids. Eine Nacht, hast du gesagt.

Sie bleibt hier. Ich trau dem Typen nicht, außerdem ist noch nix in trockenen Tüchern. So sind wir auf der sicheren Seite.

Ich find das nicht richtig, Daz. Sie ist doch noch ein Kind.

Er lacht total fies. *Ich find das nicht richtig, Daz* … Ey, was ist dein Problem? Du wolltest doch immer 'n Kind. Gehst mir schon lange genug damit auf den Sack.

Du blödes Arschloch, sagt sie.

Dann schiebt jemand die Riegel an der Haustür zurück.

Halt endlich den Rand, Shan, du machst mich noch wahnsinnig. Gib mir den Schlüssel.

Sperr mich nicht ein, Daz! Ich halt das nicht aus.

Ich hab keine Wahl. Du machst doch sonst, was du willst.

Mit einem lauten Knall fällt die Tür zu, dann hört man von außen den Schlüssel am Schloss kratzen, und schließlich macht es einen dumpfen Klick. Shantelle schluchzt.

Paar Minuten später kommt sie die Treppe rauf und sperrt die Schlafzimmertür auf. Verheult lächelt sie mich an.

Unten zieht sie die Vorhänge zu, macht die Glotze an und wuschelt mir durch die Haare, so wie Mum früher. Willst du 'n Toast, mein Schatz?, fragt sie auf dem Weg in die Küche.

Ich schaue rüber zum Fenster, Gitter davor, damit keiner reinkann. Oder raus.

Als sie mit dem Toast zurückkommt, frage ich, Sperrt er dich immer ein?

Sie wirft einen Blick in Richtung Fenster. Natürlich nicht.

Keine Sorge, sage ich, ich will eh nicht nach Preston. Wenn ich nicht zu meiner Oma kann, bleibe ich einfach bei dir.

Eigentlich wollte ich sie damit nur aufmuntern, aber das Ganze geht voll nach hinten los, und sie fängt an zu flennen.

Dann drückt sie mich so fest an sich, dass ich keine Luft mehr kriege und meine Backe ganz nass wird von ihren Tränen. Vielleicht hat sie ja ihre Tage. Mum und Lise haben ihre immer gleichzeitig bekommen und dann den ganzen

Tag rumgekreischt und rumgeheult, Donna und ich sind fast durchgedreht. Ich hoffe, ich kriege meine nie. Aber vielleicht ist auch einfach nur Daz schuld, dass Shantelle so traurig ist. In dem Moment fasse ich ’nen Vorsatz: Wenn ich groß bin, komme ich zurück und haue dem Typen aufs Maul.

Sie wischt sich mit dem Ärmel übers Gesicht und schaltet zu Sky 1.

Iss deinen Toast, sagt sie nur.

31

Wie ein zerfetztes Stück Stoff schwebt die Wolke über dem Moor. Schmutzige Schafswolle hängt in den Stacheldrahtzäunen, und der Regen schlägt mir gegen das Visier und scheppert in meinen Ohren.

Gleich kommt die Auffahrt zur Schnellstraße, und ich werfe einen Blick in den Rückspiegel. Blauer Fiat Uno, roter Mazda MX5.

Ich fahre auf die A57 und halte an der Ampel.

Der Mazda kommt hinter mir zum Stehen.

Im Kreisverkehr drossele ich das Tempo, um ihn nicht abzuhängen. Einmal die komplette Runde und dann zurück auf die Schnellstraße, während der Mazda in einem weiten Bogen in Richtung Glossop-Zentrum abbiegt.

Vom Fiat ist nichts mehr zu sehen.

Auf der Schnellstraße nehme ich die nächste Ausfahrt, mache einen U-Turn, fahre vorbei am Wegweiser nach Hattersley und weiter in Richtung Glossop, dann kommt der Cut. An der Kreuzung schlängele ich mich durch die Fahrzeugkolonnen und biege ab.

Paar Minuten später tut sich vor mir im Regen das Moor auf, und ich gebe Gas.

Die Einfahrt ist so zugewachsen, dass ich sie beim ersten Mal glatt übersehe und wenden muss. Der Weg ist uneben und zerfurcht, mit einem Grasstreifen in der Mitte und Brombeergestrüpp und Hagedorn auf beiden Seiten. Nach ungefähr einer halben Meile lichtet sich die Hecke, und vor mir liegt eine Gabelung. Ich fahre links ran, lehne die Maschine an die Hecke, schneide mit dem Bowie ein paar Äste ab und steige wieder auf.

Links kommt bald das alte Cottage, also fahre ich rechts den Hügel runter, mache den Motor aus und lasse das Bike einfach rollen. Auf halbem Weg nach unten verliert sich der Weg auf einmal im Nichts; die alte Trockensteinmauer ist moosbewachsen und dunkel verfärbt vom Regen. Ein eisernes Kuhgatter hängt an einer Angel.

Hinter dem Gatter und neben der Mauer ist der Boden verschlammt und morastig, weil die Kühe hier Schutz vor dem Regen suchen. Jemand hat 'n paar Steine aus der Mauer auf den Boden geworfen, damit man drauftreten kann. Himmel und Hölle.

Mein Blick wandert links den Hügel rauf. Sonn hatte recht, das Dach ist von hier aus gerade noch zu erkennen. Eine zweite Trockensteinmauer führt vom Gatter aus hoch bis zu dem Wäldchen, das den Blick auf das Cottage versperrt.

Ich schiebe die Maschine direkt vor dem Gatter neben der Mauer in den Graben, verstaue den Sturzhelm unterm Lenker und reiße ein paar Zweige ab. Dann hole ich die dunkelgrüne Plastikplane raus, breite sie über dem Bike aus und verteile das Gestrüpp darüber. Aus ein paar Schritten Entfernung käme keiner auf die Idee, dass darunter was versteckt ist. Zum Schluss deponiere ich den Schlüssel unter 'nem Stein, der am Wegrand im Matsch liegt.

Dann hechte ich über die Mauer, kauere mich hin und warte.

Allmählich kommt die Finsternis angeschlichen und taucht alles in ein tiefes, leuchtendes Blau. Am Fuß des Hügels sind die ersten Lichter zu erkennen, eins nach dem anderen gehen sie an, funkelnde Flecken in der Dunkelheit.

Hinter mir ragt schwarz der Hügel auf, dann der Umriss des Cottagedachs hinter dem Wäldchen, unheimlich und still. Ich versuche, in meinen Stiefeln mit den Zehen zu wackeln, aber sie sind völlig steif gefroren.

Also wippe ich in der Hocke auf den Fußballen vor und zurück, damit mein Kreislauf wieder in Schwung kommt, und zwinge mich, nicht an Carla zu denken, wie sie da in der Erde liegt. Früher habe ich Lise und sie immer ausgelacht mit ihrem Seele-hier und Göttin-da. Jetzt wünsche ich mir auf einmal, ich würde auch an was glauben.

In dem Moment sehe ich aus dem Augenwinkel, wie sich auf dem Hügel was bewegt, und mein Kopf schnellt in Richtung Wäldchen herum. Ein Licht leuchtet auf, dann ertönt ein leiser Pfiff zum Zeichen, dass alle so weit sind.

Ehre, wem Ehre gebührt und so, jedenfalls war es Sonns Idee, sich aufzuteilen und getrennt herzufahren. Ist sicherer, falls wir abhauen müssen, hat sie gesagt. Und wenn du nur weißt, wo dein eigenes Bike steht, kannst du niemand zu den anderen führen, auch nicht aus Versehen.

Ich lege die Hände an den Mund und gebe einen Antwortpfiff von mir.

In sechzig Sekunden bin ich geduckt die Mauer entlang hoch zum Wäldchen gesprintet. Zwischen den Bäumen ist es stockfinster, also gehe ich in die Hocke und kämpfe mich so durchs Unterholz.

Plötzlich packt mich jemand von hinten am Fußgelenk, und ich bin kurz davor loszuschreien. Sonn. Geht's noch?, zische ich. Willst du mich umbringen, oder was?

Dann schaue ich mich um. Im Halbschatten kann ich Lise ausmachen, neben ihr kauert Mel. Wir kriechen weiter, bis das Cottage zu sehen ist, und legen uns unter den Bäumen flach auf den Boden.

Wo bleibt die Verstärkung?, frage ich.

Sonn greift nach der Taschenlampe, lässt sie einmal aufleuchten und malt dann ein S in die Luft.

Ich schlage ihr die Lampe aus der Hand. Sag mal, spinnst du?

Schau, sagt sie nur.

Auf den Hügeln ringsum blitzt es mit einem Mal auf, als säßen dort überall stumme Paparazzi. Erst kommt eine Zickzackbewegung, und danach hängt ein blauer Abdruck in der Luft, gerade lange genug, um ihn lesen zu können.

Blitz: J. Blitz A, Blitz M, Blitz P, Blitz S, Blitz G, Blitz, Blitz, bis überall in der Finsternis Buchstaben aufleuchten. Dutzende.

Dann ist es wieder dunkel.

Der ganze Hang da drüben ist voll, sagt Sonn, und wenn mich nicht alles täuscht, grinst sie. Der daneben auch, falls wir sie brauchen. Wart mal.

Sie lässt ihre Taschenlampe zweimal aufblitzen und malt

dann ein G in die Luft. Auf einem Hügel jenseits des Tals blinkt dreimal ein winziges Licht auf.

Glasgow Easterhouse, erklärt sie mit süffisantem Lächeln. Für den Fall, dass wir unter Beschuss geraten. Ein Zeichen von uns und die sind da. Sie wirkt hochzufrieden.

Ich muss echt sagen, Sonn hat sich mal wieder selbst übertroffen. Keiner fickt mit den Easterhouse-Lesben, und ich will gar nicht wissen, welche Gegenleistung sie den Ladys versprochen hat. Na ja, können wir alles später noch klären. Falls es ein Später gibt.

Was denn?, flüstert sie gut gelaunt. Ich hab doch gesagt, ich kümmer mich um die Verstärkung.

Inzwischen ist es beinahe halb eins, und der November macht seinem Ruf alle Ehre. Es riecht nach Frost und totem Laub, nach Holzkohle und Rauch, und die Kälte kriecht einem gnadenlos in die Knochen.

Carla hat immer gesagt, im November riecht's nach Tod, weil dann alles, was aus der Erde wächst, abstirbt, und auch wenn wir's nicht wahrhaben wollen, wissen wir doch irgendwo tief in uns drin, dass es stimmt, und deshalb haben wir Angst.

Sei nicht so dramatisch, habe ich nur gesagt.

Aber sie war nicht davon abzubringen. Fällt dir irgendeine Gruselgeschichte ein, die im Sonnenschein spielt? Und warum kriegen die Leute im Winter wohl mehr Depressionen? Hm? Siehst du.

Wenn sie sich in was verrannt hatte, war Gegenwehr zwecklos.

In dem Moment taucht aus dem Nichts plötzlich Jen auf, lässt sich neben mir auf den Waldboden fallen und drückt mir ein Fernglas in die Hand. Damit ist von meiner Warte aus die Querseite vom Cottage zu erkennen, ein Teil der Stirnseite und das bisschen Gebüsch vor der Haustür.

Kurz darauf hört man, wie sich ein Fahrzeug nähert. Ein weißer Transit, ohne Licht, mit der Aufschrift Salford Van Hire fährt vor und parkt neben den Büschen.

Mel gibt ein unterdrücktes Geräusch von sich, und als ich zu ihr rüberschaue, sehe ich, dass sie lacht. Salford Van Hire? Wie blöd kann man eigentlich sein? Darauf fangen wir alle an zu kichern und werden gleich ein bisschen lockerer.

Tony und Danny klettern aus dem Wagen und sehen sich um. Als sie das Haus betreten, halte ich den Atem an.

Ein Licht im Cottage geht an und fällt durch die offene Vordertür auf die Büsche.

Dann ist ein zweiter Motor zu hören, leiser als bei 'nem Transporter. Ein alter Audi hält neben dem Transit, und Daz und Fats steigen aus. Sie gehen nach hinten, machen den Kofferraum auf und holen mehrere Reisetaschen raus. Yo, das Geld, wispert Lise.

Leck mich am Arsch, sagt Mel plötzlich, und alle zucken zusammen. Das ist das Auto, Donna. Das dich nach der Beerdigung einkassiert hat.

Bist du dir sicher?

Doch insgeheim kenne ich die Antwort längst. Und dann wird mir klar, was das bedeutet und dass es jetzt kein Zurück mehr gibt.

Als ich mich umdrehe, fällt mein Blick auf Lise, die sich mit zitternder Hand an der Glock festklammert. Mel hebt vielsagend die Augenbrauen, und sie hat natürlich recht. Lise könnte da drin zu 'nem echten Problem werden, und wenn's hart auf hart kommt, ist mit ihr einfach nicht mehr zu rechnen.

Ich packe sie am Handgelenk. Du musst hierbleiben und uns Rückendeckung geben, sage ich.

Doch als Lise den Kopf schüttelt und mir flehende Blicke zuwirft, bringe ich es nicht übers Herz. Kann gut sein, dass wir heute Nacht alle draufgehen, also bleiben wir lieber zusammen. Dann stirbt sie wenigstens nicht allein auf irgendnem kahlen, matschigen Feld.

Ich drücke kurz ihre Hand, dann lasse ich los. Okay, sage ich. Aber du bleibst gefälligst hinten.

Beim Cottage angekommen, fällt Mel zurück, um Schmiere zu stehen wie abgemacht. Wenn ich zweimal pfeife, schneidest du die Reifen auf, erinnere ich sie.

Dann gehe ich neben der Vordertür in die Hocke und werfe einen Blick ins Haus.

Drinnen ist es so hell, dass man bis zum Ende des winzigen Flurs schauen kann, wo hinter einer halb offenen Tür leise Stimmen ertönen.

Ich nehme die Treppe, sage ich. Wart auf das Zeichen.

Mein Herz pocht wie verrückt, aber irgendwie schaffe ich's den Gang runter, immer an der Wand lang, in der Hoffnung, dass die scheiß Dielen nicht knarzen.

Am Fuß der Treppe drehe ich mich zu Mel um und hebe den Daumen. Ihr Gesicht verschwindet.

Auf halbem Weg die Treppe rauf knackt plötzlich eine

Stufe, und das Geräusch klingt in meinen Ohren so laut wie ein Schuss. Ich halte den Atem an und lege mich blitzschnell flach auf die Treppe, außer Sichtweite.

Die Stimmen sind verstummt.

Kurz darauf geht unten im Flur eine Tür auf. Klickend wird eine Waffe entsichert. Und dann höre ich nur noch die Schafe durch die offene Tür und das Blut, das in meinen Ohren rauscht.

Inzwischen läuft mir der Schweiß nur so den Rücken runter. Ich presse das Gesicht gegen die Treppenstufen und ziehe langsam den Ellbogen zurück, bis die Pistole direkt neben meinem Kopf liegt und ich dem ersten armen Pisser, der übers Geländer guckt, den Schädel wegpusten kann.

Schwere, dumpfe Schritte auf den Dielen.

Dann reißt jemand die Haustür weit auf, und ich höre Danny sagen, Keiner da.

Die Tür fällt zu, ein Riegel wird vorgeschoben. Dannys Schritte entfernen sich in Richtung Wohnzimmer.

Ich warte kurz ab, dann riskiere ich einen Blick übers Geländer. Die Tür zum Wohnzimmer steht halb offen. Fuck. Ich muss irgendwie rüber zur Haustür und mich um den Riegel kümmern, sonst bin ich von jetzt an allein unterwegs.

Okay Carla, flüstere ich, bin mal gespannt, was deine Göttin so draufhat.

Im Wohnzimmer werden die Stimmen auf einmal lauter, und ich nutze die Gelegenheit und husche zur Tür. Der Riegel lässt sich lautlos zurückschieben.

Danach hetze ich die Treppe rauf und in so was wie ein Schlafzimmer.

Sonn hatte recht, bis auf 'nen morschen Stuhl steht der Raum leer. Die Dielenbretter sind nur lose verlegt, und von unten dringen vier Stimmen zu mir hoch. Ich lege mich flach auf den Bauch und spitze die Ohren.

Im Nachhinein habe ich den Eindruck, dass alles wahnsinnig schnell ging, aber damals im Cottage mit dem Gesicht auf dem Boden kam mir jede Minute vor wie 'n Jahr. Ich höre immer noch das Auf und Ab ihrer Stimmen, und dann ist die Situation auf einmal eskaliert.

Ey, wo stecken die? Wird langsam Zeit, sagt Daz.

Wieso? Auf wen wartest du? Tonys Stimme klingt unaufgeregt und bedrohlich.

Danach ist es erst mal still, und man kann richtig spüren, wie Daz' Hirn vor lauter Stress in den Leerlauf schaltet. So viele ungeahnte Möglichkeiten, und keine ist günstig. Bis eben war er wahrscheinlich total entspannt, hat 'n paar Bierchen gezischt und geduldig auf die Ware gewartet, mit der Tony und er ein Schweinegeld machen wollten.

Die scheiß Ware, Mann, sagt Daz. Ey, wenn ihr uns verarscht ... Er verstummt, wirkt unentschlossen.

Es klickt, jemand hat entsichert. Dann ertönt Tonys Stimme. Wer verarscht hier wen?

Jetzt kriegt Daz Panik, und ich kann's ihm nicht verdenken. Was? Ach komm, Mann.

Ich stelle mir vor, wie er zwischen Danny und Tony hin- und herschaut. Und anfängt, sich Dinge auszumalen. Unvorstellbare Dinge.

Fatboy kommt ihm zu Hilfe. Reg dich ab, Tony, war doch

nicht so gemeint. Da ertönt ein Schuss, und ich zucke zusammen.

Sonn pikt mir mit dem Finger in den Rücken. Schon geil, wenn ein Plan funktioniert, oder?

Mad Daz ist 'n zäher Brocken. Zwei Stunden lang haben sie ihm eingeheizt, aber er hat alles geleugnet, dabei war er die ganze Zeit an 'nen Stuhl gefesselt. Zum Schluss hat er regelrecht um die Kugel gebettelt. Die Details sind eher unspektakulär, aber es war kein schöner Anblick, nicht mal für mich, und ich hasse den peinlichen Loser.

Mittlerweile liegt Lise neben mir auf dem Boden, und Sonn steht am Fenster Schmiere. Leise sein müssen wir längst nicht mehr. So wie Daz rumschreit, Tony ihn anbrüllt und Danny immer wieder mal lautstark seinen Senf dazugibt, hätten die da unten nicht mal 'ne Bombe gehört, außer, sie wäre in ihrem Arsch detoniert.

Bis auf Mel sind wir inzwischen alle im Schlafzimmer versammelt.

Sonn holt ein Taschenmesser raus. Keine Angst, die schauen garantiert nicht an die Decke, sagt sie und stemmt das Dielenbrett hoch.

Durch den Spalt sieht man Dannys Kopf, Tonys Schulter und ein Paar ausgestreckte Beine, die offenbar zu Fatboy gehören. Entweder macht er 'n Nickerchen, oder jemand hat ihn kaltgestellt, und ich wette, es war 'ne Kugel. Gibt also doch einen Gott.

Daz klingt, als hätte er den Mund voll.

Shantelle, krächzt er. Er kriegt kaum ein Wort raus.

Tony lacht nur. Mach dir keine Gedanken um Shantelle, sagt er. Wenigstens muss sie nach deinem Tod keine Miete mehr zahlen.

Daz stöhnt auf. Danny sagt nichts.

Tony schaut auf die Uhr. Inzwischen dürften die Jungs schon vor Ort sein. Wir fackeln dir nämlich gleich die Bude ab.

Daz gibt Geräusche von sich wie ein getretener Hund.

Tony lacht wieder. Keine Ursache, Mann, kostet dich nix.

Shantelle ist da drin, mit dem Kind, wimmert Daz. Oh Gott, Babe, tut mir leid.

Stille. Welches Kind?, fragt Tony.

Man hört Daz husten, und auf dem Boden unter uns landet Blut. Und so wie's aussieht, auch ein paar Zähne.

Die Kleine von Carla, sagt er.

In dem Moment dreht sich mir der Magen um, und es ist, als würde jemand auf meiner Brust sitzen.

Daz redet weiter. Ich versuche, mich zu konzentrieren.

Sie ist nicht in Preston. Hab sie bei mir untergebracht, nur für den Fall. Shantelle ist ja immer da. Heute früh hab ich sie beide zu Hause eingesperrt. Dann gibt er ein hohles Geräusch von sich, das in einem wütenden Aufschrei endet. Eine Frau und ein Kind, Tony, höhnt er. Du krankes Mörderschwein! Dafür sitzt du mindestens dreißig Jahre.

Ich springe auf und jage die Treppe runter, drei Stufen auf einmal.

Auf dem Weg nach unten höre ich Danny plötzlich losbrüllen, und im Wohnzimmer kommt's scheinbar zu 'nem

Handgemenge, gefolgt von einem dumpfen Aufprall. Ein Schuss fällt. Und dann noch einer.

Ich trete die Tür ein, sie kracht gegen die Wand.

Tony sitzt leichenblass am anderen Ende des Zimmers auf dem Sofa und hält sich die Hüfte. Ungläubig starrt er Danny an.

Ohne nachzudenken, marschiere ich zu ihm rüber, nehme seine Waffe und schieße ihm in den Kopf. Gibt 'ne schöne Sauerei, trübgrau und blutrot an der Wand hinter ihm. Es stinkt nach rohem Schweinefleisch, der Metallgeruch von warmem Blut steigt mir in die Nase, und ich habe das Gefühl, ich muss mich gleich übergeben.

Dann lasse ich den Blick durch den Raum wandern.

Danny rührt sich nicht vom Fleck, aber das ist auch kein Wunder, schließlich hat Mel im Türrahmen eine Skorpion auf ihn gerichtet. Stocksteif steht er da, die Hand mit der Smith & Wesson hängt schlaff herunter. Als ich danach greife, leistet er keine Gegenwehr.

Prüfend halte ich sie mir an die Wange. Der Lauf ist noch warm.

Ich deute mit dem Kinn in Richtung Tony und kann mir das Grinsen nicht verkneifen. Fuck Dannyboy, hast du auf ihn geschossen? Danny nickt.

Als Nächstes gehe ich rüber zu Fats, der reglos auf dem Boden liegt, und drehe ihn mit dem Fuß um. Er sieht ziemlich tot aus, aber man weiß ja nie. Also ziele ich mit Dannys Pistole auf seine Stirn. Das ist für Kim, sage ich. Dann drücke ich ab.

Daz hockt mitten im Zimmer auf seinem Stuhl, überall

Blut und Haut und Kotze, aber er atmet noch. Sieht fast so aus, als würde er sich freuen, mich zu sehen, die arme Wurst. Ich schiebe ihm Dannys Pistole ins Ohr.

Stimmt das? Du hast Ror entführt?

Er nickt langsam, als wüsste er schon, was kommt, aber es ist ihm scheinbar egal. Sanft ziehe ich durch, und ab geht's, auf direktem Weg in die Hölle.

Sonn geht zu Danny rüber und hält ihm die Black & Decker an den Kopf. Du kleines Stück Scheiße.

Lass, sage ich. Der gehört mir.

Damit greife ich in Dannys Hosentasche und werfe Sonn seine Schüssel zu. Du und Mel, sage ich. Nehmt sein Auto und den Transporter und fackelt sie ab.

Nach einem enttäuschten Blick in Richtung Danny gibt Sonn sich geschlagen. Na gut.

Am besten macht ihr's direkt in Salford, sage ich. Dann sind die da erst mal 'ne Weile beschäftigt.

Die Reisetaschen mit dem Geld bekommt Lise.

Du weißt, was zu tun ist, sage ich, und sie nickt.

Dann deutet sie auf Danny. Was ist mit ihm?

Ich taste ihn ab und reiche Sonn sein Handy und seine Waffe.

Einwickeln und irgendwo verstecken, sage ich zu ihr, und behalt unbedingt bis zum Schluss die Handschuhe an, ist das klar? Mel, du gehst mit. Ich mache hier fertig.

Als alle weg sind, sage ich zu Danny, er soll sich an die Wand stellen.

Er weicht meinem Blick nicht aus und strafft die Schultern, auf alles gefasst.

Ich deute mit dem Kopf auf Tonys Leiche. Sag mir, warum.

Ich wusste nix von der Sache mit Ror, sagt er, und Kinder sind für mich tabu. Er zuckt mit den Schultern. Jeder hat seine Grenzen. Dann holt er tief Luft. Jetzt mach schon, Donna.

Nach einer kurzen Pause leere ich das Magazin und stecke mir seine Pistole in den Gürtel. Ich werde dich verschonen, Dannyboy, sage ich mit einem Blick auf Tony, Daz und Fats. Irgendwer muss die ganze Sauerei hier nämlich auf seine Kappe nehmen. Dann klopfe ich vielsagend auf meinen Gürtel mit der Waffe und grinse. Und wenn du nicht brav die Klappe hältst, sorg ich dafür, dass du den Rest deiner Tage im Knast abreißt.

Dann gehe ich zur Tür. Gibt Schlimmeres als Danny an der Spitze der Darts, jetzt, wo ich ihn an den Eiern habe. Weiß man wenigstens, woran man ist.

An deiner Stelle würde ich mir übrigens noch Zeit lassen mit dem Verschwinden, sage ich zum Abschied. *Ich* sehe keinen Grund, dich umzulegen, aber meine Verstärkung ist da womöglich anderer Meinung. Nebenan auf dem Hügel frieren sich jedenfalls ein paar ziemlich auf Krawall gebürstete Schwestern seit Stunden die Titten ab. Da kann man als Frau schon Aggressionen kriegen.

32

Auf der M57 jage ich den Tacho auf hundertzwanzig und wenn sich der Verkehr auf der Umgehungsstraße in Grenzen hält, dürfte ich es in sieben Minuten geschafft haben.

Ich laufe auf Autopilot, bin völlig neben der Spur, aber fuck, ich muss mich zusammenreißen. Meine Gedanken kreisen um Ror, wie dieses Arschloch sie einfach gekascht hat, was für 'ne Scheißangst die Kleine gehabt haben muss. Wie ich ohne Geleitschutz durchs Cheetah-Gebiet und zu Daz' Haus kommen soll, wie ich sie da am besten raushole, wie wir zwei uns am schnellsten aus dem Staub machen. Danach bringe ich sie zu Lise und bin weg, noch bevor es hell wird.

Keine drei Meilen vom Cottage entfernt macht sich ein mulmiges Gefühl in meiner Bauchgegend breit, und ich sehe plötzlich Tony vor mir, die Hälfte vom Kopf ist weg, Blut und Hirn kleben hinter ihm an der Wand. Ich fahre links ran. Carlas Gesicht taucht vor mir auf, wie sie auf der Tanzfläche liegt, der Geruch von verkohltem Fleisch und Metall in der Luft, warmes Blut, das in meinen Handflächen stockt. Und schließlich Ror, die weiß wie die Wand aus der Toilette in Carlas Hinterhof zu mir hochschaut und sich an Rio festhält, als wäre er das Einzige, was sie noch hat. Dann kotze ich mir am Straßenrand die Seele aus dem Leib, kühlen Schweiß auf dem Gesicht.

Als nichts mehr kommt, fühle ich mich plötzlich erschöpft und muss mich an eine Mauer lehnen, damit ich nicht umkippe. Weiß keiner, aber ich habe noch nie jemanden erschossen, kam zum Glück nie so weit.

Dad hat immer gesagt, Schießen ist was für Luschen. Wer 'ne Knarre braucht, wird nicht respektiert, und dann haste eh schon verschissen.

Ich wische mir den Mund an der Jacke ab. Tja Dad, heute gehen die Uhren leider anders als vor zwanzig Jahren. Auf der Straße gibt's so oder so keinen Respekt mehr, nur noch kleine Jungs und ihre albernen Spielchen, für die sie andauernd neue Regeln erfinden. Und alle tun so, als hätte das Methode, dabei müssten sie's eigentlich besser wissen. Problem ist, in unseren Kreisen sieht man die Vergangenheit immer nur durch den Boden von einem Bierglas, und das gilt auch für dich, Dad. Aber irgendwann ist halt Sperrstunde.

In dem Moment fasse ich einen Entschluss: Ror und ich, wir fangen noch mal von vorne an.

Mir ist klar, dass Tony nur geblufft hat mit dem Feuer, trotzdem gebe ich Vollgas und lege mich irgendwann so schwungvoll in eine Kurve, dass Hosenbein und Kniescheibe dran glauben müssen. Erst als ich um die letzte Ecke biege, sind durch den Rauch die Löschfahrzeuge und Polizeiautos zu erkennen. Eine kalte Hand legt sich um mein Herz und drückt so fest zu, dass mir im ersten Moment die Luft wegbleibt.

Mit quietschenden Reifen komme ich vor den Schaulustigen zum Stehen und fahre dabei fast eine Oma über den Haufen. Dann kämpfe ich mich durch die Menge nach vorne. Überall stehen Cheetahs, bestimmt hat mich längst jemand entdeckt. Ich spüre die Hitze der Flammen, und der dicke, schwarze Rauch brennt mir in der Kehle. Keuchend ringe ich nach Luft.

Dann schieße ich Brust voraus durch das gelbe Absperrband.

Jemand legt mir eine Hand auf die Schulter, aber ich schüttele sie ab. Ein Mann in einer gelben Jacke steht mit dem Rücken zu mir da und hält die Leute in Schach. Als er sich umdreht, packe ich ihn am Arm und brülle, Da ist ein Kind drin, Mann!

Danach geschieht alles wie in Zeitlupe. Über die Schulter des Mannes hinweg sehe ich einen Streifenwagen mit drei Polizisten in Uniform. Sie schauen in meine Richtung, und einer deutet mit dem Finger auf mich. Eine Welle aus Blau und Gelb setzt sich in Bewegung, und ich höre einen Schrei. Wenn ich jetzt nicht abhaue, dann war's das.

Ich schnelle herum. Durch einen Spalt in der Menge sehe ich meine Maschine an der Mauer lehnen, keine zehn Meter entfernt; das Blut schießt mir in die Knöchel, und ich setze zum Sprint an. Da höre ich plötzlich das Feuer hinter mir knacken, sehe Carlas Gesicht auf dem weißen Krankenhauskissen, Blut in den Haaren, und ihre Lippen, die sich kaum merklich bewegen. *Aurora*, sagt sie.

Kurz entschlossen lasse ich den Arm los, tauche darunter durch und renne auf das Haus zu. Aus dem Augenwinkel sehe ich die drei Bullen von links auf mich zusteuern. Den ersten beiden weiche ich gekonnt aus, Jason Robinson hätte nur so geschaut. Der dritte erwischt mich am Arm und hält mich fest, ich verliere fast das Gleichgewicht, und von irgendwoher kommt eine Stimme: He, Sie können da nicht rein, es ist zu spät!

Ich reiße mich los, greife mit einer Hand nach der Glock in meinem Hosenbund und ziele damit auf sein Gesicht. Aus dem Weg, aber schnell!

Sobald sie die Waffe sehen, machen die drei einen Rückzieher, und ich gehe Arsch voraus auf das Haus zu, ohne sie aus den Augen zu lassen. Dabei überschlage ich kurz, wie viele Sekunden ich wohl bis zur Eingangstür brauche und wie lange es dauert, bis die bewaffnete Kollegenschaft vor Ort ist.

Ich kann's zu ihr schaffen, ich weiß es.

Auf meinem Rücken spüre ich die Hitze, und in meinen Ohren knistern die Flammen. Ich drehe mich um und nehme Kurs auf das Haus.

Dass von der Seite jemand auf mich zugeprescht kommt, kriege ich erst mit, als ich plötzlich das Straßenpflaster im Gesicht habe, zack, voll auf die Zwölf. Dann wirft sich ein ganzes Rudel Bullen auf mich.

Ein schwerer Stiefel tritt mir die Glock aus der Hand. Ich schaue ihr nach, während sie über den Asphalt außer Reichweite schlittert. Danach will ich den Kopf heben, aber ich habe natürlich ein Knie im Nacken und eins zwischen den Schulterblättern, und alles, was ich sehe, ist das scheiß Pflaster und Abertausende von Sternen.

33

Mir persönlich ein Rätsel, wie die mich am Ende in den Mannschaftswagen gekriegt haben. Ich habe mich jedenfalls gewehrt wie 'n Weltmeister und sie nach allen Regeln der Kunst beschimpft, Mörder, Fotze und so weiter, richtig abgegangen bin ich.

Auf der Wache wird mir mein Zeug abgenommen, und es geht ab ins Vernehmungszimmer, ohne Ansage, ohne nix. Ich so: Kein Kommentar. Ich weiß, wegen der Glock können sie mich drankriegen, und weil ich Widerstand geleistet habe, okay, aber ich weiß nicht, was die Polizei sonst noch so gegen mich in der Hand hat. Bei den Bullen darf man nie von sich aus den Mund aufmachen, sonst hängen sie dir gleich was an. Meistens fischen die nämlich selber im Trüben, aber auf der Zellentür steht schon dein Name, und irgendwas findet sich immer.

Danach werde ich an den Füßen in die Untersuchungsstation geschleift, und der Staatsanwalt erhebt Anklage, mehrfache Morddrohung und irgendein Stuss von wegen Gebrauch einer Schusswaffe. Das ist wahrscheinlich erst der Anfang, aber immerhin weiß ich jetzt, dass sie sonst nichts haben, zumindest noch nicht.

Dann werde ich in eine Zelle gesteckt.

Dort kehren meine Gedanken zurück zu Ror, und ich hämmere mit den Fäusten gegen die Wand, bis meine Finger bluten, damit ich ihr Gesicht in den Flammen nicht sehen muss.

Ein paar Stunden später rattert es an der Tür. Irgendwer schiebt die Klappe zurück, und Licht aus dem Korridor dringt in die Zelle. Dann geht die Tür auf, und eine Beamtin in Zivil kommt rein, mehr butch geht echt nicht. Aber damit habe ich insgeheim schon gerechnet, und so bin ich in Windeseile auf den Beinen. Und auf alles gefasst.

Ich weiß in etwa schon, was mir blüht, immerhin habe ich vor ihren Kollegen 'ne Waffe gezückt. So was hat Konsequenzen, komisch nur, dass sie allein ist. Sie macht die Tür hinter sich zu, der Knall hallt den Gang runter.

Du kennst mich nicht, sagt sie.

Ich mustere sie von oben bis unten. Sie ist größer als ich und ein bisschen älter, wirkt aber insgesamt ganz schön robust. Blond gesträhnte Haare, Pferdeschwanz. Schicke schwarze Taucheruhr. Sogar durch das Hemd ist ihr Bizeps noch deutlich erkennbar. Trotzdem, die Alte traue ich mir zu. Ich behalte ihre Augen im Blick und warte.

Sie wirft noch einen Blick in Richtung Tür, dann setzt sie sich hin.

Und lächelt. Entspann dich, Mäuschen, ich hab 'ne Nachricht für dich. Eine gute, fügt sie hinzu.

Dann erzählt sie mir, dass Ror noch vor Ausbruch des Feuers plötzlich in der Hyde-Road-Wache auf der Matte stand. Keiner weiß, wie sie da gelandet ist, weil der kleine Star natürlich auch gleich gesagt hat, Kein Kommentar. Aber Hauptsache, sie ist in Sicherheit.

Sie will mir nicht sagen, von wem die Nachricht stammt oder wie sie daran gekommen ist, aber egal. Wenn ich hier wieder raus bin, sehen wir uns bestimmt in der Canal Street, und dann ist der Alten ein halbes Kilo sicher. Damit eins klar ist, ich bleibe niemandem was schuldig.

34

Als Erstes fällt mir der Geruch auf, nach saurer Pisse, Schweiß und Kohl und vor allem: nach Angst. Kaum wird man durch die Tür geschubst, schlägt einem dieser Gestank entgegen. HMP Styal, hier können Sie sich ganz wie zu Hause fühlen. Wenn Sie Kanalratte sind.

In Begleitung von drei Schlusen geht es durch die Metalldetektoren. Zwei davon sind nicht hetero und glotzen mich an, als wäre ich ihr Frühstück und sie am Verhungern. Irgendwie komisch, als Frau im Knast zu arbeiten. Ob Lesbe oder nicht, Gefängnispersonal ist mir immer suspekt.

Lise hat mir mal von ’nem Experiment erzählt. Ein Riesenkeller voll mit Studenten; eine Hälfte wurde in Zellen gesperrt, die anderen hatten die Schlüssel, und nach ’ner Woche musste das Ganze abgeblasen werden, sonst hätt’s Tote gegeben. Laut Lise sind die Wärter nämlich allesamt durchgedreht; haben sich immer neue Strafen ausgedacht, die Häftlinge grundlos zusammengeschlagen und ihnen so lange nichts zu beißen gegeben, bis sie vor lauter Hunger zu den krassesten Sachen bereit waren. Die »Gefangenen« haben die Nummer wohl ganz gut verkraftet – ich schätze, weil es ’nen Zusammenhalt gab und alle aufeinander aufgepasst haben –, aber bei den Wärtern ging danach nichts mehr, die waren von der Psyche her durch. Und das nach 'ner Woche! Paar von den Trullas arbeiten hier schon seit zwanzig Jahren.

Am besten markiere ich also gleich mein Revier.

Die mit dem Bierbauch kommt auf mich zu, packt mich am Arm und marschiert mit mir nach hinten zur Leibesvisitation. Auf dem Weg durch die Tür tritt sie mir kräftig gegen's Schienbein. Dann soll ich mich frei machen. Genau das meine ich. Wer trägt heutzutage eigentlich noch 'ne Uhr mit Nieten am Armband?

Ich ziehe mich im Rekordtempo aus, damit sie gar nicht erst auf die Idee kommt, so was zu sagen wie, Das da auch noch. Dann stehe ich vor ihr, und als ihr Blick an mir runterwandert, dreht sich mir fast der Magen um. Schau gut hin, sage ich, sonst musst du für so was doch garantiert bezahlen.

Sie macht einen Schritt auf mich zu, schnappt sich meinen Arm und verpasst mir einen Fausthieb direkt in die rechte Niere. Ich kippe vor Schmerz fast aus den Latschen. Dann drehe ich mich zu ihr um, splitterfasernackt, lächle und tue so, als hätte ich kaum was gespürt. Gemach, gemach, sage ich.

Später schaffe ich's, ohne zu humpeln, den Zellengang runter, flankiert von zwei Schlusen und mit höllischen Schmerzen, aber um ehrlich zu sein, ich fühle mich ganz gut. Man wirft entweder den Handschuh oder das Handtuch, hat Dad immer gesagt, nur rumstehen und abwarten, das geht nicht. Fang so was gar nicht erst an, Donna, sonst gehört dein Leben irgendwann nicht mehr dir.

Rechts und links stehen die anderen Frauen neugierig

Spalier, aber ich weiche ihren Blicken nicht aus. Beim ersten Mal im Bau wissen die meisten noch nicht, wie der Laden läuft, und schleichen in einer Tour mit gesenktem Kopf durch die Gegend, weil sie sich einbilden, dann gibt's weniger Stress. Riesenfehler. Dem Stress entgeht man hier nur, wenn man so aussieht, als würde man selber bei jeder Gelegenheit Stress machen.

Jedenfalls bin ich ganz schön beeindruckt. Abgesehen vom Personal, ist der Frauenstandard im Knast nämlich meistens recht hoch, und Styal macht da keine Ausnahme. Eine große Dunkelhaarige mit Elfengesicht hebt den Blick, als ich vorbeigehe. Ich zwinkere ihr zu und merke mir ihre Zellennummer. Wir sehen uns noch.

Ein paar Meter weiter stößt meine Wacheinheit mit schadenfrohem Grinsen eine Tür auf. Eine wie du teilt sich doch bestimmt gern die Zelle, oder?

Wie originell. Lernt man so was in der Volkshochschule?

Mein Blick fällt auf das Bett in der Ecke. Von dort starrt mir ein komisches kleines Geschöpf entgegen, Gesicht wie Gollum, riesige Kulleraugen und auf dem Kopf ein paar dünne, wild abstehende Flusen.

Ein bisschen mehr Geschmack könnt ihr mir schon zutrauen, sage ich. Ich fick auch nicht alles. Ferkel.

Wie sich später herausstellt, ist Gollum eigentlich ganz cool. Wobei, ich stehe nach wie vor nicht auf sie. Meine Sachen sind bei ihr bestimmt sicher, trotzdem würde ich eher jeden halbwegs telegenen Mann flachlegen, bevor ich eine wie sie auf den Mund küsse. Hoffen wir einfach, dass es nie so weit kommt.

Als die Schluse weg ist, ziehe ich die Schuhe aus, lege mich hin und denke nach.

Dann schaue ich rüber zu Gollum und stelle mich vor.

Hab grad drei Kackstutzen um die Ecke gebracht und brauch dringend ’ne SIM-Karte, sage ich.

35

Ich war schon öfters auf 'ner Polizeiwache, aber die hier kenne ich noch nicht.

Shantelle haut auf die Klingel beim Empfang, drückt mich kurz, gibt mir 'n Kuss auf die Stirn, und dann ist sie weg. Sie riecht nicht wie Mum, aber trotzdem irgendwie gut.

Ich stehe vor dem Schalter und schaue zu der dicken Glasscheibe hoch. Alles, was ich sehe, sind Scheitel.

Dann schiebt 'ne Frau mit roten Haaren, Sommersprossen und Brille das Fenster hoch und lächelt auf mich runter. Na, du? Was kann ich für dich tun?

Ich weiß nicht, was ich sagen soll, also sage ich gar nichts.

Sie verschwindet, dann geht eine Tür auf, und sie steht vor mir, daneben ein Mann mit Glatze. Ich werde in ein Zimmer ohne Fenster geführt.

Dort muss ich mich an den Tisch setzen, und die beiden setzen sich mir gegenüber. Okay, mein Schatz, sagt sie, lass dir ruhig Zeit. Was ist denn passiert?

Also, ich finde es schon ziemlich krass, dass Shantelle mich einfach hier abgeladen hat, anstatt mich in Sicherheit zu bringen, aber ich werde sie bestimmt nicht verpetzen, immerhin durfte ich bei ihr fernsehen, und es gab M&M's, und sie war immer so traurig. Also schaue ich die beiden an und sage, Kein Kommentar.

Die zwei werfen sich einen Blick zu.

Das ist hier kein Verhör, sagt die mit den roten Haaren. Wir müssen nur wissen, wer du bist. Sonst können wir dir nicht helfen.

Versuch's mal bei der Streife, Mike, sagt sie zu dem Glatzkopf. Irgendwer wird sie doch kennen.

Paar Minuten später kommt der Typ mit einer Dose Cola und einem Becher zurück, zwinkert mir zu und lächelt. Wir haben leider keine Strohhalme, sagt er.

Ich bin doch kein Baby mehr, sage ich.

Und er sagt, Das sehe ich. Auf welche Schule gehst du?

Ich verrate denen doch nicht, wie meine Schule heißt. Wozu auch? Ich gehe da sowieso nicht mehr hin. Schule ist die reinste Zeitverschwendung, man hat daneben ja kaum Zeit für sich.

Kein Kommentar.

Ganz ehrlich, ich glaube, ich kann den beiden überhaupt nichts sagen. Wenn ich was von Nan erzähle, rufen sie das Amt. Wenn ich ihnen von Mum oder Lise oder Donna erzähle, rufen sie auch das Amt. Und wenn ich was von Christine und der Dicken erzähle und dass ich sie gebissen habe, dann muss ich bestimmt in den Knast. Wahrscheinlich für immer. Und dass Shantelle und ich aus dem Dachfenster geklettert sind, als Daz bei der Arbeit war, kann ich erst recht nicht sagen, weil das habe ich Shantelle versprochen, bevor ich wusste, dass sie mit mir zur Polizei geht, aber versprochen ist versprochen. Donna sagt immer, eine Frau muss zu ihrem Wort stehen.

Leise summe ich das Lied in meinem Kopf vor mich hin, da habe ich plötzlich eine Idee. Ich könnte doch nach Pater Tom fragen, dafür komme ich bestimmt nicht ins Gefängnis, oder? Immerhin ist er Pfarrer.

Können Sie bitte Pater Tom holen?, frage ich.

Ich kenne keinen Pater Tom, mein Schatz. Wer ist das?

Sind die bescheuert?

Na, Pater Tom von der Kirche. Der Pfarrer.

Wieder schauen die zwei einander an. Begleitperson, sagt die mit den roten Haaren. Nur für den Fall.

Danach geht alles sauschnell. Auf einmal bin ich in einem Zimmer mit lauter Spielsachen, 'nem Spiegel und ohne Fenster, und der Mann ist weg. Eine neue Frau, die sagt, sie heißt Sally, sitzt neben mir.

Die mit den roten Haaren deutet auf einen Fernseher an der Wand. Das ist eine Kamera, erklärt sie. Die nimmt alles auf, was wir sagen, damit wir nichts vergessen. Okay, mein Schatz?

Ich habe keinen blassen Schimmer, wovon sie redet, also zucke ich nur mit den Schultern. Juckt mich nicht.

Dann will Sally wissen, wie alt ich bin, wie ich heiße, wer meine Mum ist, lauter so Scheiß. Ich sage natürlich nichts.

Dann fragt sie, womit ich am liebsten spiele.

Ich spiele mit gar nichts, sage ich. Ich bin doch kein Baby mehr.

Du hast mich vorhin um was gebeten, sagt die mit den

roten Haaren, als wir in dem anderen Zimmer waren. Weißt du noch, was?

Donna hat recht, zum Verbrecherfangen ist die Polizei viel zu doof. Wissen Sie das denn nicht mehr?, frage ich zurück.

Doch. Ich will nur wissen, ob du's noch weißt.

Jetzt labert sie halt nur noch Quatsch. Am besten sage ich gar nichts mehr.

Kannst du's noch mal wiederholen, mein Schatz? Was du vorhin gesagt hast?

Also gut, noch mal ganz langsam. Ich. Hab. Gesagt. Können. Sie. Bitte. Pater. Tom. Holen?

Scheinbar war das ein Volltreffer, weil auf einmal kriegt sie ganz leuchtende Augen. Meinst du Pater Thomas Doherty von der Sacred-Heart-Kirche?

Na endlich.

Willst du mir sagen, was er gemacht hat, mein Schatz?

Gemacht? Er hat voll viel gemacht, sage ich. Er macht immer irgendwas.

Ich will eigentlich nicht verraten, was das Beste war, das er gemacht hat. Dann denken bloß wieder alle, ich bin noch ein Baby, weil ich wollte, dass er Mum was von mir ausrichtet und er You Are My Sunshine für mich gesungen hat. In dem Moment muss ich an Sunita Clegg denken, und es läuft mir kalt den Rücken runter. Die würde mich doch bis in alle Ewigkeit damit verarschen.

Das geht nicht, sage ich. Ist ein Geheimnis.

Hat Pater Tom gesagt, dass du niemandem was sagen sollst?

Ich zucke mit den Schultern. Wir waren uns da irgendwie einig. Ist unser Geheimnis.

Manchmal wollen Erwachsene, dass wir was geheim halten, das wir lieber erzählen sollten.

Ich kapiere nicht so ganz, was sie meint. Zum Beispiel?

Das kann ich dir nicht sagen. Zuerst musst du mir sagen, was Pater Tom und du für ein Geheimnis habt.

Jetzt ist mir endgültig klar, dass die Frau nicht mehr ganz sauber tickt.

Na, das kann ich Ihnen doch nicht sagen. Sonst wär's ja kein Geheimnis mehr.

Tut mir leid, mein Schatz, aber es ist ganz wichtig, dass du uns zuerst sagst, was Pater Tom gemacht hat. Wir können ihn nicht einfach so verhaften. Nur wenn du uns alles sagst, können wir was unternehmen. Danach kann er dir nichts mehr tun, versprochen.

Verhaften? Mir was tun? Die Alte ist ja noch gestörter als die blöde Hexe.

Hören Sie mal, sage ich, er macht nur coole Sachen.

Sie neigt den Kopf, lächelt ganz komisch, nur so 'n bisschen, und holt dann tief Luft.

Manchmal denken wir zuerst, dass manche Sachen cool sind, aber weißt du, das stimmt oft gar nicht, und danach geht es uns auf einmal schlecht, sagt sie. Deshalb müssen wir ganz doll überlegen, wie es uns danach ging, und wenn es uns nicht gut ging, dann müssen wir jemandem davon erzählen.

Langsam fällt mir echt nichts mehr ein. Hätte ich vorhin doch bloß nix gesagt. Ich schaue mich nach allen Seiten um, aber wenn ich hier rauswill, muss ich zuerst an den beiden

Frauen vorbei. Am Ende stecke ich für immer hier fest, weil ich einfach nicht raffe, was sie von mir will, und alles, was ich sage, macht es offenbar nur noch schlimmer.

Wenn du mit mir redest, geht es dir bestimmt gleich viel besser, mein Schatz, versprochen.

Ich überlege kurz. Ach, wissen Sie, sage ich dann, das passt schon.

36

Christine sagt, vielleicht darf ich nie wieder nach Hause.

Aber wenn ich brav bin und nicht weglaufe und nicht frech werde und mich am Riemen reiße, kriege ich eine Familie Für Immer.

Was heißt das?, frage ich.

Das heißt, du kommst in eine Familie, die dich lieb hat und sich für immer um dich kümmert, sagt sie.

Nee danke, so was brauch ich nicht, Familie hab ich schon eine, sage ich.

Und ganz ehrlich, die ist schon anstrengend genug. Zwei wären mir echt 'n bisschen zu viel.

Aber sie sagt, dass das so nicht läuft und ich die Familie für immer anstelle von der kriege, die ich schon habe.

Was? Da wird einfach getauscht?

Quasi, sagt sie.

Kann ich sie mir wenigstens aussuchen?

Ich fürchte nicht, sagt sie. Die Familie sucht dich aus.

Aber woher soll ich wissen, ob ich meine eintauschen will, wenn ich gar nicht weiß, was ich dafür kriege?, frage ich.

Darauf sagt sie nichts, und ich will auch nicht undankbar rüberkommen.

Dann lieber nicht, sage ich. Aber danke.

Nach dem Gespräch gehe ich raus in den Garten. Gibt 'n Haufen Bäume und ein Schwingseil, ein Klettergerüst und 'ne Rutsche. Die Kleinen spielen im Sandkasten neben der Hecke.

Geh doch rüber und spiel mit Sarah, sagt die Kümmertante.

Ich tue so, als hätte ich sie nicht gehört, und setze mich unter einen Baum, obwohl das Gras noch nass ist vom Regen und mein Popo ganz kalt wird. In meinem Kopf geht's schon wieder rund, also haue ich ihn gegen den Stamm, nicht superheftig und auch nur, damit das Ding weggeht.

Eins zwei drei. Eins zwei drei. Eins.

Als es wieder vorbei ist, muss ich an Nan denken. Nach Pater Tom zu fragen, habe ich mich nicht mehr getraut, da sind sie beim ersten Mal ja so ausgeflippt. Ich weiß nicht wieso, aber danach war auf einmal alles voll seltsam, und dann bin ich hier gelandet und jetzt darf ich keinen normalen Menschen mehr sehen.

Nan darf ich nicht sehen, sagt Christine, weil sie trinkt und das heißt, sie ist Alkoholikerin, und obwohl sie weiß, dass Nan mich liebhat, wär's zu riskant. Mum darf ich nicht sehen, logisch, weil die ist mir ja eben mal weggestorben. Zu Kaheesha und Sanjay kann ich auch nicht mehr, weil ich da abgehauen bin, obwohl ich versprochen habe, dass so was nicht mehr vorkommt, aber Christine sagt, versprechen reicht nicht, weil das ist jetzt auch zu riskant. Und Donna oder Lise oder Sonn oder Rio darf ich nicht sehen, weil sie nicht Zur Familie Gehören.

Doch, sage ich. Donna ist meine Patentante.

Sie sagt, so was zählt nicht. Gut, dass Mum und Pater Tom das nicht hören können.

Nicht mal Geet darf mich besuchen, weil das nicht angebracht wäre, deshalb bleibt eigentlich niemand übrig.

Christine hat eine kleine bunte Kiste, auf der Mr Nobody steht und Kisten für alle Leute, die ich kenne, mit ihren Namen drauf und einem kleinen Schlitz auf der Oberseite. Manchmal holt sie sie raus, und ich muss Sachen aufschreiben und die Zettel dann in die Schlitze stecken. Für Gefühle.

Ich denke mir dann immer was aus, könnte ja ein Trick sein. Wenn sie ernsthaft glaubt, dass ich irgendwen in die Pfanne haue nur wegen so 'nem beknackten Spiel, hat sie sich echt geschnitten.

Dann fällt mir wieder die Familie Für Immer ein und mein Herz fängt an zu pumpern, und in meinem Kopf ist schon wieder viel zu viel los. Donna und Lise kommen mich wahrscheinlich bestimmt bald holen, aber die sollen sich mal beeilen, sonst lande ich noch sonst wo.

Ich gehe rüber zum Sandkasten, nehme der kleinen Rosie den roten Eimer ab und pfeffere ihn über die Hecke. Sie plärrt natürlich sofort los. Heulsuse, zische ich. Jammerlappen.

Dann drehe ich mich zum Haus um, aber niemand schaut her. Die Tante hockt im Blumenbeet und rupft Unkraut. Also packe ich Rosie am Ohr und kneife so fest zu, dass sie loskreischt. Ich weiß, das ist gemein, und es tut mir ehrlich gesagt schon beim Kneifen leid, aber manchmal muss man ein bisschen was Schlimmes tun, damit nicht was richtig Schlimmes passiert.

Da kommt die Tante auch schon in ihren Crocs rübergestapft, nimmt Rosie auf den Arm und massiert die rote Stelle an ihrem Ohr. Ach Aurora, du böses Mädchen, was hast du gemacht?

Ich, Miss? Nichts, Miss.

Sie geht mit Rosie rein, und ich verziehe mich wieder unter meinen Baum. Hoffentlich hat das gereicht. Mal sehen, welche Familie Für Immer mich jetzt noch will.

Gerade will ich auch noch den Spaten über die Hecke schmeißen, da höre ich auf der anderen Seite leise jemanden pfeifen, zweimal kurz, einmal lang, genau wie Donna und ich früher.

Die Hecke ist superdicht, mit einem Drahtnetz dahinter, und alles, was ich sehe, sind zwei Füße und die Straße.

Ich renne zum Tor, aber es ist abgeschlossen, und ich kann nicht drübersehen.

Also renne ich zurück zur Hecke.

Ich bin's, Hase, flüstert Lise. Kommst du da irgendwie rüber?

Das Tor ist abgeschlossen, flüstere ich zurück.

Kannst du vielleicht auf irgendwas draufsteigen?

Ich schaue mich um. Fehlanzeige. Also wetze ich zurück zum Tor und versuche, das Schloss zu knacken, aber da geht nichts. Ich höre Lise auf der anderen Seite, und mein Herz pocht ganz schnell.

Lise! Geh nicht wieder weg!

Keine Angst. Mach mal Platz, ich trete zu.

Sekunden später gibt's einen lauten Krach, und sie muss echt einen auf Karate Kid gemacht haben, weil das Tor geht so schnell auf, dass es fast aus den Angeln fliegt. Dann steht sie auf einmal vor mir, mit so komischen roten Locken und einem Angelhut auf dem Kopf, und ich habe das Gefühl, mir hüpft gleich das Herz aus der Brust, so doll freue ich mich, sie zu sehen.

Sie greift nach meiner Hand. In dem Moment ertönen hinter uns laute Stimmen, und wir rennen, rennen, rennen, so schnell, dass ich mich fast auf die Fresse lege.

An der Ecke sehe ich schon das Auto, die Türen stehen offen, und der Motor läuft. Lise schubst mich auf die Rückbank und knallt die Tür zu, dann springt sie auf den Beifahrersitz, und wir fahren los.

Als ich mich umdrehe, sehe ich durch die Heckscheibe die Kümmertante und Christine auf der Straße stehen, sieht aus, als würden sie mir irgendwas hinterherrufen. Ich winke ihnen zu.

Ach du liebes bisschen, sagt die Frau am Steuer, und dann gackern Lise und sie plötzlich los wie die Bekloppten. Die Frau wirft einen Blick über ihre Schulter, zieht sich den Schal vom Kopf und grinst mich an. Es ist Geets Mum! Kein Witz, ich habe mich noch nie so gefreut, jemanden zu sehen. Noch nie.

Als wir von der Schnellstraße runter sind, fährt Geets Mum links ran, Lise steigt aus und holt was aus dem Kofferraum. Dann reicht sie mir 'n paar Klamotten, rosa Strickjacke und Jeans.

Rosa? Ich rümpfe die Nase.

Mach kein Theater, sagt sie, und zieh das an.

Zum Schluss hält sie mir eine Perücke mit blondem Zopf hin. Da musst du alle Haare drunterstopfen, sagt sie. Ab jetzt heißt du Josie, und ich bin deine Tante Jane.

37

Die Waschbecken haben alle ’nen Spiegel, und das Licht ist so hell, dass man die Augen zusammenkneifen muss.

Ich war auf dem Klo, habe mir mit den ganzen glibberigen Seifen die Hände gewaschen und alle Föns ausprobiert, weil ich wissen wollte, welcher der beste ist. Aber da kam nicht viel.

Jetzt lehne ich an der Wand und warte. Die Schlange wird erst lang und dann kurz und dann wieder lang, und die Tür in der Ecke ist immer noch abgesperrt. Ich gehe rüber.

Lise? Was machst du da drin?

Mit einem Ruck geht die Tür auf, und Lise zieht mich in die Kabine, dann schließt sie wieder ab.

Sie hat kein Oberteil an, nur ’n BH. Um ihren Bauch ist ein Verband gewickelt, und das lange Ende hat sie in der Hand. Ich setze mich aufs Klo.

Was machst du da?

Siehst du gleich, sagt sie.

Sie wickelt den Verband noch ein paarmal um sich rum, dann holt sie einen dicken braunen Papierumschlag aus ihrer Tasche und reißt ihn auf. Geld. Ganze Stapel von dem Zeug mit Gummibändern drum herum, Kohle ohne Ende.

Wow. Ist das Geld?

Schhh, nicht so laut, sagt sie.

Dann nimmt sie einen Geldstapel, hält ihn sich vor den Bauch und wickelt den Verband drüber. Ein zweiter kommt direkt daneben, und wieder wird gewickelt.

Paar Minuten später steckt das ganze Geld unter ihrem T-Shirt, und Lise zieht sich einen Pulli drüber. Sie sieht jetzt krass dick aus, und ich muss kichern.

Kein Wort, okay? Ist unser Taschengeld. Wenn uns wer aufhält, tu so, als könntest du nicht sprechen. Sag nichts.

Ich muss ganz schön ängstlich aus der Wäsche geguckt haben, weil jetzt beugt sie sich vor und tätschelt mein Knie. Mallorca. Wir fahren in den Urlaub, mach dir keine Gedanken, sagt sie.

Brauchen wir da so viel Taschengeld?

Wird ein langer Urlaub, antwortet sie nur.

Draußen in der Flughafenhalle sind die Fliesen aus Marmor und glänzen, und überall ist es laut. Die Leute rennen und drängeln, ziehen ihr Gepäck auf Rollen hinter sich her, und in einer Tour kommt was aus dem Lautsprecher. Ich versuche, mit Lise Schritt zu halten, da stolpere ich über einen Koffer. Sie zieht mich hoch und sagt: Pass auf, wo du hintrittst, wir haben keine Zeit.

Gerade will ich sie fragen, ob wir nicht doch 'n bisschen langsamer machen können, da sehe ich die Polizisten. In einer Reihe stehen sie vor einer Glasscheibe, und die Leute gehen nacheinander an ihnen vorbei. Die ganz am Rand sind bewaffnet, mit so 'ner Pistole, für die man 'nen Gurt braucht und zwei Hände zum Halten. Und Lise zerrt mich jetzt durch die Menschenmenge, geradewegs auf sie zu. Lise!

Sie hört nicht auf mich und packt nur noch fester zu. Los, hopp.

Als wir näher kommen, sehe ich hinter dem Glas große Maschinen stehen. Die Menschen fressen.

Lise! Ich schüttele ihren Griff ab, sie bleibt stehen und folgt meinem Blick. Keine Angst, sagt sie, das sind nur Metalldetektoren. Passkontrolle.

Aber die Polizei, sage ich.

Die tun uns nix, sagt sie, das sind Sonderbeamte, die sind immer hier. Flughafenpolizei. Nach uns sucht noch keiner, dafür waren wir zu schnell.

Als wir drauf zukommen, sehe ich, dass die Maschinen nur große Tore sind. Einer nach dem anderen gehen die Leute da durch und kommen auf der anderen Seite heil wieder raus, kein Problem.

Lise gibt dem Mann hinterm Schalter unsere Pässe und Tickets. Er wirft einen Blick drauf und schaut dann zu mir runter. Ich halte den Atem an.

Und, wo geht's hin, junge Dame?

Lise nickt, Er meint unseren Urlaub.

Mallorca? Meine Stimme ist ganz piepsig.

Er lächelt. Herrlich da. Schönen Urlaub wünsche ich dir, sagt er und zwinkert mir zu. Dann gibt er Lise die Pässe zurück, macht mit der Hand ein Zeichen, und wir stehen in der Schlange vor den Maschinen.

Zieh die Schuhe aus, sagt Lise.

Bei der Maschine angekommen, legt Lise ihre Sachen in eine Plastikwanne, sie rattert vorwärts und verschwindet. Ich geh zuerst, sagt sie, du wartest noch kurz.

Damit macht sie einen Schritt vor in so ’ne Art Schleuse, eine Frau in Uniform winkt sie durch. Dann bin ich dran.

Als ich durch die Schleuse gehe, macht es Diiing.

Moment. Die Frau hält mich fest und zieht mich zur Seite. Eine zweite Frau kommt dazu, mit einem schwarzen Stock in der Hand. Heb mal die Arme, sagt sie.

Ich schaue mich nach Lise um, kann sie aber nirgends entdecken. Mein Herz pocht so laut in meinen Ohren, dass ich kein Wort mehr verstehe.

Dadadada, sagt die Frau mit dem Stock, ihre Lippen bewegen sich. Dann hebt sie meine Arme hoch, streicht mit dem schwarzen Stock darüber, und plötzlich höre ich wieder was.

Diiing.

Ich habe keine Ahnung, was das bedeutet, aber gut ist es bestimmt nicht. Meine Brust tut weh. Vielleicht hat das Amt mir ja einen Diiing eingesetzt, damit ich nicht wegkann? Aber dahin gehe ich bestimmt nicht zurück. Gerade will ich losrennen, da packt die Frau mich am Handgelenk.

Dein Armband piepst, sagt sie. Nimm’s ab und geh dann noch mal durch die Schranke.

Ich kriege den Verschluss nicht auf, weil meine Hände auf einmal ganz dick sind, also hilft sie mir und legt es in ein Schälchen.

Plötzlich steht Lise wieder neben mir und verpasst mir einen Knuff.

Komm, geh einfach noch mal durch, sagt sie.

Diesmal kommt kein Diiing.

Hinter der Schleuse holen wir unsere Sachen aus den Wannen, ich ziehe meine Schuhe wieder an und gebe Lise das Armband.

Alles gut, sagt sie, kannst es wieder anziehen.

Passt schon, sage ich, ich will's nicht mehr.

Danach kommen noch ein paar Schlangen, dauert echt ewig, und irgendwann sitzen wir dann im Flieger, eingeklemmt zwischen einer alten Frau und einem Mann mit 'nem Kleinkind. Ausgerechnet, sagt Lise halblaut. Schöne Scheiße.

Das Flugzeug rollt los. Die Motoren grummeln, und durch das kleine Fenster sieht man, wie das Gras am Rande der Fahrbahn sich langsam rückwärts bewegt.

Dann steht plötzlich vorne eine Kellnerin und erzählt irgendwas. Dabei macht sie so komische Gesten.

Pass gut auf, sagt Lise, das ist wichtig. Für die Sicherheit.

Wenn wir abstürzen, oder wie?

Lise schaut nicht mal von ihrem Handy auf. Wir stürzen nicht ab, sagt sie.

Meine Brust tut schon wieder weh. Ich sehe der Kellnerin zu und versuche, mir so viel wie möglich zu merken, dann hole ich die Karte aus der Tasche vor mir und fange an, mir alles einzuprägen.

Auf einmal wird das Motorengeräusch immer lauter, und irgendwann klingt es fast wie Gebrüll. Meine Ohren tun weh, und ich spüre so ein Ziehen im Bauch, als würde was ganz Schweres in mich reingesaugt und hinten wieder raus, und dann drückt mich irgendwas in meinen Sitz. Als ich aus dem Fenster schaue, saust das Gras volle Pulle daran vorbei. Lise!

Das ist das Schönste am Fliegen, Ror, wenn der Pilot vor dem Start den Motor hochjagt.

Der soll mal die Kupplung kommen lassen, sage ich.

In meiner Brust wird es immer enger, bis ich das Gefühl habe, ich kriege keine Luft mehr, und dann gibt auf einmal alles nach, und mein Magen sackt weg wie auf dem Riesenrad. Plötzlich gleiten wir ganz sanft dahin, und ich klebe wieder in meinem Sitz.

Schau, sagt Lise und deutet zum Fenster. Wir sind in der Luft!

Draußen verschwindet der Boden im Nichts.

Lise! Es ist ja ganz neblig! Ich greife nach der Karte.

Lise lacht. Du Schaf, das sind doch nur Wolken.

Paar Minuten später haben sich die Wolken verzogen, und der Himmel ist knallblau. Die Sonne prallt auf den Flügel, und ich muss die Augen zusammenkneifen, so hell ist es. Inzwischen sieht man draußen nur noch Himmel, aber ich kann einfach nicht wegschauen. Wie Sommer, sage ich.

Lise drückt meine Hand. Hier oben ist immer Sommer, sagt sie.

Ein warmes Gefühl macht sich in mir breit. Mum wäre da voll drauf abgefahren.

Ein bisschen später, als der Motor nur noch leise vor sich hin summt und Lise auf dem Klo ist, muss ich an Donna denken und danach wieder an Mum. Ich versuche, mir ihr Gesicht vorzustellen, aber es klappt nicht, und plötzlich bleibt mir die Luft weg, und es hämmert in meinem Kopf. Da höre ich auf einmal superklar ihre Stimme, und sie streicht mir die Haare aus der Stirn so wie früher. *Alles okay, mein Schatz*, sagt sie.

Lise hat sich wieder auf ihren Platz gequetscht und drückt meine Hand.

Nicht weinen, Hase, wir sind in Sicherheit. Bald ist alles überstanden.

Ich bin müde. Was wird jetzt aus Nan, und wer macht das mit dem Complan, und wann sehe ich Geet wieder?

Könnte ein bisschen dauern, sagt Lise.

Kommt Donna eigentlich mit … in den Urlaub?

Lise lächelt und klopft sich aufs Knie, Ich hoffe es. Aber jetzt mach dir mal keine Gedanken und schlaf 'ne Runde.

Danach liest sie wieder ihre *Closer,* und mit der anderen Hand streichelt sie mir übern Kopf. Ich höre die ganze Zeit nur Mums Stimme, *Alles okay, mein Schatz*, *Alles okay, mein Schatz,* und langsam verschwimmt alles um mich rum.

Dann bin ich wohl eingepennt.

38

Von meinem Platz hinter der Plastikscheibe überblickt man den ganzen Gerichtssaal.

Ich sitze auf einer langen Bank, flankiert von zwei G4S-Wachleuten, einer Frau so breit wie ein Schrank und einem Typen aus Liverpool mit 'nem Schiffstattoo auf dem Handrücken. In den Bänken vor mir wackeln ein paar fette Pinguine mit den Köpfen, stehen auf und setzen sich wieder. Mit ihren Papieren, Perücken und schwarzen Roben sehen sie irgendwie alle gleich aus.

In der zweiten Reihe von vorne entdecke ich Harriet, die bei Jessop's arbeitet. Sie erwidert meinen Blick und lächelt sogar kurz, dann deutet sie mit wippenden blonden Locken auf den hochgewachsenen Kerl, der eine Reihe vor ihr gerade seine Perücke zurechtrückt.

Der Saal ist echt riesig. Am anderen Ende steht ein Podest, mit 'ner Tür auf beiden Seiten und einem breiten Tisch in der Mitte. Dahinter sieht man die Lehne von einem wuchtigen Ledersessel.

Vor dem Podest steht ein zweiter Tisch, Pinguin dahinter, Robe, aber keine Perücke. Er steht auf und sagt irgendwas in meine Richtung, das ich nicht verstehe, und dann erheben sich alle. Die Schluse zu meiner Linken packt mich unsanft am Arm und zieht mich auf die Füße. Aus einer der Türen an der Seite kommt jetzt die Richterin und nimmt vorne in dem fetten Ledersessel Platz. Auf eine Handbewegung von ihr setzen sich alle wieder hin.

Der Schrank drückt mich zurück in meinen Sitz. Geh kacken, sage ich zu ihr. Dann werfe ich einen Blick zu den Besucherbänken neben der Drehtür, sehe aber kein bekanntes Gesicht.

Jetzt steht der Anwalt in der Reihe vor Harriet auf. Er sagt irgendwas, aber ich verstehe ihn von hier aus einfach zu schlecht. Andererseits ist es wahrscheinlich auch furzegal, ob ich mitkriege, was da vorne passiert – mich fragt sowieso keiner was.

Mit einem sanften Sauggeräusch geht die Drehtür zu, und ich sehe gerade noch, wie Marta auf die Besucherbank huscht. Die Alte ist 'n Star.

Donna Jane Wilson, erheben Sie sich, sagt die Richterin.

Der Wachhund hinter mir packt mich an der Schulter und reißt mich hoch. Ich schwöre, wenn der Typ mich noch mal anfasst, ziehe ich ihm eine. Die Richterin schaut mir unumwunden ins Gesicht, und ein paar von den Pinguinen blinzeln mich erwartungsvoll an.

Donna Jane Wilson. Ihnen wird unerlaubter Waffenbesitz zur Last gelegt, außerdem Drohhandlungen, Widerstand bei der Festnahme und Angriff auf einen Vollstreckungsbeamten. Der Verhandlungstermin ist auf den 3. März festgesetzt. Am 20. Januar findet eine Voruntersuchung statt. Sofern in der Zwischenzeit keine weitere Anhörung stattfindet, bleiben Sie bis dahin in Untersuchungshaft. Die Verhandlung ist hiermit bis auf Weiteres vertagt. Haben Sie verstanden?

Ich nicke und lächle. Also kein Weihnachtsmann?

Leises Gekicher. Die Richterin tut so, als hätte sie mich nicht gehört.

Der Justizbeamte vorne am Tisch steht wieder auf und sagt, Die Krone gegen Kevin Whitehead, oder irgend so 'ne andere arme Wurst.

Marta nickt mir zu, und ich schaff's gerade noch, ihr zuzuzwinkern, bevor die zwei Sicherheitsleute mich vor sich her in den Gang schubsen, der zu den Zellen führt.

Ich frage, ob ich kurz aufs Klo darf – Magen verdorben.

Kann warten, sagt der Schrank.

Ey, bis wir hier durch sind, bin ich geplatzt. Da gleich den Gang runter ist 'n Klo.

Im selben Moment könnte ich mich in den Arsch beißen. Hoffentlich fragt jetzt keiner, woher ich das weiß, aber scheinbar ist an dem Spruch mit den Wachleuten und den Holzplanken echt was dran. Von mir aus, sagt der Typ aus Liverpool schließlich.

Im Gang vor der Klotür tasten die zwei mich noch mal ab. Dann mache ich die Tür auf und bin drin.

Das Licht geht automatisch an. Drei Kabinen. Ich nehme die mittlere und schaue an die Decke. Über mir sitzt eine Fliese locker, und dazwischen ist ein Spalt. Ich stelle mich auf den Toilettensitz und stemme die Füße links und rechts gegen die Trennwand, sodass ich frei über der Schüssel schwebe. Hoffentlich halten die Spanplatten. Dann schiebe ich mich zentimeterweise nach oben, bis ich an die lose

Fliese komme und sie mit der Schulter anheben kann. Zum Schluss wuchte ich die Ellbogen über den Rand und ziehe mich mit Schwung durch das Loch nach oben.

Ich habe eigentlich mit 'ner Art Zwischendecke gerechnet, aber hier oben sieht's eher aus wie in 'nem Flugzeughangar. Stromkabel für die Beleuchtung, überall fette gerippte Rohre, Balken, auf denen man laufen könnte. Zieht sich ewig hin, das Ganze, und ich kann sogar beinahe aufrecht stehen.

Aber zuerst schiebe ich die Fliese zurück an ihren Platz und mache sie fest.

Neben mir steht ein Eimer mit einem Arbeitsoverall und einer blauen Plastikhaube. Ich ziehe beides über und schnappe mir den Eimer.

Am anderen Ende des Raums ist ein gelbes Staubtuch an einem Rohr befestigt, daneben noch eins und noch eins.

Ich bahne mir einen Weg über die Stahlträger, und beim letzten Tuch angekommen, hebe ich wieder die Fliese an. Darunter kommt ein Korridor zum Vorschein, mit dickem grünem Teppich.

Ich stecke den Kopf durch das Loch und schaue mich nach allen Seiten um. Die Luft ist rein. Ein paar Meter weiter macht der Gang einen Knick, aber das Risiko muss ich eingehen.

Also lasse ich mich durch den Spalt auf den Teppich fallen. In der Decke klafft jetzt natürlich ein Loch, aber außer hoffen, dass keiner da raufschaut, kann ich dagegen aktuell wenig tun.

Ich richte mich auf, greife mit einer Hand nach dem Eimer und ziehe mir die Haube tief in die Stirn. Frage ist, in welche Richtung soll's gehen. Ich meine, ich kann hier nicht einfach so stehen bleiben.

Plötzlich dringen Stimmen an mein Ohr, und ich weiß immer noch nicht, wohin. Hilft nix, muss ich wohl bluffen.

In dem Moment biegen Jen und Sonns Cousine Ali um die Ecke, dahinter kommt Mina, alle in Overalls. Sie ziehen einen Putzwagen hinter sich her, und Jen grinst mich unter ihrer Haube breit an.

Schweigend schließe ich mich der vermeintlichen Putzkolonne an, und gemeinsam laufen wir an der nächsten Biegung nach rechts – direkt Wallace und Gromit in die Arme, die immer noch vor dem Klo auf mich warten.

Der Typ aus Liverpool lächelt. He Girls, ihr seid ja schon wieder fleißig.

Ali grinst zurück. Tja, der Teufel schläft nie.

Ich mache einen auf Salford und nicke, ohne den Blick zu heben. Hey-o.

Dann sind wir an den beiden vorbei.

An der nächsten Ecke höre ich den Schrank sagen, Was treibt die Alte eigentlich so lange da drin?

In dem Moment würde ich am liebsten auf der Stelle losrennen.

Als wir zum Notausgang kommen, geht das Gekicher los. Insgeheim hatte ich schon befürchtet, das Ding wäre abgeschlossen, aber nein.

Während Ali und Jen den Wagen abstellen, drücke ich die

Klinke runter und stehe plötzlich in der Sonne; der Tag ist kalt und klar. und es riecht total gut. Ich hole tief Luft.

Der Parkplatzwächter schaut kaum von seiner Zeitung auf. Abwesend drückt er auf den Schalter: Bis dann, die Damen.

Nach einer gefühlten Ewigkeit geht endlich das Tor auf und obwohl es saukalt ist, bin ich inzwischen ganz schön am Schwitzen.

Draußen auf der Straße kann ich's erst gar nicht so richtig fassen. Hinter uns geht das Tor zu.

Wir halten uns rechts.

Ein paar Meter weiter steht mit laufendem Motor ein dunkelgrüner Laster am Straßenrand, dahinter eine Frau in Overall und Basecap. Als wir näher kommen, klappt sie das Heckteil runter und macht einen Schritt zur Seite.

Ali und Jen gehen einfach weiter, Lastwagen auf der einen, Mauer auf der anderen Seite.

Nach einem Seitenblick auf Mina nehme ich sie kurz in den Arm. Sie vergräbt ihr Gesicht an meiner Schulter. Wirst mir fehlen, sagt sie.

Keine Sorge, ich melde mich.

Mit glänzenden Augen lächelt sie zu mir hoch. Glaub ich dir nicht, aber ist schon okay.

Sie hat wahrscheinlich recht. Wieso komme ich mir bei der Frau immer noch jedes Mal vor wie das letzte Arschloch, obwohl ich Sachen sage und Dinge tue, auf die ich sonst im Traum nicht gekommen wäre?

Ich gebe ihr einen Kuss auf die Stirn. Ich muss los. Danke für alles, Babe.

Sie macht sich los. Komm, hau ab, sagt sie, und pass auf dich auf.

Ich sehe ihr nach, wie sie den anderen hinterherrennt, am Laster vorbei und noch ein Stück weiter …

Dann klettere ich samt Plastikeimer über das heruntergeklappte Heckteil auf die Ladefläche.

Als die Tür hinter mir zugeht, ist es mit einem Mal stockfinster. Ich mache einen Schritt nach vorne und stolpere prompt über das erste Hindernis. Vorsichtshalber gehe ich auf die Knie und taste mich langsam vorwärts. Da steht 'ne Reisetasche.

In dem Moment heult der Motor auf, dann macht der Laster einen Ruck, und wir setzen uns in Bewegung.

Langsam nimmt meine Umgebung in der Finsternis Gestalt an. Über meinem Kopf entdecke ich ein Lüftungsgitter und schiebe den Riegel zur Seite. Zwischen den Lamellen dringen dünne Lichtstreifen ins Innere. Zitternd schaltet der Laster ein paar Gänge runter, der Staub tanzt im Rhythmus mit. Auf der anderen Seite der Ladefläche kann ich ein Motorrad ausmachen, mit Gurten gesichert, daneben eine schmale Matratze.

Nach kurzem Wühlen in der Reisetasche fördere ich nicht nur ein Paar Jeans und ein T-Shirt zutage, sondern auch meine Lederjacke. Darunter liegen mein Handy und mein Messer, und in der Jackentasche stecken ein Bündel Scheine, mein offizieller Reisepass und mein englischer Führerschein.

Ich ziehe mich um, raffe den Overall und die Plastikhaube zusammen und stopfe sie in die leere Reisetasche, das

Messer und die Kohle stecke ich mir in die Socken. Das Handy kommt erst mal in die oberste Jackentasche, bis ich meine Kontakte auf ein neues, sauberes Gerät übertragen habe.

Dann mache ich's mir auf der Matratze bequem, aber zum Schlafen bin ich viel zu aufgedreht. Irgendwie muss ich auf einmal an Louise denken und wie scheiße ich zu ihr war, nur weil ich sie nie geliebt habe, und dass sie das nicht verdient hatte, nicht nach zwei Jahren. Sie war immer da, irgendwo im Hintergrund, dabei habe ich sie x-mal an der Bar stehen lassen, weil ich schauen wollte, was noch so geht an dem Abend, und dann habe ich oft nicht mal zu Hause übernachtet. Wenn ich am nächsten Tag angekrochen kam, waren ihre Augen immer ganz geschwollen vom Heulen, und ich habe so getan, als würde ich's nicht merken. Und dann das letzte Mal, als sie in meinen Armen geweint hat und ich mir nur vorkam, als säße ich in der Falle. An ihre Gefühle habe ich damals keinen Gedanken verschwendet, alles, was ich wollte, war weg.

Ich greife nach meiner Hose. Mein Gott, Lou, jetzt hör doch mal auf zu flennen. Ist ja peinlich.

Was hast du denn erwartet?, schluchzt sie.

Werd doch zur Abwechslung einfach mal wütend, sage ich. Langsam halt ich das echt nicht mehr aus.

Wütend? Und was soll das bringen? Mit solchen Gefühlen kannst du doch gar nicht umgehen.

Was soll 'n das heißen?

Na, dann wärst du bestimmt längst gegangen.

Jetzt gehe ich auch, kommt also aufs Gleiche raus.

Warum musst du immer so fies zu mir sein?, fragt sie. Nur weil ich nicht Carla bin.

Ich halte inne. Ey, was laberst du? Was hat das mit Carla zu tun?

Sie gibt ein kurzes, kaltes, trauriges Lachen von sich.

Du bist echt die Einzige, die's immer noch nicht gerafft hat.

Plötzlich schrecke ich hoch. Muss Stunden später sein. Der Laster schert scharf nach links aus und bremst, dann kommt er mit quietschenden Reifen zum Stehen. Ich spitze die Ohren, während meine Pumpe Extraschichten schiebt, aber alles, was ich höre, ist ein vorbeirauschendes Auto und das Rattern von einem Laster. Wahrscheinlich sind wir an der Tanke, zum Fahrzeugwechsel.

Dann werde ich stutzig. Inzwischen kommt kein Licht mehr durch die Lüftungsschlitze, draußen ist es also längst dunkel, und eine Lampe brennt auch nicht, das heißt, wir sind nicht an der Tanke, sondern irgendwo im Nirgendwo. Und dafür kann's eigentlich nur einen Grund geben, und der trägt 'ne Uniform. Fuck, ich wünschte, ich könnte was sehen.

Erst als vorne die Fahrertür zuknallt, fällt mir auf, dass ich den Atem anhalte. Ich stehe auf, taste mich zum Motorrad vor und gehe daneben in die Hocke.

Jemand haut mit der Faust gegen die Hecktür, und als der Riegel zurückgeschoben wird, kommt mir plötzlich ein zweiter Gedanke: Scheiße, die Fahrerin. Gleich geht die Tür auf, und ich glotze in den Lauf einer Neunmillimeter, Darts-

Lady am Abzug und kein Ausweg in Sicht. Nur weil ich Danny oder Kim oder sonst irgendwen unterschätzt habe. Fuck, was habe ich mir bloß dabei gedacht?

Inzwischen sind draußen zwei Stimmen zu hören, vielleicht auch drei.

Aber he, ich gebe mich nicht kampflos geschlagen. Kurz entschlossen ziehe ich das Messer aus meiner Socke, schicke ein Dankgebet zum Himmel, weil jemand daran gedacht hat, es einzupacken, und drücke mich direkt neben der Hecktür mit dem Rücken an die Wand. Die gehen bestimmt davon aus, dass ich so weit hinten sitze wie möglich, sprich, wenn ich's schlau anstelle, schaffe ich's vielleicht an ihnen vorbei und kann entkommen.

Da geht die Tür auf. Ich verpasse ihr einen kräftigen Fußtritt und erwische den Spacko dahinter mit voller Wucht, höre einen Aufschrei, als das Blech mit einem Knochen kollidiert, und sehe, wie eine Taschenlampe zu Boden fällt. Aber ich habe keine Zeit nachzuzählen, mit wie vielen Angreifern ich's zu tun habe, stattdessen hechte ich mit Schwung vom Laster, der Nacht entgegen. Zum Glück war's da drin so stockfinster. Wenn die eine Taschenlampe hatten, bin ich jetzt die Einzige, die was sehen kann.

Das Ganze entpuppt sich als Selbstläufer, wir sind nämlich auf 'nem Rastplatz, und hinter einer Hecke mit Graben sieht man schon den Wald.

Da ertönt plötzlich eine Frauenstimme. Donna! Wo willst du hin, Mann?

Ich werfe einen Blick über die Schulter und bleibe abrupt stehen. Neben dem Laster hockt eine Frau im Gras, hält sich das Gesicht und schüttelt den Kopf fassungslos in meine Richtung. Vor dem Laster parkt ein schrottreifer alter Luton.

Meine Fahrerin wirft entnervt die Arme hoch und fragt noch mal, Wo willst du hin?

Mein Gesicht, Mann, wimmert die Frau auf dem Boden.

Ich gehe zurück zum Laster, Messer noch immer gezückt, weil wer weiß.

Lasterwechsel, du Nuss, sagt meine Fahrerin und steckt sich das T-Shirt in den Bund. Hat dir das keiner gesagt?

Ich schaue mich um. Ach ja? Und warum sind wir dafür nicht an der Tanke?

Sie grinst. Wenn du unbedingt 'ne Runde vor den *Crimewatch*-Kameras drehen willst, Babe, kannst du gern zur Tanke zurückfahren. Aber ohne uns. So 'n Rastplatz ist einfach viel sicherer.

Ich mustere die beiden. Kann gut sein, dass ich mich getäuscht habe.

Wo sind wir?

Kurz vor London, sagt die Fahrerin. Hier musst du umsteigen.

Namen und den Kontakt, sage ich.

Kein Name, kein Ausweis, sagt meine Fahrerin. So war's abgemacht.

Ich lasse das Messer in meiner Hand kreisen und hebe die Augenbrauen.

Leanne, sagt sie schließlich und zuckt mit den Schultern. Ich fahr Laster in Stoke, der Auftrag kam aus Crewe.

Danach schaue ich sie mir zum ersten Mal richtig an: dunkle Haare, Pferdeschwanz, freundliche Augen und dicke

Schwielen an den Händen. Ich deute auf den Boden, wo die andere immer noch ihre Nase abtastet.

Lange rote Locken unter 'ner Basecap, eine Million Sommersprossen, Blut im Gesicht. Und wer ist das?

Karen, sagt die Rothaarige und steht auf, Walthamstow Rugby Club. Deine Mitfahrgelegenheit an die Südküste. Aber eins sage ich dir, Jackie Chan, wenn du noch mal so 'ne Nummer abziehst, dann kannst du laufen.

Ich überlege kurz, dann nicke ich. Macht hinten auf, ich hole die Maschine.

Auf der Ladefläche stecke ich mir das Messer in den Gürtel und schnalle die Tasche am Bike fest, während die beiden die Rampe runterlassen. Einfach schieben, sagt Leanne.

Ich achte gar nicht auf sie und lasse den Motor an. Dann springe ich in den Sattel, ziehe den Hebel zu mir ran, gebe kräftig Gas und schieße über die Rampe nach draußen; Leanne und Karen hechten gerade noch rechtzeitig zur Seite, als ich an ihnen vorbeizische. Ein paar Meter weiter reiße ich die Maschine noch einmal herum. Nix für ungut, die Damen, aber ich kann's einfach nicht riskieren.

Und mit diesen Worten bin ich auf und davon.

39

Nach zwanzig Minuten quer durch die Pampa wähne ich mich langsam in Sicherheit, also halte ich am Straßenrand und hole Taschenlampe und Karte raus.

Dann fahre ich auf die Autobahn, immer der Nase nach, an London vorbei und direkt auf die A22 in Richtung Eastbourne. Um die Uhrzeit komme ich ganz gut voran, aber irgendwann ist die Tankanzeige so niedrig, dass ich den Benzinkanister raushole. Beim nächsten Mal muss ich mir ’n geparktes Auto mit unverschlossenem Tankdeckel suchen und den Schlauch benutzen, Tanke mit CCTV ist zu riskant.

Die Landschaft hier im Süden ist flach, gibt gar keine richtigen Hügel. An der Kreuzung zur A27 nach Brighton muss ich daran denken, wie Carla und ich da immer mal hinwollten, zum Pride. Gemacht haben wir’s nie.

In Eastbourne nehme ich direkt Kurs auf den Hafen. Sieht aus wie Morecambe nach ’nem Makeover, alles in Weiß, und während die Küstenstraße sich in Serpentinen zu den Klippen hochwindet, sehe ich im Rückspiegel die Lichter der Stadt immer kleiner werden, und zum Schluss ist nur noch das schwache Glitzern von einem Schiff draußen auf dem Meer zu erkennen.

Als ich in Richtung Beachy Head abbiege, ist es fast schon Morgen, und meine Arme und Beine sind taub vor Kälte. Bei einer Abzweigung auf der Hügelkuppe halte ich mich links und folge dem Weg querfeldein durch die Wiesen. Nach einer Windböe von oben kommt das Bike ins Schlingern, als hätte ich gerade auf die Bremse getreten. Ein Stück weiter steht mitten im Nirgendwo eine Telefonzelle mit einem Schild, *Samariter – Wir sind immer für Sie da.*

Ich fahre links ran und nehme den Helm ab, ziehe die Handschuhe aus und reibe meine eisigen Handflächen aneinander, dann schalte ich den Motor aus und warte, bis meine Augen sich an die Finsternis gewöhnt haben. Allmählich schwappt von Osten die Dämmerung herüber, und am Horizont ist das erste Morgenrot zu erahnen. Über den Klippen kreisen kreischend die Möwen, und lange Grasbüschel stemmen sich tapfer gegen den Wind.

Wo ich stehe, fällt die Wiese sanft zum Meer hin ab, kein Zaun weit und breit. Hinter mir ist ein paar Hundert Meter weiter im Halbdunkel der Umriss von einem Gebäude zu erkennen, vielleicht ein Pub. Nirgends brennt Licht. Vor mir nur die Klippen, die Vögel und das Meer.

Kein Grund, noch länger zu warten. Ich mache noch einen letzten Kontrollgang um die Maschine, dann werfe ich den Motor an und steige auf. In dem Moment höre ich ganz deutlich Claras Stimme. *Warte, bis die Sonne aufgeht*, sagt sie.

Ich lehne mich vor und lege die Wange an den Tank. Das Blech fühlt sich warm und glatt an und riecht nach allem, was wir zusammen gemacht haben, und allem, wozu wir nie gekommen sind. Der Motor pocht gegen meine Haut, hat irgendwie was Beruhigendes. Auf einmal stehe ich neben meinem Körper und sehe jemand anders vor mir, klein und einsam. Jemand, den niemand vermissen wird.

In dem Moment fällt ein Sonnenstrahl auf die Klippen und taucht den weißen Fels in ein rosarotes Licht. Das hätte ihr gefallen.

Ich gebe dem Bike einen letzten Klaps, vollführe einen weiten Wendekreis und bringe die Maschine in Position. Dann hole ich tief Luft, ziehe den Gashebel zu mir ran und lasse einfach laufen. Der Wind tost in meinen Ohren, als wir über die holprige Wiese jagen, die Felder wirbeln an mir vorbei. Ich bleibe im ersten Gang, bis der Motor aufheult, dann gebe ich Kupplung, schalte in den Leerlauf, und die Maschine fliegt übers Gras auf das Meer zu.

Im letzten Moment hechte ich aus dem Sattel und in einem weiten Bogen schießt das Bike ohne mich über die Klippe, locker fünfzig Fuß weit. Zum Schluss scheint es einen Augenblick lang in der Luft zu schweben, dann stürzt es senkrecht nach unten und ist weg.

Als ich vorkrieche bis zur Kante, ist im Wasser nichts mehr zu sehen außer Felsen und Wellen. Muss abgesoffen sein wie ’n Sack Zement.

Ich schäle mich aus meiner Lederjacke und leere die Taschen aus. Führerschein, Reisepass, Artemis-Karte, das Handy. Führerschein, Pass und Karte stecke ich zurück, dann werfe ich die Jacke ins Meer. Sie segelt durch die Luft wie ein Vogel und treibt noch kurz in der Gischt hin und her, dann ist sie verschwunden. Dauert bestimmt nicht lange, und das Meer spült sie wieder an, sogar das Bike wird wahrscheinlich irgendwann wieder auftauchen. Mach's gut, Donna, sage ich.

Langsam sollte ich wohl mal 'n Gebet aufsagen oder 'ne Träne vergießen oder austicken oder so, aber das war irgendwie noch nie meine Art. Außerdem habe ich das alles schon im Vorfeld erledigt. Wenn man weiß, dass ein Abschied naht, muss man vorher ordentlich trauern, hat Dad immer gesagt. Wenn's dann so weit ist, kann man leichter 'nen Schlussstrich ziehen.

Man darf nie zurückschauen, mein Kind, hat er gesagt. Bringt eh nix.

Schon komisch. Ich habe immer gedacht, dabei wär's um Frauen gegangen.

40

Oben an der Hauptstraße nehme ich den Küstenbus in Richtung Westen.

Obwohl's draußen arschkalt ist, sieht die Luft irgendwie so sauber und hell aus, und es riecht vor allem ganz trocken. Kriegt man glatt Lust, die Beine auszustrecken und tief durchzuatmen. Auf jeden Fall gibt's hier mehr Himmel als zu Hause. Durch das Busfenster wirft die Wintersonne ein Viereck auf meine Jeans.

Felder und Dörfer ziehen an mir vorbei. Überall Bungalows und Pflanzen mit spitzen Blättern, dazwischen Gärten und Wiesen, und man fragt sich, warum Leute mit so viel Kohle kein Haus mit Obergeschoss wollen; die können doch nicht alle behindert sein.

Newhaven liegt buchstäblich am Arsch der Welt, außer dem Hafen und der Fähre scheint es hier nichts zu geben. Ich steige am Busbahnhof aus und mache mich auf die Suche nach dem Café. Jenseits der Hauptstraße blinkt hinter dem Hafenbecken das Meer, schiefergrün und kalt, und über allem schwirren die Möwen. Mir wäre das Gekeife auf Dauer ja zu anstrengend.

Im Café ist es warm und dunstig, abgenutzte Kiefernmöbel und Ketchupflaschen aus Plastik. Es stinkt nach Flash und Bratfett, und an den Fensterscheiben läuft das Kondenswasser runter. Immerhin steht auf jedem Tisch 'ne Plastikblume. Paar Penner hocken vor ihrem Tee.

Hinter der Theke lehnt ein Mädel, Tattoos Marke Eigenbau und ein Ring in der Lippe, knallorange gefärbte Palme auf dem Kopf. Sieht aus wie zwölf, oder vielleicht werde ich auch einfach alt.

Ich bestelle eine heiße Schokolade. Bring ich dir, sagt sie.

Als es so weit ist, steht auf dem Kassenbon unter der Tasse eine Handynummer. Die Schoki soll angeblich eins achtzig kosten, aber da hat sich wohl jemand verrechnet. Ich lasse ein Pfund auf dem Tisch liegen und mache mich auf die Suche nach einer Telefonzelle.

Beim Busbahnhof werde ich fündig. Noch so was – in dem Kaff funktionieren die öffentlichen Telefone! Ich wähle die Nummer auf dem Zettel, und am anderen Ende sagt eine Frauenstimme, ich soll zu Anleger 13 am Hafen gehen.

Dort treffe ich natürlich kein Schwein an, und alles ist abgesperrt.

Plötzlich ertönt ein Pfiff.

Hier am Ende des Kais wirkt der Hafen vollkommen ausgestorben, bis auf einen Fischer, der ein paar Meter weiter eine Reuse repariert.

Ich schlendere zu ihm rüber.

Er ist eine Sie. Auf den ersten Blick käme man nicht drauf, wegen der Wathosen und der Kappe und der charmanten Art, mit der sie mich jetzt träge anraunzt, Donna? Bist spät.

Sie ist irgendwas zwischen fünfundzwanzig und dreißig, superdrahtig. Augen im gleichen Graugrün wie das Meer und Wimpern wie ’n Satz dunkler Federn, braune Haut, sieht nach Spanierin aus. Ihr Kinn wirkt wie aus Stein gemeißelt, und ihre schwarzen, buschigen Augenbrauen sind in der Mitte fast zusammengewachsen. Die reinste Steilvorlage für Lise und ihre Pinzette. Ihre Hände an den Seilen sind breit und muskulös, aber wohlgeformt, und unter den Nägeln hängt schwarz der Dreck. In dem Aufzug würde an ’nem Freitagabend auf der Canal Street wenig laufen, aber ich glaube, aus der Alten könnte man schon was machen.

Als sie aufsteht, überragt sie mich um ein ganzes Stück. Ich trabe ihr hinterher, an den Schuppen vorbei um den Kai herum, zwischen Reusen und Kisten und stapelweise Kram unter Abdeckplanen. Für jemanden, der so langsam spricht, ist sie ziemlich schnell unterwegs.

Irgendwann kommen wir an eine steile Steintreppe, die direkt ins Wasser führt.

Beim Anblick des Boots bleibe ich wie angewurzelt stehen. Willst du mich verarschen?

Am Fuß der Treppe liegt ein Kahn, auf dem würde ich nicht mal den Stausee in Debdale an einem lauen Sommertag überqueren, geschweige denn den Ärmelkanal im Dezember. Sieht aus wie aus einem von Shilohs Bilderbüchern, kleine Kabine obendrauf, vollgestopft mit Krempel und höchstens drei Fuß zwischen Deck und Wasser. Die tollkühne Lesbe in ihrem fliegenden Boot. O Mann, ich hoffe es.

Meine Señorita schweigt sich derweil aus und fängt an, die Leinen loszumachen.

Dann schaut sie mich an.

Müssen beeilen, sagt sie ungerührt.

Nach dem Ablegen kotze ich mir erst mal vier Stunden lang die Seele aus dem Leib. Miss Personality da vorne am Steuer hat in der Zeit nicht ein einziges Mal gelächelt und noch weniger gesagt. Ich weiß nicht mehr genau, wann die Übelkeit nachlässt, auf jeden Fall lange, nachdem zum letzten Mal irgendwas hochkam.

Am Ende lasse ich erschöpft die Reling los und sinke mit dem Kopf auf die Planken.

Als ich wieder aufwache, bin ich steif gefroren. Bei jedem Loch in der Wolkendecke glitzert der Frost auf der Reling und den Planen im Mondlicht. Ansonsten ist es stockduster, und man hört nur das dumpfe Knattern des Motors und die Wellen, die gegen den Schiffsrumpf krachen.

Ich rappele mich auf und stecke den Kopf in den winzigen Holzunterschlupf, der als Ruderhaus dient. Laut digitaler Zeitanzeige ist es 18.05 Uhr. Wo sind wir?, frage ich.

Sie starrt stumm geradeaus.

Bei so was werde ich ungemütlich. Hör mal, ich weiß, die Verschwiegenheitsmasche ist Absicht, aber langsam machst du dich lächerlich. Wir sind doch auf derselben Seite. Außerdem hab ich dich nicht nach deiner Kontonummer gefragt. Also, wo sind wir, Mann?

Sie gibt sich geschlagen, und auf Knopfdruck geht am Steuerpult ein Bildschirm an. Auf einer digitalen Landkarte sind in Neongelb die englische und die französische Küste eingezeichnet. Der Kanal dazwischen ist gerammelt voll mit winzigen hellen Dreiecken in allen möglichen Farben, die in sämtliche Himmelsrichtungen zeigen. Müssen Schiffe sein. Sieht aus wie die M602 zur Rushhour. Meine Spanierin deutet auf ein Dreieck, das nach Süden zeigt und schon drei Viertel der Überquerung hinter sich hat.

Sind wir das?

Sie zuckt mit den Schultern, Kann sein.

Ich spähe über das Ruder nach vorne. Können die anderen uns sehen?

Ich hoffe, sagt sie, ohne eine Miene zu verziehen, so ein Tanker hat nämlich drei Meilen Bremsweg.

Schwer zu sagen, ob es mir danach besser geht oder schlechter. Besser, weil hier draußen so viel Verkehr herrscht, dass bestimmt keiner auf die Idee kommt, im Küstengewässer nach 'nem pupsigen Fischkutter zu fahnden – oder schlechter, weil ich mir sicher bin, dass wir über kurz oder lang mit irgendwas zusammenkrachen. Ich hoffe nur, es ist kein Tanker.

Ich stör dich mal nicht weiter, sage ich und verdrücke mich wieder an Deck.

Später am Abend tauchen allmählich die dunklen Umrisse des Festlands vor uns auf. Ab und an sieht man am Ufer ein Lichterhäufchen, höchstens stecknadelgroß, das mit dem Seegang auftaucht und dann wieder verschwindet. Ein Licht ist anders als die anderen, leuchtet alle paar Sekunden. Aber danach frage ich die Alte bestimmt nicht, sonst presst sie mir bloß wieder 'nen blöden Spruch.

Inzwischen tuckert der Motor nur noch sanft vor sich hin. Ich gebe mir einen Ruck, gehe rüber zur Reling und verbrenne mir an dem vereisten Stahl fast die Pfoten. Dann beuge ich mich todesmutig über den Kiel, wasche mir rasch das Gesicht und mache eine Mundspülung, bevor ich das arschkalte Salzwasser zurück ins Meer spucke. Meine Jeans sind steif und klamm.

Wo sind wir jetzt?

Sie rollt nur mit den Augen und holt unter der Plane einen in Plastik gewickelten Laib Brot hervor, reißt ein Stück ab und wirft es mir zu. Iss jetzt, sagt sie.

Sei nicht so frech, denke ich nur. Kein Witz, wenn ich Ahnung von Schiffen hätte, die Alte läge schon seit Stunden bewusstlos in der Kabine.

Gibt auch noch ’n bisschen Hartkäse, dann geht sie in die Hocke, fördert nach kurzem Gestöber eine Thermosflasche und zwei Becher zutage und reicht mir einen. Der Kaffee ist süß und mit viel Milch, im Ernst, so was Leckeres habe ich noch nie getrunken. Danach schaue ich ihr verstohlen beim Essen zu, wie sie mit dem Taschenmesser den Käse aufspießt und das Brot mit dreckigen Fingern in Stücke reißt, bevor sie es in den Kaffee tunkt und sich zwischen die Kiemen schiebt. Mittendrin wirft sie mir einen ungehaltenen Blick zu.

Iss, sagt sie und deutet auf mein Brot.

In dem Moment knistert es plötzlich aus dem Radio, und ich fahre zusammen.

Sie springt auf und drückt einen Knopf. Eine Stimme hallt durch die Nacht; ohne Punkt und Komma schnattert jemand in einer spröden, fremden Sprache, klingt aber irgendwie nicht nach Spanisch.

Mit dem Rücken zu mir dreht meine Señorita die Lautstärke runter und spricht mit gedämpfter, gehetzter Stimme in ihren Handapparat. Als sie sich wieder umdreht, versuche ich, in ihrem Gesicht zu lesen, aber ihr Mienenspiel verrät nichts.

In meinem Magen rumort es. Was' los?

Sie schüttelt den Kopf. Nix.

Etwa 'ne Stunde später gehen wir in einer winzigen Bucht vor Anker und warten auf die Dämmerung. Geschlafen wird halb im Sitzen unter einer Plane zwischen den Fischkörben an Deck, so weit voneinander entfernt wie die Sterne.

Ich liege wach, und während die Wellen gegen das Boot klatschen, denke ich an Ror und unser Wiedersehen. Klar ist das alles bloß Zukunftsmusik, momentan kann ich's einfach noch nicht riskieren. Wenn mir jemand auf den Fersen ist, würde ich ihn direkt zu der Kleinen führen. Die sollen erst mal 'n paar Monate da bleiben, wo sie sind, und dann treffen wir uns auf dem Festland und entscheiden, wo die Reise hingeht. Lise will zwecks Sicherheit so weit weg wie möglich, aber ich bin eher für die Costas, und zwar aus demselben Grund. Das Gesetz kann uns überallhin folgen, aber an den Costas kennen wir so viele Leute, dass das allein schon Garant ist für unseren Schutz. Kein Witz, ist wie 'n zweites Zuhause da unten.

Da ertönt ein leiser Aufschrei. Ich schaue zu meiner

Spanierin rüber, aber in ihrem schlafenden Gesicht rührt sich nichts, vielleicht hab ich's mir also nur eingebildet. Während ich sie betrachte, frage ich mich wieder, wo sie wohl herkommt und ob sie immer so fest zusammengerollt schläft, so allein.

Als ich mir sicher bin, dass sie tief und fest schlummert, stopfe ich mir meine Tasche ins Kreuz und hole das Handy raus. Gleich nach dem Anschalten erscheint ein Signal, und nachdem ich die Daten von der SIM-Karte aufs Gerät übertragen habe, werfe ich sie über Bord. Dann hole ich eine frische Karte aus meiner Tasche und stecke sie ins Handy.

Gerade bin ich dabei, durchs Adressbuch zu scrollen und alles zu löschen, was ich nicht brauche, da komme ich zu Louise. Aber diesmal muss ich nicht an unser letztes Mal denken, an das Gebrüll und Geflenne und an die hässliche kleine Statue, die ich ihr damals in Kreta kaufen musste, Venus irgendwas. Am Ende ist das Ding gegen den Türrahmen geflogen, haarscharf an meinem Gesicht vorbei. Ich denke nicht mal an das leise Gewimmer, als sie endlich gecheckt hat, dass ich nicht dableibe.

Stattdessen erinnere ich mich an unseren Ausflug ins Moor, ein paar Wochen nach unserem Kennenlernen, als wir oben auf dem Gipfel über die Felsen gekraxelt sind und sie sich dabei den Arm aufgeschürft hat. Danach ging's mit Karacho den Berg wieder runter, wir sind rumgekugelt wie übermütige Kinder und zum Schluss völlig erledigt nebeneinander im Torf gelandet.

Dort bleiben wir erst mal liegen, dann stütze ich mich auf die Ellbogen. Sie lehnt sich rüber, Haare zerzaust vom Wind, und schaut zu mir hoch. Wunderschön sieht sie aus. Was?, frage ich und lächele auf sie runter.

Ich liebe dich, sagt sie. Liebst du mich auch?

Ich ficke dich, oder?

Aber sie lacht nicht.

Ich stehe auf und fege mir das Gras von der Hose. Sei doch nicht blöd, Lou – so 'n Spruch kommt nur, wenn jemand was von einem will.

Da zuckt sie zusammen, und auf einmal ist ihr Gesicht wie 'ne Maske, und irgendwie bin ich erleichtert.

Egal, ob ich sie jetzt geliebt habe oder nicht – das hatte sie nicht verdient.

In dem Moment muss ich an Mina denken, draußen auf der Straße vorm Gericht, der Duft ihrer Haare. *Glaub ich dir nicht.*

Die SIM ist ganz neu, und ich bin so gut wie in Frankreich, was spricht also dagegen? Ich suche nach ihrem Kontakt und fange an zu tippen. Ich meld mich, Mina, versprochen. Wirst mir auch fehlen. Dann drücke ich auf Senden.

Hätte nicht gedacht, wie gut es mir danach geht. *Jeder muss mal erwachsen werden*, sagt Carla mit einem Grinsen.

Beim ersten Licht ist sie auf den Beinen und spült sich den Mund mit Meerwasser aus, von dem Geräusch wache ich auf. Alles ist ruhig, die Dämmerung kriecht über den Horizont und streichelt die Mündung der Bucht. Als ich mir über die Lippen lecke, schmeckt es nach Salz. Irgendwie fühlt sich alles ganz neu und klar an.

Ein weißer Vogel umkreist die Landzunge und jagt dann

plötzlich pfeilgerade nach unten ins Wasser, sieht ziemlich gekonnt aus. Aber als er wieder hochkommt, hat er nichts im Schnabel. Pech gehabt, die arme Sau.

Die Señorita ist meinem Blick gefolgt und schüttelt den Kopf. Tölpel, sagt sie. Erwischt seine Beute immer. Isst Fisch unter Wasser, bevor er hochkommt.

Unter Wasser? Warum?

Und dann grinst sie zum allerersten Mal. Schöne Zähne hat sie, perlweiß und gerade zwischen ihren rissigen Lippen. Irgendwie erinnert ihr Lächeln mich an Mina, und es versetzt mir einen Stich. Komisch.

Sie zuckt die Schultern. Damit ihm keiner wegnimmt vielleicht.

Bald kreisen Dutzende weiße Vögel über uns durch die Lüfte, stürzen sich von den Klippen und steigen aus den Fluten wieder auf. Sie trudeln und tauchen, trudeln und tauchen, gemeinsam. Beim Anblick des Wassers, das sich danach an der Oberfläche kräuselt, muss ich an alles denken, was hinter mir liegt, weggespült wie die Gischt von den Wellen. Ein neuer Anfang, genau so was hat sich Carla doch immer für Ror gewünscht, und bei dem Gedanken lockert die kalte Hand, die sich seit jeher um mein Herz krampft, mit einem Mal ihren Griff.

Ich frage die Schnecke, wo sie herkommt. Sie blinzelt im Gegenwind und macht eine Vierteldrehung mit dem Ruder. San Sebastian, antwortet sie.

Ach, du bist Spanierin?

Sie runzelt die Stirn. Keine Spanierin, schnaubt sie. Baskin.

Was? San Sebastian ist in Spanien, sage ich. Das weiß sogar ich.

Da lässt sie ein Lächeln aufblitzen, strahlend weiß in ihrem dunklen Gesicht. San Sebastian ist in Spanien genau so wie Belfast in England ist.

Langsam kapiere ich gar nichts mehr, aber vielleicht liegt's auch an der Sprache, und so spare ich mir lieber die Erdkundestunde. Wenn Ror jetzt da wäre, könnte sie uns bestimmt weiterhelfen, aber na ja.

Inzwischen knallt die Sonne vom Himmel und sie wischt sich übers Gesicht, dann zieht sie mit einer Hand ihr langärmeliges T-Shirt aus, die andere ruht an der Pinne. Ihre Schultern sehen aus wie poliertes Mahagoni.

Hast du Familie?, frage ich.

Sie zuckt mit den Schultern.

Oder vielleicht 'nen Namen?

In dem Moment kneift sie die Augen zusammen und schaut angestrengt nach vorne, als hätte sie am Horizont gerade was entdeckt.

Ich folge ihrem Blick. Auf der einen Seite ist die französische Küste zu sehen und vor uns nichts außer Möwen und Meer.

Sobald wir in Port-en-Bessin angelegt haben, sprinte ich in Richtung Toilettenhäuschen. Ganz ehrlich, als sie den Eimer rausgeholt hat, war sofort klar, dass ich eher ersaufe, als vor ihren Augen da reinzukacken. Der Hafen ist winzig, sogar verglichen mit Newhaven, und richtig hübsch. Wie bunt bemalte schiefe Zähne ziehen sich die Häuschen den Hang runter. Am Steg sind nur eine Handvoll Fischkutter vertäut, aber im Sommer ist es hier bestimmt proppenvoll.

Als ich zum Boot zurückkomme und wieder an Bord gehen will, wirft meine Señorita mir ein schmales Päckchen aus Klarsichtfolie zu. Ich fange es auf. Dann wuchtet sie wortlos meine Reisetasche auf den Holzsteg und legt ab. Keine Anweisungen, keine Erklärung, null.

Wo fährst du hin? War's das jetzt?

Adios mi camarada! Sie deutet mit dem Kinn auf das Päckchen. Ruf die Nummer da an.

Nicht zu wissen, wie's weitergeht, soll ja Vorteile haben, zum Beispiel kann man sich so nicht aus Versehen verplappern. Ich habe schon gewusst, worauf ich mich einlasse, aber das Ganze hat auch 'ne Kehrseite.

Mit fahrigen Fingern reiße ich die Folie auf. Das Päckchen besteht aus einem Reisepass und einem Führerschein mit meinem Bild und 'nem fremden Namen, einem neuen Handy, zwei neuen SIM-Karten und etwas Bargeld. Auf einem Zettel steht eine Telefonnummer.

Ich schaue von dem Wisch hoch und will noch was sagen, What the fuck oder Danke oder sonst irgendwas, aber sie tuckert längst in Richtung Hafenmündung davon.

Mit dem Rücken zu mir steht sie an Deck, breitbeinig, ein Arm wie zum Gruß erhoben, ta-ra, und kein Blick zurück.

Adios, denke ich. Ich wusste, die Alte ist Spanierin.

Als ich mich in Richtung Hafentor aufmache, bin ich immer noch irgendwie sauer. Auf Nimmerwiedersehen, du blöde Spanackenfotze.

Um mich abzulenken, denke ich an meine nächste Mahlzeit, vielleicht ist sogar 'ne Dusche drin. Die Sonne scheint mir wie ein warmer Atemhauch aufs Gesicht, und ich taste nach dem Zettel in meiner Tasche. Wie Lise wohl reagiert, wenn sie meine Stimme hört? Wahrscheinlich total hysterisch, so wie immer. Nicht mehr lange, dann nehme ich Ror in die Arme und wirbele sie durch die Luft.

Breit grinse ich Carla an. Geschafft, Baby, sage ich.

Ich bin also innerlich quasi am Hopsen, als ich aufblicke und die Männer sehe. Sie sind zu sechst, tragen Uniform, haben die Hände am Halfter und steuern geradewegs auf mich zu.

Epilog

Angeblich sind die ersten drei Monate Knast die schlimmsten, aber mal unter uns, nichts ist so übel wie der allererste Augenblick – wenn man hochschaut und es kommen einem vier französische Polizisten nebst zwei Pissern vom Grenzschutz entgegen, mit dem Finger am Abzug und einer Fresse zum Reinschlagen, dabei hat man sich doch endlich in Sicherheit gewähnt. Das ist der berühmte Moment, in dem man sämtliche Hoffnungen fahren lässt. Alles danach? Nur noch eine Frage der Einstellung.

Aber ich bin ja selber schuld. Diese scheiß SMS. Wenn die einen wirklich drankriegen wollen, dauert's keine Millisekunde, bis die Bullen mit ihrem Schwerverbrecherspezialtechnikferz so 'ne Textnachricht auf dem Schirm haben. Heutzutage reicht's manchmal schon, das Handy anzuschalten. Und wenn die Polizei weiß, zu wem man Kontakt hat, ist es scheißegal, ob man aus Frankreich oder Timbuktu anruft. Man muss bei dem ganzen Datenmist echt saumäßig aufpassen, sonst ist man geliefert. Im Grunde hätte ich auch gleich 'ne Leuchtrakete mit meinem Namen drauf losjagen können. So was passiert mir jedenfalls nicht noch mal.

Immerhin konnte ich Mina beeindrucken, war also nicht völlig für 'n Arsch.

Nach Daz' und Tonys Abgang ging im Osten erst mal alles den Bach runter, aber dann hat Danny bei den Darts übernommen und den Laden wieder zum Laufen gebracht. Was das angeht, lasse ich mich regelmäßig updaten, ich will schließlich nicht den Anschluss verpassen.

Mike hat im April neununddreißig Jahre gekriegt, Big Tommo fünfunddreißig. Für alle neun Beteiligten gab's die Höchststrafe, obwohl von Anfang an klar war, dass Mike mit den beiden Morden nichts zu tun hatte. Ich will hier niemandem ans Bein pissen, aber die Polizei sollte sich lieber mal in Richtung Norden orientieren. Der Prozess wurde allen in Liverpool gemacht, Gartside hatte nämlich panische Angst, dass ihm die Zeugen ausgehen, falls die Jungs in der Minshull Street oder am Crown Square ihren großen Auftritt haben. Eine Zeit lang ging's in der Stadt drunter und drüber, halb Greater Manchester hat sich ins Zeugenschutzprogramm verabschiedet, heimlich ausgesagt und danach die Kurve gekratzt. Inzwischen heißt es, die Polizei hätte wen eingeschleust, Informant oder V-Mann, vielleicht sogar beides. Am Ende hatten vielleicht sogar Daz und Tony was mit der Sache zu tun. Ich persönlich glaube das ja nicht, aber schon komisch, wie hartnäckig sich solche Gerüchte halten, wenn sie mal im Umlauf sind.

Danny kümmert sich gegen 'ne Beteiligung um mein Einzugsgebiet, wäscht das Geld und schickt es alle paar

Monate an Lise, damit den Damen da unten die Kohle nicht ausgeht. Kein Scheiß, die Schulgebühren in Spanien sind in den letzten Jahren praktisch explodiert. Danny will, dass wir 'nen neuen Markt erschließen, Legal Highs, aber ich habe keinen Bock, den Kram zu verticken, wer weiß, was da drin ist? Lieber bleibe ich bei den bewährten Klassikern – alles andere wäre nur verantwortungslos. Kotzt mich schon bisschen an, dass er die ganzen Lorbeeren für den Mord an Tony und Daz eingeheimst hat, aber über kurz oder lang komme ich bestimmt dazu, meinen Lebenslauf auf den neusten Stand zu bringen. Die Beweisstücke habe ich jedenfalls sicher verwahrt, falls Danny doch noch auf dumme Ideen kommt. Ich bin ja nicht blöd.

Mina besucht mich, sooft es geht, und hat ab und zu 'ne saubere SIM dabei, damit ich mit Ror telefonieren kann. Ich will hören, was sie so macht und wie groß sie geworden ist. Letztes Mal gab's sogar Fotos – Lise mit einem Meer von Sommersprossen um die Nase, lachend vor einem rauchenden Grill, Ror, die braun wie 'ne Haselnuss einen Handstand macht, und Sonn, wie sie Rio im Pool das Tauchen beibringt. Da habe ich dann schon feuchte Augen gekriegt.

Gestern war Pater Tom da. Er meint, ich soll einfach auspacken und 'nen Deal mit dem Staatsanwalt machen, dann wäre ich in einem Jahr spätestens draußen, kein Witz. Aber das kann er vergessen. Mal ehrlich, dreieinhalb Jahre ist gar nicht so schlecht für Waffenbesitz und Widerstand bei der Festnahme; zum Glück habe ich den Rand gehalten, und die konnten mir sonst nichts anhängen. Und wenn die Sache endlich durch ist, haben Ror und ich nichts mehr zu befürchten und müssen nicht ständig Angst haben, dass uns das Amt oder die Polizei auf den Hacken ist. Ich meine, wozu 'ne Abkürzung nehmen, wenn sie nirgendwo hinführt? Und wenn ich dran denke, wie Ror jetzt in der Sonne rumtobt, schwimmen lernt und ihren Spaß hat, würde ich jederzeit alles genau so noch mal machen.

Carla erscheint mir hin und wieder im Traum, und dann stellen wir immer noch ganz schön viel Blödsinn an. Ich glaube, wenn jemand stirbt, tut sich neben uns eine ganz andere Welt auf, die wir nur wahrnehmen, wenn derjenige uns lässt. Früher habe ich stundenlang in meiner Zelle gelegen und krampfhaft versucht einzuschlafen, nur um bei Carla zu sein und ihr Gesicht zu sehen. Inzwischen mache ich mich nicht mehr verrückt. Ich weiß, dass sie nur kommt, wenn's ihr passt, wenn sie Lust dazu hat, weil so war's zwischen uns schon immer.

Und he, bloß kein Mitleid. Eingesperrt mit dreihundert einsamen Frauen – ich würde sagen, gibt Schlimmeres.